Für meine Geschwister,
die bereits schon jetzt die Reise
in die Anderwelt angetreten haben.
Ich liebe euch.

Für meine liebste Mitbewohnerin.
Danke, dass du mir geholfen hast,
den »Tut-Express« entgleisen zu lassen.

Prolog

Königliches Blut wird fließen und die Tür der Dunkelheit öffnet sich.
Das Grauen wird wüten und der Nordstern erlischt.
Tod und Schatten werden herrschen.
Das Mädchen mit dem Siegel, geboren auf Wellen, wird besiegen die tödliche Macht.

Schreie der Verzweiflung hallen über die Insel.

Eine Frau in weißem Gewand beugt sich über zwei leblose Körper, ihre blonden Locken kleben von Blut beschmiert an ihren Wangen. Immer wieder schaut sie hinauf in den Himmel, wo die Sterne erlöschen.

Langsam nähert sich eine große Gestalt.

»Aurora.« In der Stimme liegt eine tiefe Traurigkeit. Der Mann legt seinen starken Arm um sie und will sie mit sich ziehen.

»Nein, lass mich!« Verzweifelt schlägt sie um sich, doch ihr Widerstand bleibt unbeachtet. Schließlich, mit viel Überredungskunst, nimmt er sie auf die Arme und trägt sie zu einer Bucht, wo ein Schiff gleichmäßig mit den Wellen schaukelt. Fast so, als hätte der grausame Mord nicht stattgefunden. Vorsichtig hebt er die weinende Frau hinauf. Eine weitere Gestalt nähert sich den beiden und hilft dem Mann, ebenfalls an Bord zu kommen.

»Sind sie … tot?«, fragt die blasse Gestalt mit hoher Stimme.

»Ja«, schluchzt Aurora.

»Bring sie in die Kajüte, ich komme nach!«, befiehlt der Mann.

Ohne weitere Fragen zu stellen, tut sie, wie ihr geheißen, und bringt Aurora, die Sternenfee, in das von Kerzenlicht erleuchtete Zimmer.

Erneut geht der Mann hinaus in die Dunkelheit. »Wendy, du abscheuliches Monster ...«, nuschelt er in seinen Bart. Immer wieder schaut auch er hinauf in die Nacht, so als müsse er sich versichern und traue seinen Augen nicht.

Der Nordstern ist fort. Und mit ihm alle anderen Sterne.

Zurück bei den beiden Toten fängt er an zu weinen. Dort liegen Ellinore und Marius, abgeschlachtet. Ermordet von ihrem eigenen Fleisch und Blut. Von der eigenen Tochter – Auroras Schwester Wendy. Wie konnte nur so eine Kluft zwischen Gut und Böse innerhalb einer Familie entstehen?

Um dem Königspaar die letzte Ehre zu erweisen, singt er und verabschiedet so ihre Seelen in die Anderwelt.

»Macht euch auf, oh, ihr freien Seelen, reiset in die neue Welt. Beginnet dort ein neues Leben, vergesset Schmerz und Leid und erlanget Frieden, ungezählt.«

Nun muss er den Indianern und allen anderen Bescheid sagen, die traurige Nachricht verkünden, damit die leblosen Körper für die Beerdigung vorbereitet werden können. Alte Bilder blitzen in seinem Kopf auf. Wie seine Königin einst am Strand stand, so anmutig und liebevoll. Er war der Erste, den sie nach Nimmerland geholt hat, gerettet aus der Folter und befreit aus der Knechtschaft Pans. Tränen laufen über sein Gesicht. Es wird nie mehr so sein, wie es einmal gewesen ist. Hastig wendet er sich ab und wischt die Tränen mit dem Ärmel fort. Er geht Richtung Lagune, will die Meerfrau Miranda sprechen.

Wendy

Lachend läuft Wendy durch einen dichten Wald, im Hintergrund verklingt das Rauschen des Meeres. Freudig schaukelt sie den Vogelkäfig in ihrer Hand hin und her. Das Tier flattert ängstlich und aufgeregt mit den Flügeln.

»Sie sind tot, endlich tot, ich werde ihn befreien, befreien, ja, genau«, gackert sie in die Nacht hinaus. Immer tiefer und weiter läuft sie durch das Dickicht. Vorbei an gekrümmten Bäumen, die genau in diesem Moment ihre einst so bunten Blätter abwerfen, so als würde Wendy Gift ausstrahlen.

Hinter ihr entwickelt sich Nebel und verschleiert die Sicht zurück. Ihre zarten Gesichtszüge werden härter und ihre ehemals so blauen Augen entwickeln ein tiefes Schwarz. Auch ihre blonden Haare verändern sich und werden weiß.

Sie hält ein Glas in ihren Händen, in dem eine rote Flüssigkeit schwimmt: Blut, das sie gewaltsam von ihren Eltern genommen hat. Sie, Wendy, die einst die Tochter des Guten war, hat sich dem Bösen verschrieben. Jetzt ist sie auch etwas Besonderes. Aurora hat den Nordstern entfacht, Wendy hat ihn untergehen lassen.

An einer Lichtung angekommen, stellt sie vorsichtig das Glas auf den Boden und beginnt, die Mitte der Lichtung von Blättern zu befreien. Sie sammelt umliegende Steine und bildet mit ihnen einen Kreis. Nun zückt sie das Messer, an dem noch das Blut ihrer Eltern klebt. Sie beißt sich auf die Lippen, holt tief Luft und schneidet sich mit dem Messer eine Fingerkuppe ab. Um das Böse zu befreien, muss sie sich schwächen und einen Teil ihres Selbst opfern. Danach öffnet sie den mitgebrachten Käfig und holt den Vogel heraus. Das kleine Wesen mit den blauen Federn

7

und dem goldenen Schnabel ist starr vor Schreck. Wendy hebt es mit ihren Händen nach oben, während das Blut aus ihrem Finger tropft, zögert den Bruchteil einer Sekunde und reißt ihm in einem gewaltigen Ruck den Kopf ab. Es knackt und Blut strömt aus dem offenen Hals des Vogels, dessen Körper noch letzte Zuckungen vollbringt. Seinen Kopf braucht sie, um die Energie der Lüfte freizusetzen, und legt ihn in den Steinkreis. Den Rest lässt sie achtlos fallen. Wendy geht summend zu der Stelle, an der sie das Glas mit dem Blut ihrer Eltern abgestellt hat, nimmt es an sich und tröpfelt es nach und nach über ihr schreckliches Werk. In einem grässlichen Singsang beschwört sie das Böse.

»Königliches Blut, genommen von den Mächtigsten, vergiftet durch Verrat. Ein Wesen der Lüfte, dem Wind befohlen, und Fleisch vom Apfel des Stamms. Öffne die Tore der Dämonenwelt!«

Die Erde bebt und ein Grollen ertönt, aus der Ferne hört sie Kinder schreien. Vor ihren Augen beginnt es zu wabern und es wirkt so, als würde sich die Luft erhitzen. Langsam setzen sich einzelne Partikel zu einer Gestalt zusammen.

Das Bild klärt sich und Wendy kann einen Freudenschrei nicht unterdrücken.

Pans Augen haben etwas Hypnotisches, so als ob sie einem die Seele heraussaugen könnten. Seine Haare sind haselnussbraun und sein Körper hat die Statur eines Kindes. Doch Wendy weiß, dass der Schein trügt.

»Endlich«, stößt sie hervor und verneigt sich. »Sei willkommen in Nimmerland.«

»Du …« Er geht mit ausgestreckten Armen auf sie zu, packt sie und stößt ihren Rücken gegen einen Baum, dabei drückt er ihr seinen Daumen in die Kehle. »Wieso?«, zischt er. »Wieso sollte ich dich am Leben lassen?«

»Ich … habe dich gerettet«, bringt sie röchelnd hervor. »Die Königin und der König sind tot. Ich habe sie getötet, um dich zu befreien.«

Sein Griff wird lockerer. »Du hast sie getötet?« Er lässt sie los, sieht sie nachdenklich an. Seine Lippen formen sich zu einem seelenlosen

Lächeln. »Dann sollst du diejenige sein, die von nun an an meiner Seite sein wird.«

Er hebt die Hände an Wendys Kopf, öffnet seinen Mund und entblößt zwei Zungen, die immer länger werden. Ihre Augen weiten sich.

Eine Zunge schlängelt sich nach links, eine nach rechts, bis sie sich in Wendys Ohren graben. Ihre Schmerzensschreie sind laut und schrill und dennoch spürt sie, dass sie jetzt bekommt, was sie immer wollte. Macht. Dunkle Magie breitet sich in ihrem Körper aus, erfüllt sie.

Plötzlich ist es vorbei.

Vor Erregung zitternd sinkt sie zu Boden, keucht: »Ich danke dir, Peter Pan«, und bricht zusammen.

Ohne ihr weitere Aufmerksamkeit zu schenken, hebt er ab, lässt sie zurück und fliegt in die Nacht hinaus.

Während Pan über der Insel schwebt, beobachtet er alles ganz genau. Unter ihm befindet sich ein Indianercamp. Wehgeschrei dringt bis zu ihm herauf. Peter Pan kann den Schmerz spüren, der von ihnen ausgeht, ihr Leid ist seine Freude. Jede Zelle seines Körpers kribbelt vor Verlangen.

»Ja, weint nur, schreit und leidet …« Bei diesen Worten leckt er sich über die Lippen. Er fliegt weiter und empfindet nur Abscheu für die Schönheit der Insel. Unter ihm ist eine Bucht, geschützt durch Felsen, und dort schaukelt ein Schiff. Vor den vielen Fenstern brennen Kerzen. Vorsichtig fliegt er zu einem der größeren und versucht, einen Blick hineinzuwerfen. Hier sitzen zwei Frauen, von denen eine weint, und wieder leckt er sich begierig die Lippen.

Wie er diesen Schmerz liebt.

Die andere kniet vor ihr, hat ihre Hände auf den Schoß der Weinenden mit den blonden Locken gelegt und sagt etwas zu ihr. Die Haare der schluchzenden Frau glänzen, wie aus Sternen gemacht, und ihr Gesicht ist voller Blut. Auch ihre Kleidung ist beschmutzt. Jetzt beginnt die andere, ihr das Blut von den Wangen zu waschen. Mit kreisenden Bewegungen färbt sich der Waschlappen rot. Peter Pan kostet diesen Moment aus, denn hier ist der Ursprung des Schmerzes.

Hier ist etwas Schlimmes geschehen. Und hier tankt er neue Kraft für sein Vorhaben.

Für heute Nacht hat er genug gesehen. Er will sich vorbereiten, um Kräfte zu sammeln.

Schließlich muss er noch ein Portal öffnen. Er muss zurück zu dem Ort, von dem er einst durch seinen Tod vertrieben wurde. Zurück in die Menschenwelt.

Auf der Suche nach einer geeigneten Stelle schreitet er durch den vorher so lebendigen Wald. Nur noch Nebel und Fäulnis sind geblieben, das vielfältige Leben ist erloschen. Kälte und Finsternis kriechen in jede Wurzel und jedes Blatt.

»Ja, ich werde herrschen«, spricht er in die Einsamkeit hinaus. Selbst die Bäume scheinen vor seiner Boshaftigkeit zu erzittern.

»Hier ist es gut.« Pan breitet seine Arme aus und lässt magische Wellen aus seinen Finger strömen. Vor ihm erbebt der Boden und etwas gräbt sich aus der Tiefe. Langsam taucht eine Höhle aus Stein auf, sie hat die Form eines Totenkopfes. Tiefe Furchen zieren ihn, als sei er schon viele hundert Jahre alt. Flammen sprühen aus Pans Händen und er leitet sie zielgerichtet zu den Augen des Totenkopfes.

»Seid meine Wachen, ihr Feuerdämonen«, sagt er mit dunkler Stimme und augenblicklich entzündet sich in den zuvor leeren Augenhöhlen ein Feuer, das jeden gnadenlos und unbarmherzig zu verschlingen droht, der sich nähern will. Er tritt einige Schritte zurück, um sein Werk zu betrachten.

Je tiefer er in die Höhle schreitet, desto aufgeregter wird er. Pan lässt seine Hände über die Steinwände gleiten, seine Fingernägel verursachen Rillen, graben sich tief in das Gestein. Ein Kunstwerk der Grausamkeit.

Im Schutz eines Vorsprungs bleibt er stehen und zieht mit dem Fuß einen Kreis um sich. Eine unsichtbare Barriere, um die Energie in seiner Nähe zu halten.

»Portaldämonen, ich rufe euch. Kommt her und helft mir in die Menschenwelt zu gelangen. Mein Angebot soll eine Menschenseele sein. Ich bitte euch, öffnet das Tor für mich.«

Während er diese Worte spricht, ertönt ein Grollen und an der Höhlendecke breitet sich ein grünes Leuchten aus.

Ein wispernder Chor aus Flüsterstimmen antwortet: »Peter Pan … Wir nehmen dein Angebot an. Bringe uns eine Seele. Weise und klug soll sie sein, um uns mit neuem Wissen über die Menschenwelt zu nähren.«

Pan verbeugt sich und spricht: »So soll es sein.«

»Bis zur neunten Stunde der Nacht hast du Zeit, um uns den Zoll zu bringen. Solltest du versagen, werden wir die Tür zurück in diese Welt verschließen. Dein erstrebtes Königreich hier in Nimmerland wird dann niemals deines. Bringst du ihn hingegen rechtzeitig, werden wir dir für einen Zyklus Zugang gewähren.«

Nach und nach erlischt das grüne Licht, verschwindet wie Wasser in einem Abfluss.

Pan weiß, dass er nicht lange in der Menschenwelt verweilen kann. Er gehört dort nicht hin. Bringt er den Zoll nicht, sodass die Dämonen ihm den Rückweg nach Nimmerland verwehren, wird er sterben und abermals in der Dämonenwelt gefangen sein.

Ein erneutes Grollen lässt den Boden beben, Schreie des Schmerzes erklingen aus einer fernen Welt. Dann erscheint an der hintersten Felswand eine Tür, pechschwarz wie sein Inneres. Erst da tritt Pan aus dem Sandkreis heraus, geht in Richtung Tür.

Begierig, endlich hindurchtreten zu können, legt er seine Hand auf den Knauf, dreht ihn und verlässt Nimmerland, um später gestärkt zurückzukehren.

Das Portal ist im Glockenturm des Big Ben, zumindest in dieser Welt.

»Endlich. Lebensenergie …«, murmelt er und berührt dabei den kalten Stein des hohen Gebäudes. Schon hier kann er sie riechen, beinahe auf den Zungen schmecken. Er stößt sich ab und fliegt in die Luft.

Kinder, so weit das Auge reicht. So nah und ahnungslos wie Tiere, die für die baldige Schlachtung gemästet werden. Pans Augen sind geweitet und fixieren die kleinen Menschen, die unbeschwert auf dem Spielplatz spielen.

Einen Ort, an dem es von ihnen nur so wimmelt, den hat er sich so lange gewünscht. Eine bunte Speisekarte.

Ein weiterer Spielplatz erscheint unter ihm. Zwei Kinder streiten dort, ihre Eltern sind nicht zu sehen. Seine Gier wächst ins Unermessliche. Eine kleine Pause muss ihm doch vergönnt sein. Langsam lässt er sich hinabsinken, bis er auf einer Wippe landet und die beiden Jungs, die vor der Rutsche stehen, besser sehen kann. Der offenbar Stärkere, ein breit gebauter Junge mit kurzem, fettigen Haar, holt mit einer Schaufel aus und schlägt den kleineren. Er donnert ihm das Spielzeug direkt gegen die Schläfe. Sofort fängt der Geschlagene an zu weinen und Pans Erregung wird größer, als er laut nach seiner Mama ruft.

Gut gelaunt hüpft Pan von der Wippe und schlendert durch den Sand auf die Jungen zu. »Hey!«, sagt er.

Die Jungs mustern ihn. Der ältere lässt die Schaufel sinken und der jüngere sieht ihn hoffnungsvoll an.

Erbärmlich.

Langsam, sogar sehr langsam geht Pan auf das hoffnungsvolle Kind zu. Mit jedem Schritt, den er näher kommt, kann er die Hoffnung weichen spüren. Eine beklemmende Stille breitet sich aus, doch Pan genießt sie.

Genießt, wie er den Kleinen ohne Vorwarnung am Kragen packt und hochhebt, gegen die metallene Rutsche drückt. Genießt die Panik in den Augen, die Schreie des anderen, der die Schaufel fallen lässt und davonrennt.

Er fährt seine Zungen aus und leckt dem Kind die Tränen von den Wangen. Es winselt und jammert und fleht.

Dann, ohne ein weiteres Wort, stößt Pan die Zungen in den Brust-korb des Kindes und nimmt die süße Lebensenergie auf. Am Anfang wehrt es sich noch, aber es dauert nicht lange, bis es in Pans starker Hand, die immer noch um die Kehle des Jungen liegt, erschlafft. Ein letztes Röcheln, ein letztes Zucken und der Junge ist tot. Die Hülle lässt Pan auf den Boden fallen, ehe er sich wieder abstößt, nach oben fliegt und sich seiner eigentlichen Aufgabe widmet: Er muss eine weise Seele für die Portaldämonen finden.

Von hier oben erkennt er den anderen Jungen. Er heult und rennt um sein Leben.

Widerwillig schluckt Pan seine neu aufkeimende Gier hinunter und sucht den nächsten Park. Sicher wird er hier fündig werden.

Seit seinem letzten Aufenthalt in der Menschenwelt ist viel Zeit vergangen. Es ist eine Ausnahme gewesen, nicht mehr als eine Ano-malie zwischen den Welten, die ihm das Glück beschert hat, sich noch einmal zu nähren. Damals herrschte Krieg und Fliegerbomben sorgten für Angst und Schrecken. Jetzt ist alles neu, die Automobile haben sich weiterentwickelt. Wie eiserne Rüstungen haben sie die Straßen erobert. Von hier oben sehen sie aus wie Spielzeuge, zer-brechlich und klein.

Endlich entdeckt er einen Park, sie scheinen rar geworden zu sein, und fliegt hinunter.

Das leise Plätschern eines Springbrunnens, um den Rosen gepflanzt sind, begrüßt den Dämon. Angewidert von dieser Schönheit stößt er versehentlich einen Hauch seines Giftes aus, woraufhin der Brunnen Risse bekommt. Vereinzelte Steinbrocken fallen von ihm ab und gleich wird er ganz einstürzen. Schnell geht Pan daran vorbei, tiefer in den Park hinein. Er ist nicht sehr belebt, doch ab und zu läuft ein Mensch an ihm vorbei. Sie sind seltsam geworden ... Oder waren sie schon immer so? Ein Mann in einem dunklen Anzug und mit Brille, der eigentlich aussieht, als wisse er viel, spricht mit sich selbst und sieht sich dabei gehetzt um. Dabei drückt er zwischendurch mit einem Daumen an sein Ohr. Mit ihm werden sich die Portaldämonen nicht zufriedengeben.

Einen Moment später entdeckt er eine Frau, die einen Kinderwagen vor sich her schiebt. Wenn er sie nimmt, hat er auch gleich noch eine kleine Kinderseele … Doch im Moment dieses Gedankens erkennt er, dass sie an den Armen über und über mit bunter Farbe bemalt ist.

»Alle verrückt«, murmelt er. Die Frau sieht fragend auf, während er an ihr vorbeigeht, aber er schnaubt nur und schaut sich weiter um.

Nach kurzer Zeit erblickt er eine alte Frau. Sie sitzt auf einer der vielen Parkbänke. Vögel haben sich um sie versammelt und streiten um die besten Brotkrumen. Das ist sie! Sein Zoll. Wer, wenn nicht ein alter Mensch, könnte weiser sein? Diese Frau hat so viel erlebt und überlebt, von ihrem Wissen können die Portaldämonen zehren.

Doch vorher möchte er noch mit ihr spielen.

»Entschuldigen Sie bitte? Ob Sie mir wohl ein Stück Brot abgeben? Ich habe so einen Hunger …« Mit zitterndem Finger zeigt er auf die Brottüte.

Die Alte schaut den bettelnden Jungen voller Mitgefühl an. »Das hier ist alt und nicht mehr zum Essen für Menschen gedacht. Wo sind denn deine Eltern?«

»Meinen Vater kenne ich nicht und Mama liegt krank zu Hause.« Um seinen Worten Nachdruck zu verleihen, beginnt Pan zu weinen. Nicht laut. Er lässt nur seine Unterlippe beben und drückt mühsam eine Träne aus den Augen.

Ihr Gesicht scheint noch mehr Falten zu bekommen. Sie überlegt einen Moment, dann fragt sie: »Wie wäre es, wenn ich dir etwas koche?«

»Das wäre großartig! Das würden Sie wirklich tun?« Er schaut sie so überrascht und freudig an, wie er es kann.

»Normalerweise mache ich so etwas nicht, junger Mann«, sagt sie, steht auf und steckt die Tüte in ihre Handtasche. »Aber heute mache ich eine Ausnahme. Na, dann komm mal mit.«

Langsamen Schrittes und auf ihren Krückstock gestützt, geht sie voran. Er folgt ihr über den Sandweg, der bei jedem Schritt Geräusche macht. Sie fragt ihn alles Mögliche und er saugt sich Antworten aus den Fingern, auch wenn ihn das Spiel zu langweilen beginnt. Endlich erreichen sie das Ende des Parks, überqueren eine Straße und biegen dann in eine andere ein. Sie steuern auf das rote Backsteingebäude zu, das nur wenige Meter von ihnen entfernt ist.

»Wie ist eigentlich dein Name?« Gutmütig schaut sie zu ihm hinunter und bleibt vor der massiven Haustür stehen.

»Peter und Ihrer?«

»Ich bin die Elli.«

Mit ihren knochigen Fingern holt sie die Schlüssel hervor und öffnet die Tür zum Hausflur, dann müht sie sich mit den Treppen ab. Zum Glück wohnt sie im ersten Stockwerk, denn lange kann er nicht mehr spielen, er muss die Seele bei Anbruch der Dunkelheit wegschaffen. Unversehrt, so wollen die Portaldämonen es.

Erschöpft öffnet Elli die Wohnungstür und lässt das Böse in ihr Reich.

Deutlich gelangweilt stöhnt Pan auf. Natürlich frisst sie ihm aus der Hand, so wie jeder, den er mit seinem Äußeren täuscht. Wütend befördert er die Wohnungstür mit einem Tritt ins Schloss.

»Wurde aber auch Zeit.«

Elli dreht sich stirnrunzelnd zu ihm um.

Lächelnd geht er auf sie zu und schnalzt mit den Zungen. »Oh, ich habe ja so einen Hunger, ich armes Kind, bla, bla! Ihr Menschen seid wirklich dumm, selbst Hoppler sind schlauer.«

Elli wird ganz blass und lässt die Schlüssel fallen. Klirrend landen sie auf dem Boden. Sie starrt ihn an, stumm vor Angst.

Pan reibt sich die Hände und grinst breit. »So. Dann wollen wir mal anfangen!« Sein Kiefer knackt, als er den Mund öffnet und die Zungen entblößt. Sie schießen nach vorn, noch ehe sie zurückzucken kann, und graben sich den Weg durch die Ohren ins Bewusstsein der Alten.

Ihre erstickten Schreie bleiben ungehört.

Er darf sie nicht töten, aber ohnmächtig soll sie werden! Und gegen ein bisschen Folter haben sich die Dämonen auch nicht ausgesprochen. So rührt er in ihren Erinnerungen herum, befördert lang Verarbeitetes an die Oberfläche und quält sie, indem er sie alles noch mal durchleben lässt, unbarmherzig und kalt.

Solange, bis sie bewusstlos zusammenbricht. Es wird ohnehin Zeit. Der Dämon öffnet eines der Fenster, legt sich Elli über die Schulter und fliegt in die Dunkelheit hinaus.

Unter ihm wird die Stadt ruhiger. Menschen kommen von einem harten Arbeitstag nach Hause, einige werden bereits erwartet, viele begrüßt jedoch die Einsamkeit. Achtmal schlägt der Big Ben zur vollen Stunde. Wie sehr Pan sich von diesem Meisterwerk angezogen fühlt … Das gab es damals schon. Unerbittlich standhaft wie er selbst trotzt diese Uhr allen.

Elli stöhnt, kämpft mit ihren inneren Dämonen. Um sich gegen ihn zu wehren, ist sie zu schwach.

Er wirft sie in den Glockenturm hinein, als sei sie Abfall, und lässt sich auf einem der Vorsprünge nieder, genießt noch für einen Augenblick das Gefühl der Macht. Schließlich steht er auf und zerrt sie an einem Fuß hinter sich her, bis sie unter der großen Glocke liegt. Gemeinsam stürzen sie durch den Boden, fallen durch das Portal und landen in der Totenkopfhöhle.

»Hier ist, was ihr begehrt!« Pan hofft, dass die Dämonen sich beeilen und ihre Seele genügt, ihm für eine Weile den Zugang zu gewähren.

»Die Zeit ist knapp geworden. Zeige uns deinen Zoll.«

Er stößt Elli in die Mitte der Höhle. Stöhnend kommt sie zu sich und blinzelt verwirrt, ehe sie Pan erkennt und ihre Augen sich vor Schreck weiten. »Junge …«, wimmert sie.

»Ich bin kein Junge, altes Weib!«, knurrt Pan. »Ich bin älter, als du dir nur erträumen kannst. Und im Gegensatz zu dir werde ich auch noch viel älter werden …« Mit einem Grinsen untermalt er seine Worte.

»Warte! Dir muss Furchtbares geschehen sein, niemand verhält sich ohne Grund wie du.« In ihrer Stimme schwingt echtes Mitgefühl und dafür hasst Pan sie noch mehr. Aber er darf nicht die Kontrolle verlieren. Sie gehört ihm nicht. »Bitte hör mir zu. Noch ist nichts verloren. Du musst mich nicht tö-«

»Schweig!«, donnert er.

Ehe sie es noch einmal versuchen kann, sammelt sich das grüne Licht der Portaldämonen über dem Körper der Frau. Dann löst es sich langsam von der Decke, schlüpft durch alle Poren in sie hinein. Sie reißt die Augen auf, doch das Licht in ihnen erlischt mit jeder Sekunde mehr. Die Dämonen zehren sie gnadenlos aus, bis nichts mehr von ihr übrig ist. Elli ist fort, lediglich ihre erschlaffte Hülle liegt noch da.

»Du hast uns reiche Kost gebracht«, ertönt die Stimme. »Das Portal steht dir von nun an für einen Zyklus offen.«

Bei den Indianern

»Vorsicht.« Hook hilft seiner Frau von Bord. Seit Tagen geht es Gloria nicht gut. Sie hat das Gefühl, mit ihrem ungeborenen Kind stimme etwas nicht, weshalb er sie zu Tallulah bringt. Doch der Weg zu den Indianern ist weit und beschwerlich.

Immer wieder muss er seine Frau ein Stück tragen, zu schwach ist sie geworden. Der Sand erschwert zusätzlich jeden Schritt und die Sonne scheint erbarmungslos auf die beiden nieder.

»Warte«, sagt er und bindet ihr das Tuch um den Kopf, das er mitgenommen hat. »Damit die Sonne dich nicht zu sehr sticht.«

Gloria sackt dennoch vor Erschöpfung zusammen. »Ich glaube, ich brauche eine Pause.«

Mit Sorge im Blick reicht Hook seiner Frau den Wasserbeutel. »Hier, trink einen Schluck. Bald haben wir es geschafft!«, ermutigt er sie, aber sie schüttelt den Kopf und atmet schwer.

James Hook fackelt nicht lang. Er hievt Glöckchen, die nur noch Gloria genannt wird, seit sie ein Mensch geworden ist, auf seine Schultern und trägt sie den Rest des Weges. Bis zu den Menschen, von denen sie sich Hilfe erhoffen.

Der heiße Sand brennt unter seinen Füßen, gibt ihm das Gefühl, auf glühenden Kohlen zu laufen – dennoch kämpft er sich voran, bis er die Bäume entdeckt, hinter denen sich das Indianerreservat befindet.

Tallulah, deren Falten im Gesicht Geschichten erzählen, eilt ihnen entgegen. »Seid gegrüßt«, sagt sie. »Benötigst du Hilfe?« Sie richtet die Frage direkt an Hook und deutet auf Gloria.

»Dabei nicht«, antwortet er.

Im selben Moment bittet Gloria darum, das letzte Stück selbst zu gehen. Hook nimmt sie von den Armen, hilft ihr, wieder festen Boden unter die Füße zu bekommen. Gemeinsam mit Tallulah gehen sie an den letzten Bäumen vorbei bis zur Lichtung. Die ersten Zelte sind zu sehen und der Geruch von Lagerfeuer begleitet ihre Schritte.

Hier ist Zeit für eine richtige Begrüßung. Hook verbeugt sich vor Tallulah. »Der Friede des Windes sei mit Euch.« Er verharrt so, wartet auf eine Reaktion, die ihm erlaubt, sich wieder zu erheben.

Die Indianerin lässt ihn gewähren, wendet sich an Gloria und lächelt ihr liebevoll zu. »Kommt mit, wir erwarten euch bereits«, sagt sie, während sie die beiden tiefer ins Reservat leitet.

»Sie erwarten uns?«, flüstert Gloria James zu.

Er zuckt ratlos mit den Schultern und sie folgen der Frau.

Der Weg führt die drei an einem aus Holz geschnitzten Adler vorbei. Um die Statue sind verschiedenste Schälchen mit Kräutern aufgestellt.

»Alles Opfergaben, um die Ahnen zu ehren und böse Geister fern-zuhalten. Wir hoffen, dass unsere Kinder damit sicherer sind und nicht zum Opfer des Bösen werden«, sagt die alte Indianerin, als könne sie die fragenden Gedanken Glorias lesen. Hook hingegen ist schon mehrmals hier gewesen. »In Zeiten wie diesen ist es gut, wenn man die Ahnen auf der Seite der Gerechten hat.«

Mit jedem Schritt, den sie weitergehen, hören sie Stimmen, die von emsigem Treiben zeugen. Hooks Gedanken schweifen ab. Ob sie ihnen helfen können? Ob mit dem Baby alles in Ordnung ist?

»Wir sind da!«, unterbricht Tallulah ihn nach kurzer Zeit.

Sie stehen bereits im Herzen des Reservates. Die Zelte, die hier aufgestellt sind, dienen den Bewohnern als Häuser. Liebevoll mit Perlen geschmückt, ist jedes ein Kunstwerk für sich. Eines von ihnen sticht besonders ins Auge. Es hat nicht die typische Drei-ecksform, sondern steht wie eine Kuppel von Federn geschmückt in der Mitte des Lagers. Vor dem Zelteingang liegen Blütenblätter, die mit filigranen Zeichen bemalt sind. Geschenke zu Ehren ihrer Stammesführerin.

»Setzt euch.« Tallulah deutet mit ihrer Hand auf ein Lager aus Decken.

Kinder kommen voller Neugier zu den beiden Besuchern, fassen sie an und umkreisen sie, als kämen James und Gloria von einem anderen Stern. Er runzelt die Stirn und wirft einen fragenden Blick zu der Indianerin.

Sie lächelt und meint: »Da sie das Lager nicht verlassen dürfen, sind sie froh über jede Abwechslung, die sich ihnen bietet.«

Ein Jugendlicher stößt zu ihnen. »Tallulah, es ist alles vorbereitet.« Er reicht ihr einige kleine Säckchen, die sie sich um die Hüfte bindet.

»Hab Dank, Liwanu, du kannst gehen.«

Der Jugendliche verbeugt sich vor der Stammesführerin und schreitet davon.

Sie wendet sich wieder ihren Gästen zu. »Ich habe gedacht, die Vorbereitungen dauern länger ... aber nun ist es so weit. Gloria, komm mit mir. Wir werden zur Quelle gehen. Dort wirst du hoffentlich mehr erfahren. Es ist alles bereit.« Freundschaftlich reicht sie Gloria ihre Hand.

Unsicher dreht sich diese zu ihrem Mann, der bereits aufgesprungen ist und ihnen folgen will.

Tallulah schüttelt den Kopf. »Du kannst nicht mitkommen. Das Einzige, das du machen kannst und sollst, ist zu warten, Hook. Es tut mir leid.«

Panisch sieht Gloria zwischen den beiden hin und her, unschlüssig, was sie machen soll.

»Keine Sorge. Ich warte hier auf dich«, versucht er, seine Frau zu beruhigen. »Geh mit ihr, sie ist in ganz Nimmerland bekannt und weiß, was sie tut.« Er gibt ihr einen Kuss auf die Stirn und schließlich folgt sie zögernd der Indianerin.

Die beiden gehen einen schmalen Weg entlang, zu dessen Seiten seltsam aussehende Sträucher wachsen. Sie tragen rosa Beeren. Gloria spürt den Impuls, nach ihnen zu greifen und sie zu probieren, besinnt sich jedoch rechtzeitig. Je weiter sie gehen, desto heißer kommt es ihr vor.

Aus der Ferne steigt ihr ein unbekannter Geruch in die Nase, der der Frische von Morgentau ähnelt.

Kurze Zeit später endet der Weg. Sie stehen vor einem gewaltigen Berg, dessen glatte Oberfläche durch die Feuchtigkeit glitschig geworden ist. Riesige Dampfwolken steigen von der Quelle vor ihnen auf. Sie bleiben direkt davor stehen und Gloria betrachtet die großen Steine, die rings um die Quelle aufgebaut sind und nur einen schmalen Durchgang aufweisen.

»Das ist die Quelle der Erkenntnis«, klärt Tallulah sie auf. »Hier wirst du Antworten finden. Aber bevor du hineinsteigst, müssen wir dich reinigen.«

Gloria spürt, wie ihr die Farbe aus dem Gesicht weicht. Reinigen? Was bedeutet das, was hat die Indianerin vor? Dennoch nickt sie und spricht die Frage nicht laut aus, um nicht respektlos zu sein.

Tallulah lächelt Gloria ermutigend an. »Habe keine Angst, mein Kind, ich werde dir keine Schmerzen bereiten. Aber es ist wichtig, dich zu reinigen, damit unsere Ahnen erkennen, dass du von uns geschickt wurdest. Sollte einmal jemand in die Quelle steigen, der nicht von uns gereinigt wurde, wird ihm von den Wächtern augenblicklich die Haut vom Leib gebrannt, denn diese Stätte ist heilig. Nun lege deine Kleidung ab.«

Gloria schluckt. Dennoch fügt sie sich. Sie muss wissen, was mit ihrem Kind geschieht. Ihr Kleid faltet sie sorgsam zusammen und legt es auf einen der Steine, von denen es hier unzählige gibt.

Die Schamanin nickt. »Wir beginnen«, tut sie kund.

Sie stimmt einen fremdartigen Singsang an, dabei dreht sie Gloria mehrmals im Kreis und verbeugt sich vor ihr. Danach holt sie aus ihrem ledernen Hüftbeutel ein kleines Bündel. Sie öffnet es, braun und unappetitlich schaut der Inhalt aus. Es handelt sich um eine Paste, die die Indianerin auf Glorias Unterleib verteilt, bis hinauf zu ihrem inzwischen kugelrunden Bauch. »Die Paste wirkt sofort«, erklärt Tallulah. »Es ist vollbracht.«

Sie deutet auf den Eingang, die einzige Stelle, an der kein Stein den Zugang zur Quelle versperrt. Gloria zögert. Was, wenn die Ahnen sie trotzdem nicht erkennen?

»Du bist sicher«, verspricht Tallulah. »Wenn du Antworten willst, geh hinein.«

Langsam setzt Gloria einen Schritt vor den anderen. Sie steigt auf einen kleinen Fels, der als Stufe dient, und nun fehlt nur noch ein einziger Schritt. Schließlich überwindet sie ihre Angst und steigt in das Wasser. Es ist warm und sie versinkt bis zur Brust darin.

Augenblicklich löst sich der Schleier aus Dampf über ihr. Gloria, die ehemalige Fee, verspürt inneren Frieden, das erste Mal seit langer Zeit. Vielleicht sogar das erste Mal, seit man ihr die Flügel abgeschnitten und sie verbannt hat.

Sie lauscht der Stimme Tallulahs, die erneut zu singen beginnt. Eine weiße Wolke steigt aus dem Wasser empor, verteilt sich über die Oberfläche, um sich dann zu einer Gestalt zusammenzusetzen. Ein Bär, die Pranken in den Himmel gestreckt, brüllt, als hätte er es seit vielen Jahren nicht mehr getan. Das Ungeborene in Glorias Unterleib tritt heftig.

Glorias Augen weiten sich und ihr Herz schlägt schneller. Mit einem Knurren streckt sich die Bärengestalt. Während diese den Mund zum Sprechen öffnet, beginnt die Quelle zu vibrieren.

»Gloria, du Gesegnete. Die Frucht des Lebens wächst in dir. Ein Mädchen wirst du gebären und wie schon vor vielen Jahren vorhergesagt, wird sie brechen den Fluch von Nimmerland. Sie wird besiegen die tödliche Macht. Doch bedenkt, ihr müsst sie schützen, denn wenn das Böse sie bekommt, seid ihr alle verloren und werdet in Dunkelheit fallen. Bring sie dorthin, wo dein Mann seinen Ursprung hat. Eines Tages wird sie zu euch zurückkehren und sich eurem größten Feind stellen. Bis dahin werden viele Jahre vergehen. Hütet das Leben eures Ungeborenen, erschafft ein Siegel, welches euer Kind weiterhin schützt, wenn es das Licht der Welt erblickt hat. Es wird zur richtigen Zeit gebrochen werden. Solltest du dich dagegen entscheiden oder gar einer von euch mit dem Mädchen gehen, wird nicht nur dein Kind vernichtet werden, sondern auch ganz Nimmerland.« Nachdem der Bär die letzten Worte ausgesprochen hat, explodiert er in tausende von Tröpfchen, die auf sie herabregnen.

Wie vom Schlag getroffen, sitzt sie im Wasser und kann sich nicht rühren. *Was soll das heißen, wo mein Mann seinen Ursprung hat? Ich will mein Kind nicht weggeben! Schon gar nicht in die Menschenwelt!*

Ihre Gedanken spielen verrückt und sie beginnt zu weinen.

»Sch …« Tallulah tritt hinter sie und streichelt ihr sanft über den Rücken. »Komm heraus, du Glückliche.«

Sie reicht Gloria die Hand und hilft ihr aus dem Wasser. Kaum hat sie beide Füße wieder auf dem Trockenen, verdichtet sich der Dampf und verschleiert abermals den Blick zur Quelle.

»Glücklich? Was soll das heißen?«, schluchzt sie. »Ich muss mein Kind abgeben, um es zu schützen! Was soll mich daran glücklich machen?« Gloria sinkt auf die Knie, schluchzt immer lauter. Dabei schlingt sie die Arme beschützend um ihren Bauch.

Tallulah gibt ihr einen Moment, um die Schwere aus ihrer Seele zu lassen. Dann zieht sie Gloria wieder hoch und sieht ihr fest in die Augen. »Mein Kind, schau mich an. Was du eben gehört hast, ist schwer, das weiß ich. Aber denk daran: Du hast die Ehre, ein Kind zu gebären, welches einmal Nimmerland befreien wird! Es ist zu Höherem bestimmt. Sie ist die Auserwählte, von der in der alten Prophezeiung die Rede ist.«

»Aber …«, versucht Gloria zu widersprechen und bricht erneut in Tränen aus.

»Ich weiß … Aber es muss sein. Sie muss in die Menschenwelt. Ziehe dich an, dann gehen wir zurück und ich werde Aurora davon berichten. Zusammen werden wir über einen Schutz nachdenken, der dich und dein Ungeborenes vor Peter Pan schützen wird. Denk daran, mein Kind. Es ist kein Abschied für immer, wenngleich für lange Zeit.«

Nur mit viel Mühe schafft es Gloria, sich anzuziehen. Ihre Knie zittern und in ihrem Kopf dröhnt es. Auf dem Rückweg weint sie stille Tränen, während Tallulah sie stützt und tröstend an ihrer Seite steht.

Hook sieht, wie Gloria weint, und eilt schnellen Schrittes auf sie zu.

»Glo, was ist passiert?« Voller Sorge drückt er sie fest an sich.

Es bricht aus ihr hinaus. »Wir müssen unser Kind fortbringen«, schluchzt sie.

»Was? Was soll das heißen?« Hook drückt sie von sich weg, um ihr in die Augen schauen zu können.

»Wenn wir es nicht tun, wird ganz Nimmerland vernichtet werden.«

»Dann kommen wir mit!«

Hoffnung glimmt in Glorias Augen, während sie Tallulah fragend ansieht, doch die schüttelt bereits den Kopf. »Das geht nicht. Pan würde etwas ahnen.«

»Dann sagt ihm, wir wären tot. So können wir zumindest unsere Tochter begleiten.«

Wieder schüttelt Tallulah den Kopf und sieht die werdenden Eltern ernst an. »Die Ahnen haben es gesagt: nur eure Tochter, ihr nicht. Es tut mir leid.«

Entsetzt stottert er: »Aber ...«

»Aber es wird alles gut werden« sagt eine freundliche Stimme. Tallulah drückt ihm sanft die Schulter. »Auch wenn der Weg schwer sein wird. Zumindest wisst ihr, dass ihr eine gesunde Tochter bekommen werdet, der ein ganz besonderes Schicksal zuteilwird. Lasst uns zur Sternenfee ins Zelt gehen und uns beratschlagen, wie wir deine Frau und euer Kind schützen können.«

Hooks Herz kann sich nicht entscheiden, ob es vor Freude hüpfen oder vor Schmerz zerbrechen soll. Er wird eine Tochter bekommen ... Aber er wird sie auch wieder verlieren.

Beim Betreten des Zeltes dringt ein strenger Geruch in ihre Nasen. Getrocknete Kräuter liegen auf heißen Steinen. Aurora schwenkt einen Stoffbeutel darüber. Auf ihr Ritual konzentriert, bemerkt sie nicht, dass die drei zu ihr stoßen.

»Setzt euch, bitte.« Tallulah deutet auf den Boden.

25

Unsicher blicken sich Hook und Gloria an. Alles geht schnell, viel zu schnell. Gerade waren sie noch glückliche werdende Eltern. Doch schon ist der Traum vom gemeinsamen Glück geplatzt.

Durch ihren Schleier aus Tränen erkennt Gloria, dass der Zeltboden mit Tierfellen ausgelegt ist.

Erst jetzt schaut Aurora auf. »Gloria, Hook, da seid ihr ja! Ihr habt gar nicht gesagt, dass ihr zu Besuch kommen wol-«

Tallulah stößt ihr sanft, aber bestimmt den Ellenbogen in die Seite. Dann zieht sie die Sternenfee zu sich heran und spricht eine ganze Weile leise mit ihr. Erkenntnis blitzt in Auroras Augen auf und eine Mischung aus Sorge, Ehrfurcht und Mitleid huscht über ihr Gesicht. Langsam wendet sie sich den Besuchern zu.

»Keine Angst, wir werden euch helfen. Ich habe bereits eine Idee«, sagt Aurora und nimmt Gloria liebevoll in die Arme. Danach drückt sie Hooks Schulter. »Setz dich Gloria gegenüber, für diesen Zauber ist es wichtig, dass nur sie im Fokus steht.«

Irritiert schaut Hook zwischen Aurora und Tallulah hin und her.

Aber er weiß, dass die beiden Frauen nur das Beste im Sinn haben. Die Hitze im Zelt ist mittlerweile ins Unermessliche gestiegen und Schweißperlen bilden sich auf Glorias Stirn.

Gemeinsam beobachten sie die Sternenfee und die Indianerin bei den Vorbereitungen. Aurora entfernt die Kräuter des vorherigen Rituals und verteilt konzentriert neue auf den heißen Steinen. Ein beißender Geruch dringt zu ihnen vor und erinnert an verbranntes Tierfell.

Um die Verbrennung der Kräuter zu beschleunigen, läuft die Indianerin mit einer Handvoll Reisig um den Steinkreis und fächelt. Die Kohle unter den Steinen glüht auf. Nach einer Weile durchdringt Tallulahs Stimme endlich den Teppich aus Hitze. »Wir können beginnen. Ich werde unsere Ahnen um Hilfe bitten, damit wir den Schutzzauber ausführen können. Bitte seid still, sprecht kein Wort.«

Hook und Gloria nicken stumm und starren gebannt auf die beiden Frauen. Sie sprechen im Chor: »O ihr Ahnen, eure Gnade erbitten wir.

Beschützt diesen Kreis und geleitet uns auf die Reise zum Schutze des Mädchens, das bald ihre Lebensstunden zählt.«

Nun kommt Aurora auf Gloria zu. Sie streckt der Schwangeren ein Messer entgegen und deutet damit auf Glorias Finger. »Ich brauche Blut von dir. Nur einen Tropfen, das wird reichen.«

Zitternd streckt Gloria ihr die Hand entgegen. Mit einer kontrolliert schnellen Bewegung entlockt die Sternenfee der werdenden Mutter kostbaren Lebenssaft und fängt ihn mit einem Blatt auf.

Sichtbar überrascht von der schmerzlosen Prozedur, begutachtet Gloria ihren Finger.

Tallulah nimmt das Blatt entgegen und legt es mit der blutigen Seite nach unten auf den größten Stein des Kreises.

»Bezahlt wurde der Tribut, um die Tür zu öffnen. Wir bitten um Einlass und folgen dir.«

Bei den letzten Worten durchzuckt es Aurora. Voller Panik beobachtet das Paar, wie Schaum aus ihrem Mund dringt. Hook will aufstehen, doch Tallulah hält ihn stumm zurück und bedeutet ihm mit einem Blick, sitzen zu bleiben.

Widerwillig richtet er sich danach.

Tallulah geht um Aurora herum, träufelt eine Flüssigkeit über sie, die verdampft, sobald sie die Haut der Sternenfee berührt.

»Du freie Seele, dringe hindurch und bring uns den Schlüssel.« Aurora zuckt noch einmal, dann tritt Tallulah langsam zurück. Jetzt bleibt ihnen nichts als Warten übrig.

In der Geisterwelt

Nebel umgibt Aurora. Aus der Ferne kann sie noch die Stimme Tallulahs vernehmen. Suchend blickt sie sich um. Sie muss zu den Ahnen, den schützenden Schlüssel besorgen. Der Nebel wird dichter und dichter, je weiter sie vorwärtsgeht. Ein Wispern von weit her warnt sie. »Du gehörst hier nicht her … Verschwinde, sonst gibt es kein Zurück mehr …«

»Aber ich ersuche Hilfe! Das Böse kam in unsere Welt.« Mit gesenktem Blick kniet sie nieder.

Abermals dringt die fremde Stimme an ihr Ohr, diesmal lauter. Sie ist männlich, klingt alt und rau. »Ihr seid bereits so gut wie verloren. Der Dämon wird das Licht in euren Herzen löschen.«

»Ich weiß. Deshalb müssen wir die Auserwählte schützen und sie in die Menschenwelt bringen. Die Prophezeiung sagt, dass sie zurückkehren wird. Sie braucht aber einen Wegweiser.«

»Ich weiß, was die Prophezeiung sagt!«, donnert die Stimme des Gestaltlosen.

»Bitte verzeiht, es ist nicht meine Absicht, Euch zu erzürnen. Ich bitte Euch demütig um Hilfe.«

»Ich werde euch helfen. Doch bedenkt, das Böse wird wüten und die Schlacht wird kommen. Dunkelheit und Licht werden Krieg führen. Das Kind wird sich erheben und der Kampf wird beginnen. Es ist nicht abwendbar.«

Nickend stimmt Aurora ihm zu. »Ich weiß, es hat bereits begonnen.«

»Ich werde eurer Bitte stattgeben, aber seid gewarnt: Es wird der Tag kommen, an dem selbst die Hilfe, die ihr erhalten werdet, seinen Dienst versagt.« Mit diesen Worten lässt die körperlose Gestalt etwas vor Aurora erscheinen.

Einen Kompass aus reinstem Gold. Er liegt schwer in ihrer Hand, durchdringt ihren Körper mit Hitze.

»Hier ist das, um das ihr ersucht. Benutzt es weise.«

»Ich danke Euch.« Aurora erhebt sich und verbeugt sich erneut. Ohne, dass er etwas sagen muss, weiß sie, was zu tun ist. Sie spürt es.

»Jetzt geh. Eine Seele, die noch mit dem Körper verbunden ist, hat in dieser Welt nichts zu suchen.«

Etwas zupft erst sanft an ihr, dann wird es zu einem Ziehen. Und plötzlich reißt es sie nach hinten. Mit dem Kompass in der Hand wird sie zurück in ihren Körper geschleudert, ehe sie antworten kann. Zurück in die Welt der Lebenden.

Die Sternenfee zieht die Luft zischend ein, während sie zu sich kommt.

Tallulah hilft ihr, sich aufzusetzen. »Geht es dir gut, meine Liebe?«

Aurora lächelt angestrengt und öffnet ihre Faust. »Ja. Ich habe den Schlüssel.«

Erschüttert starrt James auf den sogenannten Schlüssel. »Wie, zur Stechpalme, soll ein wertloser Kompass meiner Tochter helfen? Das soll ein Schlüssel sein? Ich werde diesem Stück Metall mit Sicherheit nicht das Leben meines Kindes anvertrauen!« Er ist lauter, als er wollte, und seine Stimme schroff.

»James!«, zischt Gloria, doch sie wirkt selbst verunsichert.

Aurora beachtet ihn nicht. Sie öffnet den Deckel des Kompasses und alle starren wie gebannt darauf.

»Er hat ja noch nicht einmal eine Nadel!« Hooks Gesicht färbt sich rot vor Zorn.

»James, es reicht!«, tadelt ihn Tallulah streng. »Aurora hat große Gefahr auf sich genommen, um ihn zu besorgen, sie ist freiwillig in die Welt der Toten gegangen, um die Ahnen zu befragen!«

Hook räuspert sich und murmelt: »Tut mir leid.«

Aurora meldet sich zu Wort. »Er wird uns als Schlüssel zur Menschenwelt dienen und eure Tochter eines Tages zu uns zurückführen. Das ist alles, was wir euch momentan sagen können.«

Beschämt und frustriert schaut James zu Boden und drückt Gloria fest an sich.

»Ihr solltet nach Hause gehen und euch ausruhen, fürs Erste könnt ihr nichts mehr tun. Denkt daran: Peter Pan darf unter keinen Umständen mitbekommen, dass das Leben in Glorias Bauch eines Tages sein Untergang sein wird.«

Dämon der Nacht

»Süße, saftige Energie«, flüstert Pan, als er durch das Portal fliegt. Jedes Mal fängt sein Körper vor Erregung an zu kribbeln, Speichel fließt durch seinen Mund und die Gier auf Nachschub wächst.

Sein Körper verliert bereits Farbe. Ein fauliger Geruch geht von ihm aus und seine Haut wird so dünn wie Pergamentpapier. Die Zeit wird knapp. Er braucht neue Lebensenergie.

Auf der Suche danach fliegt er über London. Unter ihm spielt sich das Leben ab. Menschen, die wie winzige Ameisen durch die Straßen laufen und nichts von seiner Existenz ahnen. Er weiß, wo er nach den Kindern suchen muss, findet jedes Mal zuverlässig seine Opfer. Vorbei an einer Siedlung, in der Autos Reih an Reih geparkt sind, fliegt er stadteinwärts. Von Weitem erkennt er Lichtflecken weit oben im Himmel. Da will er hin, denn hier ist diese Nacht sein Ziel. Ein Hochhaus, kahl und abgelebt. Peter Pan schwebt ein paar Runden um das Haus, schaut sich das Geschehen von oben an, steigert seine Vorfreude auf das Kommende.

Lautlos lässt er sich auf dem kleinen Vorsprung am Fenster nieder und schaut in das schwach beleuchtete Kinderzimmer. Ein Junge sitzt auf dem Fußboden und spielt mit seinen Autos. Immer wieder lässt er sie ineinander krachen.

Leise klopft Peter an das Fenster. Zuerst weiß der Junge nicht, woher das Geräusch kommt, und schaut sich verwirrt in seinem Zimmer um.

Wieder klopft Pan an die Scheibe. Diesmal ist der Blick des Jungen zielgerichtet und er entdeckt den Dämon. Die Augen des Kleinen weiten sich vor Staunen. Mit einem Hechtsprung eilt der Junge zum Fenster und öffnet es. »Du ... Du bist Peter Pan, oder?«, presst er staunend hervor.

33

Pan, der um die Geschichten von ihm in der Menschenwelt weiß, freut sich, denn dieser Junge wird ein leichtes Opfer sein. »Hallo, Kleiner«, sagt er, während er Saltos in der Luft dreht. »Wie ist dein Name?«

Der Junge, der ihn immer noch fasziniert anstarrt, antwortet: »Adam.«

»Hallo, Adam. Hast du Lust auf ein Abenteuer?«, säuselt Peter.

Adam nickt und seine Kinderaugen leuchten. »Können wir fliegen?«, fragt er seinen Kinderbuchhelden.

»Natürlich, wir können alles! Soll ich dir mal Nimmerland zeigen?«

Begeistert nickend, steigt Adam auf sein Fensterbrett, um Pan seine Hand zu reichen. »Ist Glöckchen auch da? Und die verlorenen Jungs?«

Peter, den es nervt, dass diese Idioten von Menschen seine Geschichte falsch erzählen, schluckt seinen Frust hinunter. Immerhin ist die Sache mit Nimmerland ein guter Vorwand und der Schock der Kinder am Ende gibt ihm den besonderen Nervenkitzel. So erzwingt er ein Lächeln. »Na klar ist sie da. Die verlorenen Jungs warten auch schon auf dich. Ich zeige dir einmal Nimmerland, wir ärgern Hook und dann flieg ich dich zurück!«

Adam hüpft vor Aufregung. »Ja, auf nach Nimmerland!« Begeistert reicht er dem Dämon seine Hand und lässt sich ins Verderben fliegen.

Pan lacht. Seine Stimme ändert sich. Sie wird grob und bohrt sich in das kleine Kinderherz, benetzt es mit Angst. Er weiß, dass Adam bereits ahnt, dass gleich etwas Grausames passieren wird.

Tränen laufen über Adams Wangen. Pan spürt fast körperlich, wie sich ein Drücken durch Adams Bauch bohrt, sich weiter über seinen Brustkorb legt, ihm die Luft aus der Lunge drückt.

»Mami!«, ruft er und weint lauter.

Noch einen Moment labt er sich an der Angst des Jungen, dann beginnt ihn das Geheule und Gejammer zu nerven. Ruckartig dreht er sich herum, packt Adam am Kragen und knallt ihn so heftig gegen den Felsen, dass er bewusstlos wird. Klebriges Blut sickert aus seinem Hinterkopf.

Pan lässt ihn auf den Boden fallen, reibt sich die Hände. »So viel Gutes steckt in dir, begehrenswerte Jugend … Lasset das Festmahl beginnen!«

Er beugt sich über sein willenloses Opfer, lässt seine Zungen frei, die ihren Weg in den kleinen Körper finden. Der Junge wacht wieder auf. Seine Augen weiten sich, als er Pans Zungen in seiner Brust sieht, und er schreit vor Schmerz. Pan weidet sich daran.

Es ist viel zu schnell vorbei, aber es hat gutgetan. Seine Haut ist wieder jung und straff, sein Herz schlägt mit voller Kraft in seiner Brust. Ganz im Gegensatz zum Herzen des Jungen, der leblos auf dem Boden liegt.

»Wendy!«, brüllt er.

Das Mädchen mit den weißen Haaren und den dunklen Rändern unter den Augen kommt aus einer Ecke der Höhle angelaufen.

»Bring das weg«, befiehlt er und schaut abschätzig auf die Leiche.

»Vierhundertdrei …« murmelt sie und zieht die Leiche bis zum Ausgang der Totenkopfhöhle hinter sich her. Sie wird den Körper genau wie alle anderen zuvor ins Meer werfen.

Fay

»Fay, du Ei, hast wieder mal nur Sechsen dabei!«, ärgert John, ihr jüngerer Pflegebruder, sie. Schließlich ist er in solchen Situationen wenigstens einmal der Stärkere, wird er doch täglich von den Pflegeeltern kritisiert und für Dinge bestraft, für die er nichts kann. Genau wie sie.

Fay schaut auf ihre roten Chucks und versucht, sich zusammenzureißen. Sie streicht sich eine Strähne ihrer blonden, gewellten Haare hinter das Ohr. Um nichts in der Welt will sie zu weinen anfangen. Aber es ist schwer, denn sie weiß, was ihr zu Hause blühen wird.

Der Keller … in all seinen Facetten. Mit der kalten Zugluft, dem Knarzen des Verschlages und der unerbittlichen Dunkelheit.

Ihr fröstelt es bei den Gedanken. Am liebsten würde sie weglaufen. Aber wohin? Sie hat niemand anderen und John kann sie auch nicht einfach allein lassen.

»Hör auf«, versucht sie, John abzuwimmeln. *Als ob er jemals darauf gehört hätte.*

»Du kriegst voll Ärger!«, brüllt er ihr hinterher.

Obwohl sie es besser weiß, dreht sie sich halb um. Jetzt entschließt er sich, sie zu verfolgen, dabei rammt er andere Kinder und reißt einem von ihnen die Tasche von der Schulter.

»Ey! Pass doch auf, wo du hinrennst!«

Johns Augen weiten sich vor Schreck. Er hat ausgerechnet Max angerempelt, der dafür bekannt ist, so etwas nicht auf sich sitzen zu lassen. Max zieht seine Jacke aus, schmeißt sie von sich und geht schnellen Schrittes auf John zu. Er schiebt sich währenddessen einen Ärmel hoch und ballt seine Hände zu Fäusten. »Dir werde ich Manieren beibringen!«

Augenblicklich wird John leichenblass. Er versucht, die Flucht zu ergreifen, doch bevor ihm das gelingt, packt Max ihn am Arm und reißt ihn zu Boden.

Die Schreie ihres Bruders hallen zu Fay herüber. »Nein, bitte, hör auf, au! Hilfe, Fay!«

So sehr sie sich auch bemüht, ihren Pflegebruder zu ignorieren, gelingt es ihr nicht. *Verdammt, Fay,* ermahnt sie sich selbst. *Er ist selbst schuld und hat es verdient ...*

Doch da hat sie sich bereits entschieden. Sie dreht sich ganz um und rennt zu Johns Angreifer. »Lass ihn in Ruhe, such dir jemanden in deiner Gewichtsklasse!«, ruft sie.

Max' Freunde springen ihr in den Weg und versperren den Weg zu ihrem Bruder. Doch Fay wäre nicht Fay, wenn sie sich davon aufhalten lassen würde. Wie eine wildgewordene Katze, die ihre Jungen beschützen will, kämpft sie sich durch die halbstarken Freunde und springt auf Max zu, der gerade dabei ist, Johns Nase zu brechen.

»Such dir jemanden, der genauso stark ist wie du!«, brüllt sie und prügelt dabei auf Max' Rücken ein.

Wütend dreht er sich herum und Fays nächster Schlag trifft seine eigene Nase. Blut tropft hinaus und Max starrt ungläubig auf den roten Fleck, der sich auf seinem Shirt bildet.

Diesen Moment nutzen die beiden, um die Flucht zu ergreifen. Sie rennen los. Hinter ihnen schreien Max' Freunde. Füße donnern über den Asphalt, jagen sie unerbittlich. Aber Fay und John schlagen immer wieder Haken, bis sie auch die letzten wütenden Verfolger losgeworden sind. Kurz vor dem Weg, der zu ihrem Haus führt, bleiben sie stehen und ringen nach Luft. »Das wird Ärger geben«, keucht John, als sie endlich langsamer werden.

Fay reagiert nicht. Sie hasst sich in diesem Moment zu sehr. *Warum rette ich diesen Mistkerl?*

Schon oft ist sie mit diesem Verhalten in Schwierigkeiten geraten. Die Kluft zwischen ihrem Verstand und ihrem Herzen bekommt sie nicht gut in den Griff.

»Danke«, presst John heraus. Sie biegen in eine Straßenecke ein, schauen sich um und warten einen Moment, um wirklich sicher zu sein, dass sie nicht verfolgt werden.

»Wir haben es geschafft. Jetzt lass mal sehen.« Unter Johns Protest besieht sie sich sein Gesicht. »Das sieht übel aus.« Sie nimmt ihren Rucksack vom Rücken und kramt darin herum. »Ich muss dir das Blut abwaschen, bevor Olaf und Mona es sehen.« Fay hat ihre Wasserflasche in einer Hand und sucht mit der anderen weiter. Schließlich wird sie fündig und gießt etwas Wasser auf ein Taschentuch, mit dem sie ihrem Bruder das Gesicht abtupft. Dabei zieht er die Luft scharf ein.

»Am besten du erzählst ihnen, du wärst gegen den Schrank gelaufen oder so«, schlägt sie vor. »Hoffen wir mal, dass sie nicht weiter nachfragen.«

Nun, da die verräterischsten Spuren beseitigt sind, können sich die beiden auf den Nachhauseweg machen, jeder in eigene Gedanken vertieft. Doch je näher sie ihrem Zuhause kommen, desto unruhiger werden sie.

Olaf und Mona, ihre Pflegeeltern, legen sehr viel Wert auf Etikette. Wenn sie erfahren würden, was passiert ist, dann gäbe es eine Menge Ärger. Mit weichen Knien laufen beide den Steinweg zum Haus entlang, der Rasensprenger verrichtet wie jeden Tag seine Arbeit. Niemand würde auf die Idee kommen, dass hier zwei unglückliche Kinder leben. Das Haus macht von außen einen gepflegten Eindruck, genauso wie ihre Pflegeeltern liebevoll und fürsorglich wirken. Die alte Schaukel hängt noch an der großen Eiche, ein Überbleibsel aus glücklicheren Tagen.

»Fay, John!« Ein älterer Mann läuft zu ihnen herüber. Hugo, der Gärtner. Er ist, schon seit Fay denken kann, Angestellter bei ihnen. Doch für sie ist er mehr, er ist ein Freund.

Manchmal haben sie zu dritt ein Picknick im Garten gemacht, dabei haben sie sich vorgestellt, sie wären Abenteurer auf einer Weltreise.

»Wie seht ihr denn aus?« Hugo zeigt auf Fays Hose.

Verdammt, ein Blutfleck! Von wegen alle Spuren verwischt …

Er erkennt offenbar das Entsetzen in ihrem Gesicht, weshalb er sagt: »Halb so schlimm, ich habe da ein Zaubermittel. Komm mit.«

Fay sieht John an. »Geh ruhig schon vor, wir müssen ja nicht beide Ärger kriegen.«

Ihr Bruder zuckt die Schultern und trottet ohne sie ins Haus.

Erleichtert folgt Fay ihrem alten Freund.

Links und rechts des Weges sind neue Blumen gepflanzt. Pampasgras in Weiß und Rosa, so wie die gnädige Frau es wollte. Beim Aufschließen der Gartenlaube strömt ein modriger Holzgeruch aus dem kleinen Verschlag. Die Tür knarrt, als sei sie jahrelang nicht benutzt worden.

»Was ist passiert?« Liebevoll drückt Hugo Fay auf einen Hocker.

Nachdenklich fährt sie über das sternförmige Muttermal an ihrem Arm und überlegt, was sie ihm sagen soll. »Ach, ein Klassenkamerad hat sich die Nase aufgeschlagen und ich habe ihn ins Lehrerzimmer gebracht, dabei muss ich etwas Blut abbekommen haben.«

Skeptisch schaut er ihr in die Augen. »Fay.« Der Gärtner stemmt seine Hände in die Hüfte. »Ich kenne dieses Gesicht.« Er fuchtelt spielerisch erbost mit seinem Finger vor ihrer Nase herum. »Also, sag, was ist wirklich passiert?«

Sie seufzt und holt Luft. »Also gut, John hat versehentlich den Schulrowdy angerempelt, der ist deswegen total ausgeklinkt und hat sich auf ihn gestürzt. Ich wollte ihm helfen und bin dann mitten rein in die Schlägerei.« Darüber, dass John sie zuvor geärgert hat, schweigt sie, weil sie nicht riskieren möchte, dass Hugo sauer auf ihn wird.

»Ich kenne wirklich kein anderes Mädchen, das so für Menschen kämpft, die sie mag. Dabei bist du erst vierzehn!«

Und ich kenne kein anderes Mädchen, das so dämlich ist wie ich, denkt sie bei sich.

»Dann wollen wir mal sehen, wo ist es nur?« Hugo kramt in einem Holzregal, dabei verschiebt er diverse Flaschen mit Flüssigkeiten. »Fleckenteufel gegen Blut …« Ein Glucksen geht von ihm aus. »… Ah, da ist es ja. Reibe einfach etwas auf den Fleck, lass es einwirken und, schwupp, müsste alles wieder gut sein.«

40

»Hugo, du bist mein Held.« Mit diesen Worten steht sie auf und knufft ihn liebevoll in die Seite. Sie nimmt das Mittel entgegen und lässt sich von ihm helfen, den Fleck zu beseitigen. Kurze Zeit später ist tatsächlich nichts mehr davon zu sehen.

»Für mein Mädel tu ich doch alles. Aber jetzt muss ich weitermachen, es wartet noch eine Menge Arbeit auf mich. Geh schnell, bevor du Ärger bekommst.«

Sie verabschieden sich und Fay eilt ins Haus. Leise öffnet sie die Haustür, in der Hoffnung, unbemerkt im Zimmer verschwinden zu können, doch Mona steht bereits im Flur und hat sie erwartet. »Wieso kommst du zu spät? John ist bereits beim Mittagessen.«

Pünktlichkeit ist auch eines der Dinge, die für Familie Traustein von großer Bedeutung sind.

»Dafür bekommst du keinen Nachtisch. Wasch dir deine Hände und gehe essen.«

Keinen Nachtisch zu bekommen, ist auf jeden Fall besser, als überhaupt kein Essen haben zu dürfen.

Sie nickt brav, hängt die Jacke auf und geht den strahlend weiß gestrichenen Flur entlang, um sich im Bad die Hände zu waschen.

Die Familie hat das Haus erst vor zwei Jahren grundsaniert. »In so was Altmodischem kann ich nicht mehr leben«, klagte Mona immer, bis es ihrem Mann reichte und er eine Firma beauftragte, das Haus zu sanieren. In dieser Zeit waren alle zusammen in einem Hotel untergebracht gewesen. Seitdem legt die Pflegemutter noch größeren Wert auf Sauberkeit und Ordnung.

Die Kinder haben ein eigenes Bad. Dort hängen eine Menge Zettel mit Instruktionen, an die sie sich zu halten haben. *Toilettendeckel desinfizieren!*, steht mit roter Schrift auf einem von ihnen.

Am Waschbecken ist eine genaue Anweisung, wie sie sich die Hände zu reinigen haben. Außerdem wurde eine Zeitschaltuhr eingebaut, damit nach dreißig Sekunden das Wasser automatisch ausgeht. Früher stand Mona mit einer Eieruhr in der Hand im Bad und hat die beiden genauestens beaufsichtigt. Jetzt überlässt sie es der modernen Technik.

Immerhin etwas besser als ihre Anwesenheit, seufzt Fay in Gedanken.

Am Spiegel hängt eine Beschreibung für das richtige Zähneputzen.

John muss im Sitzen pinkeln. Einmal, da war er sieben und für einen Moment unbeaufsichtigt, hat er sein kleines Geschäft doch im Stehen verrichtet. Im selben Moment ist Mona hereingeplatzt und das Theater ist groß gewesen. Er musste das Klo mit seiner Zahnbürste putzen.

»*Damit du nie wieder vergisst, dich an Regeln zu halten, du undankbarer Bengel!*«

Fay läuft es kalt den Rücken runter, denn das Schwierigste hat sie noch vor sich. Sie muss ihren Pflegeeltern das Ergebnis der Chemiearbeit mitteilen.

Viele Nachmittage haben sie mit ihr am Küchentisch verbracht, um ihr endlich die »nötige Intelligenz«, wie sie es immer nennen, beizubringen. Irgendwann ist Olaf der Kragen geplatzt.

»Du bist ein fruchtloser Boden, nicht der Mühe wert!«, ist seine letzte Aussage gewesen. Seitdem lassen sie Fay mit diesem Problem allein.

»Wir investieren in niemanden Zeit, der es nicht wert ist«, hat Mona pikiert kundgetan.

Stattdessen sperren sie Fay seitdem bei Versagen in den Keller, damit sie über ihre Faulheit nachdenken kann.

Frustriert schiebt sie die Gedanken beiseite, verlässt das Bad und geht in die Küche.

»Da bist du ja endlich«, sagt Mona. »Setz dich und sprich das Tischgebet.«

Schon von klein auf musste sie lernen, die Zeilen zu sprechen, die sie stets daran erinnern, dass Fay gefälligst dankbar zu sein hat.

»Gott, ich danke dir für meine lieben Eltern, danke dafür, dass ich nicht in einem Waisenhaus leben muss. Danke für das regelmäßige Essen und das Dach über meinen Kopf. Amen.«

Selbstzufrieden lächelnd deutet Mona auf den Teller, was bedeutet, dass gegessen werden darf.

Plötzlich hält sie inne. »Was ist das da an deiner Stirn?« Sie deutet auf John und kneift die Augen zusammen.

»Ich bin gegen den Schrank gedonnert«, piepst er.

Mona mustert ihn noch einen Moment, dann schiebt sie die Erbsen auf ihrem Teller in die richtige Position und beachtet ihn nicht weiter. Es sieht ganz so aus, als hätte sie heute eine für ihre Verhältnisse hohe Frustrationstoleranz.

»Wie war euer Tag?«, fragt Olaf desinteressiert und tupft sich den Mund mit einer Serviette ab.

»Gut«, sagt Fay nur. Es interessiert ihn ohnehin nicht wirklich, also warum mehr Worte verwenden?

»Was für eine Note habt ihr beide heute bei euren Arbeiten bekommen? John?«

Ihr Bruder windet sich und stochert auf dem Teller herum.

»John!« Olafs Stimme klingt dunkel und drohend.

»Eine Drei«, murmelt er.

Mona und Olaf hören zeitgleich auf zu essen und starren ihn an. »Nach der ganzen Lernerei hast du nur eine Drei bekommen? Was glaubst du eigentlich, wie viel Zeit und Geld uns deine vermaledeite Nachhilfe gekostet hat? Nichtsnutziges, undankbares —«

»Aber Fay hat eine Vier geschrieben!«, platzt John heraus. Seine Unterlippe bebt und er traut sich nicht, irgendjemanden anzusehen.

Diese kleine Ratte, vorhin habe ich ihm noch seinen Hintern gerettet und jetzt!?

Fays Brust schnürt sich zusammen.

»Du hast was? Ist das wahr?« Die Stimme von Mona hallt schrill durch die Küche.

»Ja, aber …«, stottert sie.

»Da gibt es kein Aber, du faules Stück!«

John schaut betreten nach unten und rührt sich nicht, er ist wie erstarrt.

Mona steht auf und schnaubt. »Faule, undankbare Kinder kommen in den Keller!« Sie packt Fay an den Haaren. Es schmerzt und Fay schreit auf, doch Mona kennt keine Gnade und zerrt ihre Tochter vom Stuhl in Richtung Keller.

Sie zieht sie an dem großen Spiegel im Flur vorbei, und das Spiegelbild von Mona erscheint Fay so riesig, als sei sie innerhalb der letzten Minuten um Meter gewachsen. Sie selbst sieht klein und hilflos aus.

Mona schließt die Kellertür auf und schubst sie die Stufen hinunter. Dabei stößt sie das Mädchen immer wieder gegen die Wand, doch Fay bringt keinen Mucks heraus. Unten angekommen drückt sie Fay auf einen Stuhl.

»Mal sehen, ob deine Hirnzellen davon in Schwung kommen, aber wahrscheinlich hilft nicht mal mehr das«, faucht sie ihre Pflegetochter an, dreht sich um und verlässt den Keller.

Tränen laufen Fays Wangen hinab. Bittere Tränen, die ungesehen bleiben werden. Wieder einmal wird sie mit ihren Gedanken allein sein. Sie denkt an John und seinen Verrat, sofort kocht Wut in ihr hoch. Trotzdem weiß sie, dass er es nur getan hat, um von seinen eigenen Noten abzulenken. »Lieber Opfer machen, als ein Opfer zu sein«, hat er mal zu ihr gesagt.

Verzweiflung treibt Menschen zum Äußersten, das wusste sie schon, bevor sie in die Schule kam. Zum Beispiel dazu, ungewollte Kinder wie sie einfach wegzugeben.

Die nächsten Stunden sind schwer, als hätten sich eiserne Hände auf Fays Schultern gelegt und sie nach unten gedrückt. Zwischendurch steht sie auf und läuft hin und her, um die Kälte aus ihren Gliedern zu vertreiben. Nach einer Weile setzt sie sich erneut. Müdigkeit kriecht in jeden Winkel ihres Körpers und ihr Magen beginnt zu knurren. Um sich abzulenken und wachzuhalten, spannt sie abwechselnd ihre Muskeln an und lässt sie wieder locker. Doch nach und nach verliert sie den Kampf. Ihre Augen werden schwerer, bis sie der Müdigkeit schließlich nicht mehr standhalten kann.

Wellen schlagen gegen eine Felswand. Die Sonne ist bereits untergegangen und Stille legt sich über die Insel. Bis ein markerschütternder Schrei ertönt. Augenblicklich fallen Sterne vom Himmel, so als würde einer nach dem anderen sterben. Mit jedem gefallenen Stern wird es dunkler.

Ein Frauenlachen hallt wie ein Echo durch die Nacht. Kein schönes, sondern eines von der Sorte, wie nur Irre es ausstoßen können. Wie durch ein Fernglas kann Fay sie sehen. Sie fühlt sich wie mitten in einem Horrorfilm gefangen. Die Unbekannte hält ein Messer in ihrer Hand. Blut tropft von der Klinge auf den Boden. Die Verrückte steht vor einem Steinkreis, hält ihre Hand in die Luft und lässt das Messer auf ihre Finger sausen, dabei wird das Lachen schriller als zuvor.

Fay schreckt aus dem Traum auf, weil sie Schlüssel klappern und die Tür aufgehen hört. Die Treppen knarzen bei jedem Schritt. Es ist Olaf.

»Komm mit.«

Der Traum steckt ihr noch so sehr in den Knochen, dass sie einen Moment braucht, um sich zu erheben.

»Hallo? Erde an Fay, du sollst deinen Hintern nach oben bewegen«, spricht er langsam, Wort für Wort, als sei sie schwer von Begriff.

Sie beeilt sich, doch das Laufen fällt ihr schwer, obwohl ihr Herz vor Angst rast.

»Schneller, wir sind hier nicht im Rentnerclub«, spottet Olaf hinter ihr und treibt sie nach oben. Im Vorbeigehen fällt ihr Blick auf die Uhr im Korridor. Es ist kurz nach acht, das heißt, sie war etwa fünf Stunden im Keller.

»Jetzt geh auf dein Zimmer, wir wollen dich heute Abend immer noch nicht sehen.« Die Hände tief in die Hosentaschen gesteckt, deutet Olaf mit seinem Kinn zur Treppe und sie eilt sofort nach oben, dankbar, nicht mehr im Keller zu sein.

Als Fay in ihrem Zimmer in ihr Bett fällt, schläft sie schon bald erschöpft ein. Es zieht sie auf diese geheimnisvolle Insel, auf der sie schon so viele Träume verbracht hat.

Meerfrauen

Während Peter sich auf seine Schlafmatte zurückzieht, um das Festmahl zu verdauen, hat Wendy alle Mühe damit, sein Opfer aus der Höhle zu schaffen.

Seelenlose wiegen schwer und es scheint, als habe sich Blei in der leblosen Hülle breitgemacht. Wie gern würde sie nur ein einziges Mal von dieser kraftvollen Quelle probieren, aber sie kann es nicht. Sie ist nicht Peter Pan.

Sie schleift die Leiche an den Bäumen vorbei, die bereits vor vielen Jahren ihre Blätter abgeworfen haben. Es ist hügelig im Nebelreich und Wendy flucht. Sie hasst es, die Drecksarbeit machen zu müssen. Fest davon überzeugt, zu Höherem als diesem hier berufen zu sein, tritt sie nach allem, was ihr im Weg steht.

Sie hat die Lichtung erreicht, auf der sie den Dämon einst nach Nimmerland holte. Das Stück Erde, auf dem der Steinkreis errichtet gewesen ist, ist ein tiefes Loch geworden, in dem sich schwarze Flüssigkeit gesammelt hat. Schmerz, Vergeltung, aber auch ein Stück von Wendys Seele und dem Bösen, das nun herrscht, befindet sich in der Kuhle. Unaufhörlich blubbert sie vor sich hin.

Für Wendy ist es jedes Mal ein Hochgenuss, in ihrer Nähe zu sein, denn sie zeigt ihr, wer sie ist. Die zähflüssige schwarze Suppe ist ein Spiegel des Seins, auf das sie so lange hingearbeitet hat, für das sie so viel leistete.

Ihr Opfer immer noch hinter sich herschleifend, hat sie ihr Ziel nicht aus den Augen verloren. Die Bucht, dort wird sie diesen Ballast hinunterwerfen wie jedes Mal.

An der Grenze zum Nebelreich angekommen, muss Wendy würgen. Sie erträgt die Schönheit der Insel nicht. Alles erinnert sie an ihre Schwester Aurora und an die Dinge, die sie nie haben konnte.

Immer warst du der Liebling von Mama und Papa, die Klügere und die, die für Gerechtigkeit sorgte. Ich wünsche dir den Tod. Glaube mir, du wirst unseren Eltern bald folgen!

Emotionslos wirft sie den leblosen Körper über die Klippe. Danach kehrt sie zurück zu der Höhle, in der ihr Herr und Meister auf sie wartet.

Ein tiefes Gefühl von Entsetzen reißt die Meerfrau Miranda aus dem Schlaf. »Die Götter stehen uns bei, es werden immer mehr«, seufzt sie verzweifelt in ihr Kissen.

Sie schält sich aus ihrem Bett, das mit seiner daran befestigten Algendecke dafür sorgt, dass sie im Schlaf nicht nach oben treibt. Dann schwimmt sie den langen, von Seesternen geschmückten Flur entlang, vorbei an den Zimmern ihrer Schwestern und hinaus in den dunklen Ozean.

Etwas Trauriges wird in wenigen Sekunden den Weg in ihre Arme finden, das spürt sie. Miranda blickt hinauf und schaut zu, wie ein kleiner Körper in die Tiefe sinkt.

Die Meerfrau streckt ihre Arme aus, um das Menschenkind in Empfang zu nehmen. Behutsam schwimmt sie mit dem toten Jungen zurück ins Schloss, um ihm dort die letzte Ehre zu erweisen. Sie und ihre Schwestern versuchen zumindest, den Opfern eine würdevolle Ruhestätte zu verschaffen. Eines Tages wird jede gequälte Seele in die Anderwelt gelangen können, aber bis dahin wird noch viel Zeit vergehen.

Ihr Ziel ist der große Saal, in dem ein Tisch mit acht Stühlen aus Steinen steht. Sie legt den Jungen darauf und streichelt ihm sanft über seine Haare, dabei vergießt sie gelbe Tränen. Sie sind schwerer als Wasser und jede einzelne, die seinen Körper trifft, zieht sofort ein.

Meerfrauentränen waschen einen Körper von allem Bösen frei. Sie spricht nun, um auch den Rest des Grauens zu vertreiben:

»Seele, so klein und rein, wirst niemals vergessen sein. Böses musstest du ertragen, in den Fängen des Dämons warst du gefangen. Friede wurde dir keiner vergönnt, doch die Tränen der heilenden Kraft werden mit dir sein, bis du erwachst und frei bist.«

Behutsam entkleidet sie den Jungen. Zum Zeichen der Ehre bekommt er ein neues Gewand. Es ist grün und wird aus Seetang hergestellt.

Danach nimmt sie ihn wieder auf den Arm und schwimmt mit ihm durch den Ozean. Dorthin, wo schon unzählige andere Kinderkörper liegen. Zum Ort der Trauer und des Schmerzes. Goldene Seesterne schmücken die kleinen Gräber. Sie sind die Wächter der Toten und tragen alle einen Namen eingraviert, um die Seelen anzuerkennen. Die Meerfrauen haben sie ihnen gegeben und jeder hat eine bestimmte Bedeutung. Da stehen *Leif, Leon, Liv* und *Linus* neben unzähligen anderen.

Miranda holt tief Luft und pustet auf den Meeresboden. Augenblicklich entsteht ein tiefer Krater. Liebevoll bettet sie ihren Schützling darin und zieht die Luft wieder ein, sodass sich das Loch schließt. Auf den Seestern schreibt sie mit ihren Fingernägeln *Luan*.

»Ruhe in Frieden, kleine Seele.«

Einen Moment verharrt sie noch bei den Gräbern und beobachtet die Fische, die sorglos und unbeschwert an diesem Ort vorbeischwimmen. Dann macht sie sich auf den Weg zurück ins Schloss, wo ihre Schwestern auf sie warten.

Der geheimnisvolle Karton

Erleichtert darüber, im Chemieunterricht nicht den Klassenraum ange-zündet zu haben, macht sich Fay auf den Weg nach Hause. Heute gibt es endlich mal keine Hiobsbotschaften aus der Schule. Das bedeutet mit etwas Glück: kein Keller, keine Strafe. Von John ist auch weit und breit nichts zu sehen. Tief in ihrer Gedankenwelt versunken, vergeht der Weg bis zu Hause wie im Flug. Erst als Hugo ruft: »Da ist ja meine Lieblings-Fay!«, kommt sie wieder richtig zu sich. Der Gärtner steht am Zaun und schneidet die Hecken.

Gerade hat er innegehalten und winkt ihr freudig zu. Dabei schwingt er die Heckenschere gefährlich nahe an seinem Kopf vorbei. Manchmal fragt sie sich, wie der liebenswerte Tollpatsch nur so alt geworden ist. Er nimmt alles an Unfällen mit, was er kriegen kann. Vielleicht hat sie ihn auch gerade für diese spezielle Art sehr gern.

»Hallo«, ruft sie zurück und geht dabei immer schneller. Am Ziel angekommen, umarmt sie ihren alten Freund.

»Dein Fleckenzaubermittel ist wirklich super, es war echt gar nichts mehr zu sehen! Mona hat nichts gemerkt.« Dass sie trotzdem im Keller sein musste, verschweigt sie ihm. Er soll sich keine unnötigen Sorgen machen.

»So sollte es sein. Kennst du schon die Geschichte hinter diesem Zeug?«

Er liebt es, sich zu allem etwas einfallen zu lassen. Fay muss grin-sen, obwohl sie findet, dass sie mit vierzehn schon zu alt für solche Kindergeschichten ist. Manchmal glaubt sie, dass es seine ganz eigene Art ist, mit seinem Schicksal klarzukommen.

Viele Details weiß sie nicht, nur dass seine Kinder über Nacht entführt wurden, seitdem fehlt jede Spur zu ihnen. Danach ist auch seine Ehe in die Brüche gegangen und nun ist er ganz allein.

»Nein, erzähl«, antwortet sie und zieht ihren Freund in den Garten hinein.

»Also, hör gut zu! Es war einmal eine Fee, die war sehr darauf bedacht, dass immer alles sauber war. Kein Schmutzpartikel oder Staubkorn durfte in ihrem Schloss liegen. Ihre Angestellten mussten sich, bevor sie eintraten, den Schmutz von den Schuhen putzen. Eines Tages, es war um die Mittagszeit und der Feenkönigin wurde gerade Kuchen serviert, musste sie schrecklich niesen. Dabei vergoss sie etwas Kaffee aus ihrer Tasse. Er landete mitten auf ihrem liebsten Kleid. Egal, was sie auch versuchte, der Fleck ging nicht raus. So beauftragte sie ihre Diener, ein Mittel zu finden, um den Fleck zu entfernen. Derjenige, der es schaffen würde, bekäme ein Säckchen voll Gold. Da machten sich ihre Untertanen auf die Suche, experimentierten wie verrückt, doch was sie auch versuchten, keines der Mittel brachte Erfolg. Eines Tages kam ein Freund des Königs ins Feenreich und bat um Unterschlupf. Er erfuhr von diesem Fleck und bot an, ihn zu entfernen. Die Feenkönigin stimmte zu, ließ ihm aber nur eine Nacht Zeit, da es noch viele andere Anwärter gab. In dieser Nacht war der Mann lange wach, denn es forderte sein ganzes Können, etwas herzustellen, das diesem Zweck dienlich war. Weil er sich sicher war, dass dieser Fleck niemals zu entfernen sein würde, schaffte er ein Unsichtbarkeitsserum, das nur auf Flüssigkeiten wirkte, nicht aber auf Stoff.

Als er gerufen wurde, war er sehr nervös. Die Königin befahl ihm, ihr Kleid zu retten. Er tat, wie ihm geheißen, und ein Raunen ging durch den Saal, weil das Kleid in neuem Glanz erstrahlte. Voller Freude bot die Königin ihm an, als leibeigener Wäschereibediensteter am Hof zu arbeiten, wenn er ihr das Rezept gäbe. Gutgläubig erzählte er ihr, dass es nur drei Zutaten benötigte. Wichtelspucke, die sehr schwer zu beschaffen und zu verarbeiten war, Salz und Wasser. Da die Königin neuen Reichtum roch, ließ sie ihn töten und erfand das beste Rezept in dieser Welt.«

»Aber erfunden hat es doch trotzdem er. Und was ist das bitte für ein Ende? Sie tötet ihn einfach und hat das Rezept?«

»Was soll ich sagen? Es war so!«

»Ich glaube, ich bin zu alt für diese Geschichten«, seufzt Fay.

»Iwo« antwortet ihr Hugo und macht sich weiter an die Arbeit.

Ich wollte ihn wirklich nicht kränken. Mit einem schlechten Gewissen schaut sie ihm hinterher. Er ist längst wieder in seine Arbeit vertieft und so macht sie sich auf den Weg ins Haus.

Als sie die Tür erreicht, betrachtet sie das große Schild mit den goldenen Buchstaben. »Hier wohnt Familie Traustein«, steht darauf. Ihr Name – ihre Pflegeeltern sind Deutsche – klingt höhnisch in ihren Ohren, kommt doch das Wort *trauen* darin vor. Hat es etwas mit *Vertrauen* zu tun? Beinahe muss sie lachen, obwohl es schmerzlich ist. *Trauen kann ich hier wohl niemandem aus der Familie.* Sie dreht den Schlüssel im Schloss und augenblicklich ertönt die Alarmanlage.

»Verdammt«, schreit sie und drückt wie wild auf den Tasten herum. Vor lauter Aufregung hat sie die Nummer vergessen, die sie vorher hätte eingeben müssen, und ihre Finger zittern ohnehin zu stark. Hugo eilt herbei.

»Du musst den Code eingeben!«, meint er gehetzt.

»Ich … Ich weiß ihn nicht mehr …«, stammelt Fay.

»Denk nach, ganz in Ruhe. Blende das Klingeln aus. Du bist sicher.«

Seine Hände verharren über den Tasten und Fay atmet tief durch. Plötzlich fällt es ihr wieder ein. »Drei, vier, acht, sieben, neun!«, diktiert sie laut und er tippt es ein. Endlich verstummt das Geräusch.

Fay läuft eine einzelne Träne über die Wange. Sie wird doch wieder in den Keller müssen.

»Schon gut«, tröstet er sie. »Wir haben es ja noch rechtzeitig gestoppt. Es ist keiner außer dir da. Geh aber besser schnell rein, bevor sie nach Hause kommen.« Er lächelt noch, dann eilt er davon.

Typisch! Wie kann man nur so dämlich sein?, tadelt sie sich selbst und schlägt sich mit der flachen Hand gegen die Stirn. *Zu blöd für alles! Olaf und Mona haben recht, ich bin einfach ein hoffnungsloser Fall.*

53

Wieder einmal verfällt sie in Selbstzweifel. Wie sollte es auch anders sein, schließlich hört sie solche Vorwürfe tagtäglich. Manchmal bekommt sie schon beim bloßen Gedanken, etwas falsch machen zu können, Panik.

Fay geht in die Küche, öffnet den Kühlschrank und nimmt sich die Reste des gestrigen Mittagessens. Sie schaufelt alles auf einen Teller und stellt ihn in die Mikrowelle.

John isst in der Schule und kommt erst spät nach Hause, ihre Eltern arbeiten heute länger. Endlich hat sie etwas Zeit, Fernsehen zu schauen, ohne dass einer meckert. Gerade läuft ihre Lieblingssendung, *The Big Bang Theory.* So oft träumt sie sich in deren Leben, sie würde zu gern mit den Jungs in einer Wohngemeinschaft leben und hätte ordentlich was auf den Kasten. Ginge in die Uni und würde unterrichten. Am Wochenende würde sie dann im Restaurant arbeiten …

Die Mikrowelle reißt sie aus ihren Gedanken. Seufzend holt sie den Teller heraus und macht es sich vor dem Fernseher gemütlich. Diese wenigen Stunden, die sie in der Woche allein im Haus verbringen kann, sind ihre kostbarste Ressource.

Nach dem Essen und der Serienfolge krempelt sie die Ärmel hoch, räumt die Spülmaschine ein und geht in ihr Zimmer. Dort hält sie verwundert inne.

Auf ihrem Schreibtisch steht ein brauner Karton. Schon beim Hereinkommen sieht sie, dass darauf ihr Name steht. Skeptisch geht sie näher heran und sieht sich um. Ist John doch hier und hat das bei ihr deponiert? Versteckt er sich vielleicht und wartet darauf, dass sie sich erschreckt, weil ihr gleich etwas entgegenspringt?

Vorsichtshalber schaut sie in den Schrank und unter das Bett, doch es scheint niemand da zu sein. Aber wer sollte ihr sonst etwas auf den Schreibtisch stellen? Mona und Olaf ganz sicher nicht.

Was soll's. Finden wir es heraus, denkt Fay.

Sie betrachtet den Karton genauer. Er ist klein, viereckig und trägt ihren Namen nicht nur an der Seite, sondern auch auf dem Deckel. Behutsam hebt sie ihn an, ohne ihn ganz zu entfernen, und ihr Herz schlägt augenblicklich schneller. Tausend Gedanken schießen ihr durch den Kopf. Wer hat ihn hierhergebracht? Wem gehört die Handschrift?

Sie fechtet einen Kampf mit sich aus, dann kneift sie die Augen fest zu, holt tief Luft und wirft den Deckel ruckartig daneben.

Nichts knallt, hüpft oder erschreckt sie sonst irgendwie. Langsam, Stück für Stück, öffnet sie ihre Augen und blickt auf ein rosa Bündel. Es schaut aus, als zerflösse es in der Box. Mit zitternden Händen berührt sie den Stoff. Er ist aus Samt und schmiegt sich angenehm an die Haut.

Seltsame Gefühle, die sie nie zuvor wahrgenommen hat, machen sich bemerkbar: Vertrautheit und Geborgenheit. Nun, da sie den Stoff herausgeholt und vor sich ausgebreitet hat, wird ihr klar, dass es sich um eine Babydecke handelt. Auf der Oberseite sind gestickte Sterne, die zusammen ein Sternenbild ergeben. Es sieht aufwendig und fein gearbeitet aus. Der- oder diejenige, von dem sie stammt, muss viel Zeit und Liebe in die Herstellung gesteckt haben.

Plötzlich bekommt Fay Angst. Sie schmeißt die Decke zurück in die Box und wirft sie in die hinterste Ecke ihres Schrankes. Entschlossen schnappt sie sich ein Buch und gibt sich alle Mühe, in fremde Welten abzutauchen, doch so sehr sie es auch will, ihre Gedanken kreisen immer um den geheimnisvollen Karton. Spielen Fangen mit ihren Gefühlen und lassen sie nicht mehr los. Resigniert gibt sie auf und geht abermals zum Schrank.

55

Auf der Suche nach sich selbst

Fay versucht, sich gegen die Gedanken und Gefühle zu wehren, aber sie spürt, dass dies ihre Babysachen sind. Obwohl es sehr lange her sein muss, kann sie sich irgendwie an die Decke erinnern. Bilder schießen in ihren Kopf. Eine Frau, die sie auf dem Arm trägt. Sie weint bitterlich und flüstert immer: »Nein, bitte, wir müssen eine andere Lösung finden.« Dann wird es dunkel.

Um das graue Gefühl, das sie dabei empfindet, loszuwerden, schüttelt sie sich. *Es ist nur ein Tagtraum. Tief durchatmen*, ermahnt sie sich selbst.

Sie stellt die Box auf ihr Bett, setzt sich davor und öffnet sie abermals. Behutsam schiebt sie den Stoff beiseite.

»Was ist das?«, flüstert sie und zieht erschrocken ihre Hand zurück. Da war etwas Kaltes, das goldfarben geglänzt hat.

Okay, ich mache es wie bei einem Pflaster, schnell und schmerzlos.

Ruckartig kippt sie den Inhalt des Kartons auf ihr Bett. Dann krempelt sie ihre Ärmel wieder hinunter, als würde der Stoff an den Armen sie vor unangenehmen Überraschungen schützen können. Neben der Decke ist etwas Kleines, Goldenes herausgefallen. Langsam führt sie ihre Hand zu dem glitzernden Ding.

Eine Uhr?

Als sie das unbekannte Objekt in den Händen hält, beginnt ihr Körper zu kribbeln. Hitze strahlt von ihm aus, doch es tut nicht weh. Aber es bahnt sich den Weg durch ihren Körper, durchzuckt ihre Muskeln und lässt ihre Hände zittern, die mit aller Kraft versuchen, den Gegenstand nicht fallen zu lassen. Mehrmals tief Luft holend, schafft sie es endlich, ihre Hände zum Stillhalten zu bringen. Jetzt kann sie sich ihren Fund genauer anschauen. Ihre Finger streichen über das Gold, jedes einzelne Kettenglied gleitet über ihre Hand. Tastend fährt sie den eingravierten Stern nach. Sie öffnet die Klappe und wird noch einmal überrascht. Hat sie doch mit einer Taschenuhr gerechnet, blickt sie nun auf einen Kompass. Buchstaben für die Himmelsrichtungen sind zu sehen, aber keine Nadel. Sie hätte nichts Ungewöhnliches gedacht, wenn beim Öffnen nicht kleine Sterne von der oberen Hälfte gefallen wären, die sich wie Sand im Wind auflösen. Wie gebannt starrt sie auf den Kompass. Plötzlich hört sie eine Frauenstimme in ihrem Kopf aufatmen. Erschrocken steht sie auf, den Kompass noch in der Hand, und sieht erst aus dem Fenster, dann zur Tür. Unterdessen geschieht erneut etwas Seltsames.

Immer mehr funkelnde Sterne fliegen aus dem Kompass und formieren sich zu einem Bild. Ihr wird schwindelig. Eine unsichtbare Macht krallt sich an sie, reißt sie direkt in das Bild hinein und zieht sie in die Tiefe, ihrer Bestimmung entgegen.

»Du liebe Güte!« Die fremde Stimme einer Frau erklingt am Rande ihres Bewusstseins. »Kann es wirklich sein …? Kind, wach auf!«
Wer ist das? Wo bin ich?

Dann spürt sie etwas, aber nur wie durch Watte. Es ruckelt und ein Windhauch kitzelt ihr Gesicht.

Endlich schafft sie es, die Augen zu öffnen, allerdings nur für einen kurzen Moment, da die Sonne sie blendet.

Plötzlich trifft es sie wie einen Schlag. Mit einem Schwung rollt sie sich auf die Seite, setzt sich auf und zieht scharf die Luft ein. Ihr Herz macht entsetzte Sprünge und alles dreht sich. Sie scheint mitten in einem Wald zu sein. Es duftet würzig und noch etwas anderes mischt sich in die Luft. Sie ist salzig. Den Kompass hält sie noch fest in der Hand und hängt ihn sich nun um den Hals.

»Wo bin ich, wer sind Sie?« Fays Lunge knistert vor Panik. »Gerade war ich doch noch in meinem Zimmer!«

»Mein Name ist Tallulah, ich bin die Stammesälteste der Indianer«, antwortet die Fremde.

Verständnislos blinzelt Fay die Frau an. Sie ist alt, hat tiefe Falten im Gesicht und trägt langes, graues Haar. Um ihren Kopf ist perlengeknüpfter Schmuck gebunden. Sie läuft barfuß durch den Wald und strömt einen Geruch aus, der Fay an Lagerfeuer erinnert.

»Du bist zurück in Nimmerland«, fährt Tallulah fort und mustert sie.

Zurück in Nimmerland? Hat sie wirklich Nimmerland gesagt? Mit Tinkerbell und Peter Pan und den Verlorenen Jungs? Ich muss halluzinieren … Vielleicht ist der Karton doch explodiert und ich bin tot?

Statt all dieser Gedanken bringt sie nur ein »Was!?« hervor.

Die Indianerin nickt und ihr Blick ist fröhlich, als gäbe es nichts Schöneres, als ein verzweifeltes und orientierungsloses Mädchen im Wald zu finden.

Es gibt keinen Zweifel mehr. Ich bin verrückt oder tot!

Tallulah steht nun vor ihr und reicht ihr die Hand. Fay zögert, doch dann ergreift sie sie und lässt sich auf die Beine ziehen.

»Ich werde dir alles erklären, keine Sorge. Wie ist dein Name? Lautet er Fay?«

Misstrauisch schaut Fay die Fremde an. *Erklären? Wie will sie mir das erklären? Und woher kennt sie meinen Namen?* »Ja, mein Name ist Fay«, antwortet sie reflexartig.

»Hör zu, Fay, du musst mir jetzt vertrauen. Wie ich eben schon sagte, ich werde dir alles erklären, aber erst mal müssen wir hier weg. Du bist in Gefahr!«

Ich hab's, ich träume. Das muss es sein. Also, was soll's. »Was bleibt mir schon übrig … Irgendwann wache ich sowieso wieder auf.«

Sie fasst an den Kompass um ihren Hals und folgt der Frau durch die Bäume und das Gestrüpp, vorbei an Sträuchern, die fremdartige Beeren tragen. Über ihnen kreist ein Adler, wahrscheinlich auf der Suche nach Beute.

Dieser Traum ist viel realer als alle, die sie jemals hatte. Ein Grollen ertönt und der Himmel verdunkelt sich.

»Was war das?« Erschrocken fährt Fay zusammen.

Tallulah antwortet nicht, sondern greift nach ihrer Hand und zieht sie schnell hinter sich her. »Wir müssen uns beeilen! Er kommt!«

Das Grollen wird lauter und der Himmel immer düsterer. Fast ist es, als wäre es plötzlich Nacht. Jegliches Geräusch verstummt, nur noch die Schritte der beiden Frauen erklingen.

Ohne weitere Vorwarnung reißt Tallulah an ihrem Arm und zerrt sie in ein Gebüsch. Dornen stechen in Fays Haut und sie will protestieren, aber die Frau hält ihr den Mund zu.

»Schht!«

Panisch will Fay sich winden – in diesem Moment sieht sie einen Schatten über sie hinwegfliegen. Ein Kinderlachen ertönt, doch es trägt keine Fröhlichkeit, im Gegenteil. Ein Schauer jagt Fay über den Rücken und sie hält ganz still. Der Schatten und das Lachen verschwinden, nehmen die Dunkelheit mit sich.

Der Himmel lichtet sich und die Vögel zwitschern, als wäre nichts gewesen.

Sie kraxeln aus dem Gebüsch und die Indianerin bedeutet Fay auf ihren fragenden Blick hin, noch zu warten.

Nach einem längeren Fußmarsch erreichen sie endlich das Ziel.

»Willkommen bei uns.« Mit einer einladenden Handbewegung dreht sich Tallulah einmal um sich selbst. »Du bist im Indianerreservat, um genau zu sein, bei den Tentindianern.«

Sofort schießen Fay einige Szenen aus Westernfilmen in den Kopf. *Bin ich bei Kannibalen und Mördern gelandet?*

»Wir töten keine Lebewesen!«, empört sich Tallulah.

»Wie –«

Die Indianerin lässt Fay nicht zu Ende sprechen. »Ich kann hören, was du denkst«, sagt sie.

Fay spürt die Farbe aus ihrem Gesicht weichen. *Rosa Pony, rosa Pony,* sagt sie sich immer wieder.

60

Tallulah lächelt nur und führt sie ins Herz des Lagers.

Dort stehen diesmal mehrere Zelte, jedes einzelne liebevoll geschmückt. Da sind Perlen, Federn und seltsame Blumen.

Fay presst ein Pfeifen zwischen ihren Zähnen hervor. So etwas seltsam Schönes hat sie nie zuvor gesehen. Sie kann ihre Blicke nicht von den Tipis lassen, bis plötzlich eine Frau aus einem von ihnen tritt.

Sie hat blonde Haare und Fay glaubt, sie schon einmal gesehen zu haben, aber es ist so weit in ihrem Kopf nach hinten gerutscht, dass es ihr vorkommt wie ein lang vergangener Traum.

Die Frau sieht die beiden und ihre Augen weiten sich, Erkenntnis blitzt darin auf. »Du bist es«, bringt sie hervor und fasst sich an die Brust. »Ich spüre die Magie, ich würde sie überall erkennen!« Sie kommt näher. »Täusche ich mich?«, fragt sie Tallulah.

Die alte Indianerin schüttelt den Kopf. »Sie hat deinen Kompass!«

Fay starrt verwirrt zwischen den beiden hin und her und beginnt, sich zu kneifen. *Los, aufwachen, Fay, los jetzt!* Egal, wie sehr sie sich auch anstrengt, es funktioniert nicht. »Wer sind Sie? Und wann erklären Sie mir endlich, was hier los ist?«, wendet sie sich an die blonde Frau. Noch immer ist da dieses Gefühl, diese Person zu kennen. Zumindest scheint ihr Herz das zu glauben, denn es macht freudige Hüpfer und ihr wird ganz warm.

»Mein Name ist Aurora. Ich war einst die Sternenfee von Nimmerland. Aber nun gibt es keine Sterne mehr«, antwortet sie und blickt Fay dabei tief in die Augen, sodass es ihr unbehaglich wird. Sie hat das Gefühl, als würde diese Aurora sie lesen können, und zwei von der Sorte sind eindeutig zu viel.

»Sei willkommen, Auserwählte, sei unser Gast!«, spricht die Sternenfee weiter. Das weiße Kleid scheint ein wenig mehr zu funkeln als zuvor.

Okay, jetzt wird es wirklich schräg.

Erneut versucht Fay, aufzuwachen. Diesmal werden ihre selbstzugefügten Schmerzen stärker, jedoch ohne Ergebnis.

»Auserwählte wovon?«, fragt sie in die Runde, doch offenbar möchten die Frauen noch länger ein Geheimnis um ihre Andeutungen machen.

61

»Komm«, sagt Aurora und lotst sie in das Zelt, aus dem sie gekommen ist, dicht gefolgt von Tallulah.

Für Fay ist es, als würde sie gegen eine Wand aus stickiger Luft rennen. Nur wenig Licht findet den Weg hinein. Es riecht süßlich, fast wie Zuckerwatte. An einer Leine, quer durchs Zelt gespannt, hängen getrocknete Kräuter und andere Dinge, die Fay nicht identifizieren kann.

»Setz dich.« Aurora deutet auf eine Matte.

Fay, die von dem Duft ganz benebelt ist, lässt sich auf die Matte sinken, dankbar, nach dem Fußmarsch endlich sitzen zu können. Tallulah reicht ihr einen Becher Wasser, den Fay gierig hinunterstürzt.

Dann setzen sich die beiden Frauen ebenso und endlich beginnt Aurora zu reden. »Lass mich dir eine Geschichte erzählen. Vor vielen Jahren holte meine Vorgängerin, die erste Sternenfee, einen Mann und eine Frau auf die Insel. Ellinore und Marius. Sie wurden zu König und Königin. Nach und nach erschufen sie Nimmerland nach ihren eigenen Vorstellungen. Sie hatten die Aufgabe, Menschen, die in Not sind, zu sich zu holen. Dabei haben sie besonders großen Wert auf diejenigen gelegt, die in ihrer Welt gestorben oder vernichtet geworden wären. Für sie sollte Nimmerland ein Ort der Rettung und des Friedens sein. Doch der Frieden hielt nicht lange an, denn Visionen plagten die Sternenfee. Sie ahnte bereits, dass etwas Böses nach Nimmerland kommen würde. Das Böse, das Ellinore und Marius einst tötete, bevor sie zum Königspaar von Nimmerland wurden. Und dann kam die Prophezeiung.

Königliches Blut wird fließen und die Tür der Dunkelheit öffnet sich.
Das Grauen wird wüten und der Nordstern erlischt.
Tod und Schatten werden herrschen.
Das Mädchen mit dem Siegel, geboren auf Wellen,
wird besiegen die tödliche Macht.

Niemand wusste diese Worte richtig zu deuten. Doch es gab die Spekulation, dass eines der ungeborenen Königskinder unser Retter sein sollte. Die Königin gebar zwei Töchter. Jahre zogen ins Land, die Prinzessinnen wuchsen zu glücklichen Kinder heran. Allerdings waren wir Mädchen sehr unterschiedlich. Während ich, Aurora, zur zweiten Sternenfee gekürt wurde, säte diese Tatsache Neid, Hass und Missgunst im Herzen meiner Schwester Wendy. So entwickelten wir uns in ganz unterschiedliche Richtungen.

Doch unsere Eltern liebten uns Kinder gleichermaßen. Aus Angst vor der Prophezeiung schlossen die beiden ihr erschaffenes Portal zur Menschenwelt, nicht ahnend, dass das Unheil direkt vor ihrer Nase war. So kam die Nacht, in der sich Wendy dem Bösen verschrieben hat. Sie tötete ihre Eltern und weckte mit dunkler Magie das reinste Böse. Peter Pan.«

Nimmerland, Peter Pan ... Ich scheine mich wirklich nicht verhört zu haben. Aber seit wann ist Peter Pan böse?

Aurora spricht weiter: »Von diesem Tag an lebten wir in Angst. Er unterjochte Nimmerland und schuf ein neues Portal zur Menschenwelt, um sich dort Kinder zu holen. Eines Tages suchte eine schwangere Frau die Hilfe der Indianer. Dank Tallulahs Ahnen stellte sich heraus, dass sie das Mädchen aus der Prophezeiung gebären wird. Von da an galt unsere ganze Aufmerksamkeit dem Schutz der beiden. Wir mussten ebenfalls ein neues Portal erschaffen, um das Neugeborene in Sicherheit zu bringen. Denn hier auf der Insel wäre das Baby von Peter Pan getötet worden.«

»Ich habe mich eben also nicht verhört? Sie sagten Peter Pan? Ich glaube Ihnen kein Wort. Wo ist die Kamera?« Fay schaut sich skeptisch um und fügt hinzu: »Und sagen Sie bloß nicht, dass Wendy *die* Wendy ist!«

Die Frauen bleiben ernst, keine der beiden lacht. Lediglich Tallulah runzelt leicht die Stirn und Aurora nickt, als wolle sie Fays Aussage zu Wendy bestätigen.

Fay schüttelt den Kopf. »Nein, das ist doch Wahnsinn!« Sie zupft an ihrem Ärmel, zieht ihn unsicher bis über die Hand.

»Du hast ein Muttermal an deinem rechten Arm«, sagt Aurora unvermittelt und Fay stockt.

Wie kann sie wissen, dass ich ein Muttermal habe? Meine Ärmel habe ich runtergekrempelt, während ich den Inhalt der Box inspiziert habe.

Fays Blick huscht über ihren Arm. Es ist auch kein Loch im Sweatshirt, durch das sie das Mal hätte sehen können. Ratlos seufzt sie. »Okay … Nehmen wir mal an, das alles stimmt, was ich nicht glaube, aber gut, nur mal für eine Minute angenommen … Was habe ich dann mit der ganzen Sache zu tun? Ich bin garantiert keine Auserwählte!«

»O doch, auch wenn es dir schwerfallen mag, das zu glauben. Du bist die, von der die Prophezeiung spricht. Deine Eltern mussten dich schützen und haben den Tag deiner Rückkehr so viele Jahre herbeigesehnt!«

Diese wenigen Worte wirbeln alles in ihr durcheinander. Bis jetzt dachte sie, ihre Eltern wären Alkoholiker gewesen und hätten sie weggegeben. Nun hört sie eine ganz andere Version. Ihre Eltern hätten sie nur schützen wollen und leben in Nimmerland, wo auch Peter Pan lebt. Aber nicht der fröhliche Kinderbuchheld, sondern ein böser Dämon, von Wendy erschaffen, die angeblich ebenfalls böse ist.

Nein.

Das ist zu viel.

Überfordert mit dieser absurden Situation, stürmt sie aus dem Zelt. Fay hat keine Ahnung, wo sie ist und wo sie hinsoll. Aber eins steht fest: Sie muss hier weg. So schnell ihre Beine sie tragen, rennt sie an Zelten und neugierig schauenden Indianern vorbei, raus aus dem Reservat.

Das kann nicht sein. Das kann nicht sein, das kann nicht sein! Wie ein Mantra wiederholt sie es, doch es hilft nicht.

»Aufwachen!«, schreit sie sich selbst während des Rennens an. Doch was sie auch versucht, sie bleibt in diesem schrecklichen Albtraum gefangen, in dem von Dämonen und Prophezeiungen die Rede ist.

Sie rennt vorbei an seltsam aussehenden Blumen, die groß wie eine Kinderfaust sind und pulsieren, als hätten sie einen Herzschlag. Versehentlich streift sie eine der Blüten, die daraufhin ein lautes *Pfff* von sich gibt. Fay schreit und rennt schneller. Eine gelbe Wolke verfolgt sie und holt sie ein. Kleine gelbe Flocken landen auf ihren Schultern und jede einzelne riecht wie eine Stinkbombe. Dann verpufft die Wolke und mit ihr der Gestank. Fay verringert das Tempo, ringt nach Atem. Sie schaut sich um. Niemand verfolgt sie und sie geht langsam weiter, versucht, zu verarbeiten, was geschehen ist.

Nimmerland, Peter Pan, meine Eltern, alle aus Nimmerland und erwarten meine Rückkehr ... Moment mal ... das heißt, sie sind auch hier!

Sie kennt jetzt ihr Ziel: Sie will ihre Eltern sehen und sie fragen, warum; will sie anschreien und ihnen von ihrem Leid bei Olaf und Mona erzählen.

Fay strafft die Schultern und dreht um. Die Indianer sollen sie zu ihren Eltern bringen! Doch wie war noch mal der Weg zurück? Vorbei an den seltsamen Blumen ... und dann?

Allzu weit kann ich nicht gelaufen sein.

So geht sie immer ihrem Bauch nach. Der Waldboden unter ihren Füßen ist mittlerweile zu Sand geworden und dessen Körner sammeln sich in ihren Schuhen. Sie setzt sich und streift sie ab. »Ah, besser«, seufzt sie und stellt das Schuhwerk neben sich. Einen Moment will sie noch verschnaufen. Vom Rennen ist ihr warm und sie streift das Sweatshirt ab, knotet es sich um die Hüfte. Das sternförmige Muttermal auf ihrem Arm kommt ihr deutlicher vor als sonst. Seine Umrisse scheinen schärfer, gezackter zu sein. Ihre Hand wandert automatisch zu dem Kompass um ihren Hals. Er ist noch da. Zufrieden wackelt sie mit ihren Zehen und bohrt mit ihren Füßen kleine Tunnel in den Sand. Der Sand ist wunderschön und warm, aber am liebsten hat sie das Meer. Und endlich kann sie nicht nur die salzige Luft schmecken, sondern auch das beruhigende Rauschen der Wellen hören und sogar sehen. Vor ihr liegt der Ozean, unendlich weit. Er erinnert sie an die schönen Zeiten, die sie mit Mona, Olaf und John hatte. Sie waren selten, aber es gab sie. Zum Beispiel den Urlaub an der Küste zwischen Seaford und Eastbourne. Dort hatte es mal einen ganzen Tag keinen Streit und kein Meckern gegeben.

Sie nimmt die salzige Luft tief in ihre Lungen auf. Die gesamte Umgebung hier stimmt sie ruhiger und auf einmal fällt ihr auf, dass sie jegliches Zeitgefühl verloren hat.

Sie schaut auf ihre Uhr und der Ziffernblock darauf lässt sie stutzen. Vorsichtig klopft sie auf die Scheibe und schüttelt ihr Handgelenk. *Verdammt, stehen geblieben.*

Sie entschließt sich weiterzugehen und schnappt sich ihre Schuhe. *Wer weiß, wann es dunkel werden wird oder welche Gefahren hier lauern. Vom Rumsitzen werde ich meine Eltern nicht finden.*

Fay wirft einen letzten sehnsüchtigen Blick zum Meer, dann watet sie durch den Sand, bis sie vor einem Wald aus Palmen steht. Vorsichtig tritt sie von einem auf den anderen Fuß, unsicher, ob sie wirklich hindurchgehen soll. Andererseits hat sie zum Umkehren keine Kraft mehr und ihrer Meinung nach ist das die Richtung zurück zu den Indianern. Also zieht sie sich die Schuhe wieder an und macht sich auf den Weg durch das fremdartige Dickicht aus Grün. Hoch gewachsene Palmen strecken ihre Blätter bis zum Himmel, Kokosnüsse, so groß wie Menschenköpfe, hängen an den Baumkronen. Aber etwas ist anders an ihnen. Stacheln prangen auf den Stämmen, manche so dick, dass sie einen Menschen durchbohren könnten.

Während sie nach oben schaut, kitzelt sie etwas in der Nase und sie niest. Wie aus dem Nichts schießt ein kleiner, dünner Stachel aus einem der Stämme und trifft sie ins Bein. Ihr Schmerzensschrei echot zwischen den Palmen hin und her und hört sich immer bizarrer an – wie ein Konzert aus Schmerzen. Bunte Sternchen tanzen vor ihren Augen herum, verschleiern ihr die Sicht nach vorne. Aus einem Reflex heraus versucht sie, die Sterne mit ihren Händen beiseitezuschieben, doch was sie dann sieht, ist schlimmer.

Olaf steht vor ihr. »Du dummes Kind, du wirst es niemals zu etwas bringen!«, brüllt er sie an.

Fays Herz rast und stolpert in ihrer Brust. *Wie um alles in der Welt kommt Olaf hierher?*

Er kommt immer näher, brüllt noch lauter und sein Gesicht läuft rot an. »Dumme Kinder müssen bestraft werden!«

Fay stolpert, dreht sich um und … blickt in die Augen von Mona. »Rate, wo es jetzt hingeht! Genau, in den Keller, du nichtsnutziges Gör!«, lacht sie höhnisch und streckt die Hände in ihre Richtung aus.

Fay schreit und rennt los, als ginge es um ihr Leben. Sie läuft Zickzack zwischen den Palmen, obwohl alles vor ihr verschwimmt, und sieht aus den Augenwinkeln ihre Verfolger, hört sie lachen. Dann bricht sie zusammen und alles wird schwarz.

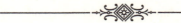

Eine kleine Fee flattert über dem bewusstlosen Kind herum.

»Hihi«, kichert sie. »Jaja, die Palmen, sie bringen jeden um den Verstand. Dumm für dich, gut für uns!« Nun pfeift sie und mehr von ihrer Sorte tauchen auf, formieren sich um das Mädchen. Ihre Flügel schimmern wie Lametta. Die Kleidung der Wesen besteht zum größten Teil aus Blütenblättern. Das Merkwürdigste und Schönste zugleich sind die Haare. Da gibt es feuerrote, leuchtendblonde und silbern schimmernde.

»Kommt, Schwestern«, befiehlt eine der Feen. Mit schnellen Handbewegungen streut sie etwas Glitzerndes über Fay und lautlos tun es ihr ihre Schwestern gleich. Eine schimmernde Wolke fliegt hinab, zieht tief in die Kleidung des Mädchens und lässt sie emporschweben.

Gemeinsam lotsen sie die Bewusstlose hinaus aus dem Stechpalmenwald, Stück für Stück hinein in ihr magisches Reich aus Magnolien und Lavendel. Ein Gemurmel geht von ihnen aus.

»Ist sie diejenige welche?«, fragt ein kleines Stimmchen.

»So ist es, Viola, so muss es sein. Dieses Kind ist die, die uns befreien wird. Unsere Arbeit, das Warten, das Ausspähen der Indianer – es hat sich gelohnt!«, antwortet Evangeline.

Violas Augen werden größer und ihre Flügelchen sirren schneller. Mit ihren kleinen Händchen zieht sie, so fest es geht, an Fays Fuß, in der festen Überzeugung, alles zu beschleunigen.

Nachdem sie ihr Ziel erreicht haben, werden sie von ihren Schwestern begrüßt. Das Gemurmel wird immer lauter, als die Blicke auf das schwebende Mädchen fallen.

»Schweigt still!«, befiehlt Evangeline. »Wir müssen uns erst sicher sein. Bis dahin versorgt sie mit allem, was sie braucht.«

Gemeinsam lassen sie Fay an einem besonders großen Magnolienbaum nieder. Er trägt eine weiße Blütenpracht und ist tausende von Jahren alt. Weitere Feen kommen angeflogen, schwer bepackt mit Körben, in denen sich ebenfalls Magnolienblätter befinden. Wie bei einer Hochzeit lassen sie nach und nach Blüten auf den Boden sinken. Bis sich eine Fläche geformt hat, auf die sie Fay betten. Aus Blättern und Zweigen bauen die fleißigen kleinen Feen ein Zelt, damit das Mädchen auch bei Regen geschützt ist.

»Viola, sorge dafür, dass sie sich wohlfühlt«, befiehlt Evangeline.

Mit einer Verbeugung gibt diese ihrer Königin zu verstehen, dass sie tut, wie ihr geheißen.

Leichtfüßig geht Evangeline zu Fay ins Zelt, setzt sich neben sie und beobachtet ihre neue Hoffnung. Sie ist zufrieden mit sich und glücklich darüber, dass sie das Mädchen gerettet haben, denn jetzt liegt alles in ihrer Hand.

Als sie wieder hinausgeht, lässt sie alle Feen zusammentrommeln. Hier auf dem Lavendelfeld werden sie sich beratschlagen.

Evangeline fliegt in die Höhe, damit sie alle im Blick hat, und ergreift das Wort. »Schwestern, es ist so weit! Die Tochter der Verräterin ist zurück! Jetzt liegt es an uns, unser Schicksal zu besiegeln!«

Ihre Worte ernten Beifall. Das Klatschen der vielen Feenhände klingt wie ein milder Sommerregen.

»Wir müssen verhindern, dass sie die Wahrheit erfährt. Wir müssen Missgunst, Hass und Verzweiflung in das unschuldige Menschenherz säen, nur so werden wir überleben!«

Da gibt es für die Feen kein Halten mehr, sie springen hoch und rufen: »Auf ewig sicher, auf ewig sicher!«

Zufrieden klatscht Evangeline in die Hände. Endlich ist die Zeit gekommen. Endlich finden sie Gerechtigkeit.

»Schweigt!« Sie erhebt ihre Hand, sofort verstummt das Freudenge-schrei. »Wir brauchen einen Plan. Hat jemand Ideen oder Vorschläge?«

Eine Fee mit feuerroten Harren hebt ihre Hand.

Evangeline nickt. »Ja, Avelina?«

Avelina steht auf und glättet sich dabei das Haar. Sie räuspert sich in die Faust, holt tief Luft und sagt: »Also, ich dachte, wir könnten dem Mädchen eine falsche Wahrheit erzählen. Wir sagen ihr, dass ihre Mutter sie fortgegeben hat, damit sie selbst wieder eine von uns werden kann, denn nur wer ein großes Opfer bringt, hat die Möglichkeit, zu den Feenschwestern zurückzukehren. Wir erzählen ihr, dass ihre Mutter eine von unseren Schwestern getötet hat und deshalb verbannt wurde.« Avelinas Gesicht hat die Farbe einer Tomate angenommen, sie ist sich unsicher, ob sie die richtigen Worte gewählt hat. Nervös nestelt sie an ihrer Kleidung herum. Das Schweigen, das ihren Worten folgt, zieht das gesamte Lavendelfeld in seinen Bann. Mit jeder Sekunde breitet sich die Angst vor Bestrafung in Avelina aus.

Endlich ergreift Evangeline das Wort. »Hmm ...« Sie fährt sich mit dem Zeigefinger über die Nase, als wolle sie Avelinas Idee in Richtung ihres Hirns schieben. »Das ist gar nicht mal so schlecht!«

Ein Nicken geht durch die Runde, erleichtertes Aufatmen ist ebenso zu vernehmen.

»Wir müssen ihr nur deutlich machen, dass Gloria sie opfern wollte, um das zu bekommen, was sie verloren hat«, sagt Evangeline nachdenk-lich. »Dafür müsst ihr alle mithelfen. Wir müssen dafür sorgen, dass dieses Kind uns alles glaubt, was wir ihr auftischen. Und ...« Evan-gelines Stimme wird ernst. »... sollte sich eine verraten oder nicht ihr Bestes geben, ist sie die Nächste, der ich die Flügel abschneide und sie hinauswerfe. Wir haben so viel zu verlieren, da macht eine Fee mehr oder weniger auch nichts aus.« Evangelina zuckt die Schultern, um anzudeuten, dass es ihr ein solches Opfer für das große Ziel wert ist.

Einige der Feen ziehen Luft durch ihre Zähne, andere schauen verlegen auf den Boden. Doch niemand will der drohenden Abscheu-lichkeit ins Auge sehen müssen.

Flügelstutzen ist das Schlimmste, was einer Fee passieren kann. Es bedeutet Verbannung und die unumkehrbare Degradierung zum Menschen.

»Macht euch sofort an die Arbeit!« Evangeline macht eine auffordernde Handbewegung. »Husch, husch!«

Ihre Schwestern stieben davon wie Funken aus einem Kamin.

Zufrieden mit sich und der Situation setzt sich Evangeline noch einen Moment ins Lavendelfeld. Sie muss sich auf das Kommende vorbereiten.

Bei den Feen

Langsam kommt Fay wieder zu sich. Ein lieblicher Geruch steigt ihr in die Nase, weckt Erinnerungen an den Sommer. Nach und nach schafft sie es, die Augen zu öffnen, realisiert, dass sie gar nicht im Indianercamp ist. Vorsichtig stemmt sie sich in dem überdachten Bett aus weichen, weißen Blüten hoch und sieht hinaus. Um sie herum blüht Lavendel, so weit das Auge reicht. Mühsam kriecht sie nach draußen und steht ganz auf, kontrolliert, ob der Kompass noch da ist. Er hängt wohlbehalten um ihren Hals.

Unerwartet dringt ihr ein liebliches »Hallo« an die Ohren. Verwirrt dreht sie sich hin und her, kann aber niemanden entdecken.

Muss wohl am Schock liegen, versucht sie, sich selbst zu beruhigen. Alles ist besser, als total verrückt geworden zu sein.

»Hallo.«

Wieder diese Stimme und wieder nichts zu sehen, so sehr sich Fay auch die Augen reibt.

Etwas zwickt an ihrem Zeh.

»Autsch!«

Verwundert wendet sie den Blick nach unten und sieht endlich die Urheberin der Stimme und des Schmerzes. Eine Frau in Miniaturausgabe mit Flügeln. Selbstzufrieden grinsend stemmt das Wesen die Hände in die Hüfte.

»Bist du … eine … Fee?«

»Nein, ein Einhorn.« Das kleine Flatterwesen hat sichtlich Spaß an ihren Worten. »Spaß. Du hast recht, ich bin eine Fee. Mein Name ist Viola. Wir haben dich im Stechpalmenwald bewusstlos gefunden –«

Irritiert über den seltsamen Namen wiederholt Fay: »Stechpalmen-wald?«

Viola nickt freundlich. »Ja, genau. Das ist eine gemeine Pflanzenart. Du hast sicherlich gesehen, dass die Palmen Stacheln haben, und wenn jemand mit so einem in Berührung kommt, bringt er die schlimmsten Ängste in einem hervor. Dann bekommt man Halluzinationen.«

»Wie bitte?«

»Eine Hal-lu-zi-na-tion! Das ist, wenn —«

»Ich weiß, was eine Halluzination ist. Ich meinte nur … Also, das heißt, dass Olaf und Mona nicht hier sind?«

»Was? Wer? Nein, nicht, dass ich wüsste, wir haben nur dich gefun-den. Bist du etwa nicht allein nach Nimmerland gekommen?« Begierig nach einer Antwort wippt Viola mit ihren Füßen vor und zurück.

»Doch, bin ich.« Immer noch benebelt von den Geschehnissen, reibt sich Fay den Kopf.

»Soll ich dir unser Zuhause zeigen?«, fragt die Fee aufgeregt.

Skeptisch schaut Fay Viola an. »Es gibt also noch mehr von dir?«

»Ja, um genau zu sein, ganz viele«, lächelt die Fee das Mädchen mit einem verführerischen Lächeln an.

»Warum nicht?« Fays Schultern zucken bei diesen Worten.

Viola deutet nach vorn und lässt ihrem Gast den Vortritt, bricht allerdings kurz darauf in schallendes Gelächter aus.

»Was ist so lustig?«, fragt Fay und sieht nach hinten.

»Hihi, du hast ein Blatt an deinem Popo.«

Fays Hand schnellt nach hinten. Tatsächlich, ein weißes Magnoli-enblatt klebt dort. Schnell entfernt sie es. Dann wandern ihre Blicke durch den Feenwald. Links und rechts stehen prächtige Magno-lien. Kolibris flattern durch die Luft, nähren sich an verschiedensten Blüten, vollführen ein Tänzchen. Wie eine Theateraufführung nur für Fay.

»Das ist … einfach wunderschön!«

»Ich weiß«, antwortet Viola stolz. »Komm, ich zeig dir alles.« Sie winkt das Mädchen hinter sich her.

Immer wieder lässt Fay ihren Blick zu den Bäumen schweifen. So viel Schönheit hat sie noch nie gesehen. Durch den Gast im Feenwald aufmerksam geworden, flattern vereinzelt Kolibris vor ihr Gesicht. Fast scheint es so, als würden sie das Kind begrüßen. Ihre langen Schnäbel zucken in einem Tempo, das Fay ganz schwindelig werden lässt.

»Sie sind ja rosa!« Erstaunt schaut Fay die kleine Fee an.

»Na klar, wir lieben rosa.«

»Aber … das geht doch nicht!«

»Bei uns ist alles möglich. Komm, ich will dir die anderen vorstellen.«

Viola hat Fays Neugier geweckt. Hier ist es so wunderschön, dass ihre Zweifel zerbrechen, Platz für neue Dinge und Freundschaften machen.

»Hier leben wir.« Abrupt bleibt Viola stehen und deutet mit ihrem kleinen Arm auf den Mammutbaum, in dem viele kleine Löcher sind.

»In einem Baum?« Überrascht davon, dass die Feen nicht in kleinen Häusern leben, blickt sie hoch hinauf, versucht, die Löcher zu zählen. Dies ist jedoch unmöglich, sie reichen bis in den Himmel.

»Ja, jede hat ihre eigene Behausung und doch leben wir zusammen. Wir haben alles, was wir brauchen.« Offenbar selbst begeistert von ihrem Lebensstil, verfällt Viola ins Schwärmen.

Jetzt steckt eine weitere Fee ihren Kopf aus einem der Löcher, genau auf Fays Augenhöhe. »Hallo, du musst unser Gast sein«, sagt sie lächelnd und winkt. »Ich bin Avelina. Ich freue mich, dass du da bist!«

Verdutzt schaut sie die Fee an. »Hallo, ich bin Fay und …« *Was soll ich den Feen von mir erzählen? Hallo, ich bin angeblich die Retterin von Nimmerland, wusste aber bis vorhin noch nichts davon?* »… einfach Fay«, beendet sie ihre Vorstellung.

»Hast du Hunger?« Avelina, die beim Zuhören leicht abgesunken ist, fliegt ein Stück höher und kommt vor Fays Gesicht in der Luft zum Stehen.

»O ja, sehr.« Allein bei dem Gedanken läuft Fay das Wasser im Mund zusammen.

»Kein Problem.« Viola verschwindet, aber nur für einige Sekunden, und kommt mit vielen anderen Feen zurück, die eine Schale Nüsse tragen und diese Fay überreichen. Die anderen Feen surren geschäftig wieder zurück, nachdem die Schale abgeliefert ist.

»Vielen Dank!«, sagt Fay begeistert und setzt sich zum Essen auf den Boden. Noch einmal verschwindet Viola und kommt mit ihren Helferinnen zurück, um ihr Wasser zu bringen. »Trinken musst du auch«, sagt sie lächelnd.

Vor lauter Hunger schlingt Fay die Nüsse herunter. Sie schmecken lecker, wie eine Süßigkeit, und sie ist mehr als zufrieden. Obwohl die Portion recht klein war, fühlt sie sich angenehm gesättigt. »Was sind das für Nüsse?« Neugierig auf die Antwort streicht sie die letzten Partikel aus der Schale.

»Das sind Vakanüsse. Sie wachsen nur bei uns hier im Feenreich und sind eine Mischung aus Kakao und Vanille. Eine unserer Schwestern hat sie damals gezüchtet. Lecker, nicht wahr?«

»Fantastisch. Ich danke euch von Herzen«, nuschelt Fay, während sie den Becher zum Trinken ansetzt.

Kalte, klare Flüssigkeit schmiegt sich an ihre Kehle, verteilt einen angenehmen Film in ihrem Hals. Erfrischend und vitalisierend strömt die Energie durch Fay Körper.

»Mhh, das ist ja auch so gut. Es schmeckt viel besser als sonst.«

»Das ist Tauwasser von unserem Lavendel«, erklärt Viola.

»Es ist unglaublich lecker.« Fay leckt sich nochmals über die Lippen. »Und wie viele Feen leben hier?« Ihr Blick wandert zum großen Baum.

Avelina räuspert sich und schluckt, ehe sie antwortet: »Hunderte.«

Viola fügt hinzu: »Jeden Moment müssen auch die anderen wiederkommen. Ich sehe sie da hinten schon.« Sie deutet an dem Baum vorbei über das riesige, lilafarben blühende Feld.

Von weit her wird ein Lachen zu ihnen getragen.

»Schwestern, wir haben Besuch!«, ruft Avelina und winkt ihnen zu.

Evangeline und Peter Pan

»*Sollte jemals das Kind aus der Prophezeiung zurückkehren, sollen diejenigen, die mir das Mädchen ausliefern, auf ewig in Frieden leben können.*«

Pans Worte klingen noch in Evangelines Ohren nach.

Sie zuckt zusammen, weil sich die Bilder wieder ins Gedächtnis schieben.

Er hat ihr halbes Volk ausgerottet. Nachts kam er, hat die Ausgänge des Baumes verstopft und ihn dann in Brand gesetzt. Hunderte von Feen starben erbärmlich und qualvoll. Nie wieder wird sie das zulassen.

Denn jetzt hat sie, was Pan begehrt. So viele Jahre haben sie und ihre Schwestern den Frieden und die Freiheit herbeigesehnt, nun ist er greifbar nah.

Sie wird ihm das Mädchen ausliefern. Ein Menschenleben gegen das hunderter Feen. Ihre Gedanken schweifen zu Glöckchen, die sich mittlerweile Gloria nennt und damals eine von ihnen gewesen ist. Eine Fee. Ein Wesen, das sich niemals in einen Menschen hätte verlieben dürfen, geschweige denn sich mit solch einem niederen Wesen zu verbinden.

Glöckchen hat dieses Gesetz gebrochen.

Eines Nachts, als dieser Hook verzweifelt den Weg zu seinem Schiff gesucht hat, gestochen von den Stechpalmen und an Halluzinationen leidend, hat die Fee ihr Herz für Menschen entdeckt. Sie half ihm, zurückzufinden, sorgte dafür, dass er sicher nach Hause gelangte, und blieb so lange bei ihm, bis er wieder bei Bewusstsein war. Dies war die erste Nacht, in der Glöckchen nicht zurückkam. Über den Vorfall schwieg diese Verräterin. Sie log ihr, ihrer eigenen Königin, ins Gesicht und besiegelte damit ihr Schicksal selbst.

Weil es immer öfter geschah, dass Glöckchen nicht nach Hause kam, folgte sie ihr eines Abends. Evangelina sah mit ihren eigenen Augen, wie die Verräterfee diesen abscheulichen Menschen küsste. Sie, die so klein und wertvoll ist, küsste dieses dreckige Geschöpf, diesen Piraten, auf seine Nasenspitze! Erschrocken über diesen Vorfall, flog Evangeline schnell zu den anderen, um ihnen von dem Verrat zu berichten.

Schon bald darauf folgte die Verhandlung. Die Urteilssprechung diente zugleich als Warnung für die anderen, sich niemals mit einem Menschen einzulassen.

Evangelines Wut steigt ins Unermessliche, während sie an diese Zeit zurückdenkt. Die Geschehnisse aus der Vergangenheit verursachen eine abscheuliche Übelkeit in ihr. Doch mit der Übelkeit verblassen die Gedanken an Glöckchen und die Wut weicht der Angst vor dem, was sie nun tun muss.

Sie erinnert sich noch genau, wie sie damals, nach Pans abscheulichen Tat, zu ihm ins Nebelreich flog, um zu verhandeln.

An der Grenze zwischen Licht und Dunkelheit angelangt, versucht die Fee, sich zu beruhigen, sie will dem Dämon mit Würde begegnen.

Sobald sie ihren ersten Flügelschlag hinein in das Nebelreich gemacht hat, verlässt sie der letzte Rest Güte, den sie im Herzen trug. Es fröstelt sie ein wenig, während sie durch das dunkle Reich fliegt. Doch sie hat ein Ziel und wird es mit aller Macht verfolgen.

Durch den Nebel hindurch erkennt sie das rote Flackern des Feuers von tief in Stein gemeißelten Augen. Ehrfürchtig bleibt sie davor stehen.

»Peter Pan?«, ruft sie in die Höhle hinein, ihr Echo hallt dabei an den Wänden wider und wiederholt unaufhörlich seinen Namen. Doch eine Antwort seitens des Dämons bleibt aus. »Peter Pan!«, ruft sie erneut in die Dunkelheit.

Wie aus dem Nichts taucht er vor ihren Augen auf und funkelt sie an. »Du …«, grollt er.

Hektisch spricht sie weiter. »Ich … Ich bin hier, um zu verhandeln. Sag mir, was ich tun kann, damit du unser Volk in Ruhe lässt.«

Unsagbar qualvolle Stille breitet sich aus, zieht an Evangelines Eingeweiden, bohrt Löcher in sie hinein.

Schließlich leckt sich der Dämon mit den Zungen über die Lippen und reibt sich die Hände, klatscht kurz darauf freudig. »Gut, bring mir die Auserwählte, damit ich sie töten kann, bevor sie ihre Macht entdeckt!« Mit diesen Worten streckt er seine Hand aus, schnappt die Fee und zerdrückt sie fast. Er zieht sie nah vor sein Gesicht, sodass sie seinen faulen Atem riechen kann. »Solltest du allerdings scheitern und ich mitbekommen, dass sie in Nimmerland ist und du sie nicht hast, werde ich jede deiner Schwestern vor deinen Augen töten und dich ganz zum Schluss ausweiden.« Er starrt sie noch einen Moment an, dann lässt er seine Finger auseinanderfahren, um die Fee aus seinen Fängen zu entlassen.

Zitternd verbeugt sich Evangeline und sucht schnell das Weite. Jetzt ist es dringender denn je, sie müssen Nimmerland beschatten, das Mädchen bekommen. Aber wenn nicht …

Sie schiebt den Gedanken beiseite. In der Hoffnung, dem Bösen bald entkommen zu sein, fliegt sie zurück ins Feenreich.

»Und wie alt bist du?«, fragt eine Fee Fay.

»Vierzehn«, antwortet diese. »Und ihr?«

»Älter, als du jemals sein wirst, und älter als die Bäume, die hier stehen«, antwortet Avelina und kichert.

Fay, die große Fragezeichen in ihren Augen hat, runzelt die Stirn.

Eine der Feen ist auf ihren Arm geflogen, schaut ihr tief in die Augen, um sie dann zu fragen: »Du kommst aus der Menschenwelt, oder?« Dabei läuft sie ihren Arm rauf und runter.

»Ja, das tue ich wohl, auch wenn ich nicht weiß, wie genau ich hierhergekommen bin.«

Wieder nur ein Kichern von den Feen.

»Ihr scheint ja gerne zu lachen«, meint Fay gerade, doch augenblicklich verstummen die kleinen Wesen. Fay hebt den Kopf und erkennt, warum: Evangeline kommt angeflogen und sie sieht nicht sehr glücklich aus.

»Lasst mich mit dem Menschenkind allein!«, befiehlt sie und sofort verschwinden die anderen Feen in alle Himmelsrichtungen.

Unsicher schaut Fay ihren neuen Freundinnen nach.

»Komm ein Stückchen mit mir, ich möchte dir etwas erzählen«, sagt die Feenkönigin und bedeutet Fay, ihr zu folgen.

Sie läuft hinter der Fee her und genießt den Duft des Lavendels. »Mmh, es riecht hier so gut!«, sagt Fay.

»Ja. Von hier schöpfen wir unseren größten Schatz, den Feenstaub«, erklärt Evangeline. »All der Duft kommt nur vom Lavendel!«

So weit Fays Augen reichen, sieht sie nur Lila. Es ist so schön, als hätte es Monet persönlich dort hingemalt.

»Setz dich.« Evangeline deutet auf eine Stelle, die frei von Pflanzen ist. Nur etwas Gras ist dort, sonst nichts.

»Ich möchte dir gerne etwas erzählen. Bitte höre mir zu und schweige, bis ich fertig bin. Danach werde ich all deine Fragen beantworten.« Ein Nicken reicht der Königin und sie fährt fort. »Vor vielen Jahren lebte noch eine Fee hier, sie gehörte zu uns und war eine unserer Schwestern. Ihr Herz war einst groß und gütig, doch leider wurde es mit jedem Jahr schwärzer und dunkler. Sie veränderte sich, begann auf alles neidisch zu werden, was sie selbst nicht besaß. Wo es nur ging, schmiedete diese Fee Intrigen. Erst erzählte sie Lügen über die anderen, die sehr schädlich waren, und schon bald begann sie zu klauen. Ihr Netz aus Missgunst und Kälte legte sich wie ein schwerer Schleier über uns alle. Eine unserer Schwestern fand den Mut, sie auf ihre Situation anzusprechen. Daraufhin wurde die Fee mit dem schwarzen Herzen sehr wütend und tötete sie. Dieses Ereignis lastete schwer auf uns. Für solch eine grausame Tat gibt es bei uns nur eine Strafe: Verbannung. So musste ich sie in einen Menschen verwandeln, indem ich ihr ihre Flügel abschnitt. Du musst wissen, das ist wie ein Fluch und unglaublich schmerzhaft. Ist man erst einmal ein Mensch, gibt es keinen Weg mehr zurück. Aus Zorn darüber, zerstörte sie hier bei uns den Boden, riss die Pflanzen aus und versuchte, unsere Behausungen kaputtzumachen. Sie war so wütend, dass wir es nicht schafften, sie aufzuhalten. Es dauerte Jahre, bis wir alles wiederaufgebaut hatten. In dieser Zeit tat diese verbannte Fee alles, um zurückzukehren. Es gibt nur einen Weg, wieder zur Fee zu werden. Allerdings ist dieser unglaublich böse, so böse, dass es die ganze Welt in Dunkelheit verwandeln könnte. Sie ließ sich schwängern, um ihr Kind dem Feengott zu opfern. Der würde es ihr ermöglichen, zu uns zurückzukehren, so erzählt man es sich jedenfalls. Viola bekam es mit und berichtete mir von dem schrecklichen Plan. So musste ich bis zur Geburt des Mädchens warten, damit ich es von seinem schlimmen Schicksal befreien konnte. In einer Nacht, als die Waldgötter zornig waren, gebar die ehemalige Fee ihr Mädchen. Ich handelte schnell und brachte das Kind in die Menschenwelt, damit es dort in Sicherheit aufwachsen kann. Außerdem gab ich ihr einen Kompass mit, mit diesem sollte sie den Weg zurückfinden, sobald ihre Mutter gestorben wäre.«

Nur langsam sickert zu ihr durch, was die Fee da sagt. Ihre Augen weiten sich vor Schreck. »Aber …«

»Du bist das Mädchen, Fay. Deine Mutter wollte dich töten, damit sie wieder zu uns zurückkann, doch das konnten wir nicht zulassen!«

Fay schluckt schwer und bringt heiser hervor: »Wie hieß meine Mutter?«

»Gloria«, antwortet die Königin und schaut sie voller Mitgefühl an.

»W… Was ist mit meinem Vater?«

Evangeline schaut auf den Boden und beginnt zu stottern. »Er … Er … ist ebenfalls tot, sie hat ihn vor deiner Geburt getötet. Weil er sie verraten hat und mit dir fliehen wollte.«

Immer wieder schüttelt das Mädchen den Kopf. »Nein, das kann nicht sein, die Indianer haben mir was anderes erzählt!«

Die Fee seufzt. »Den Indianern kannst du nicht vertrauen, sie sind Ausgestoßene, nur geduldet. Ihnen ist alles egal, solange sie das bekommen, was sie begehren.«

Fay bringt kein Wort mehr heraus. Kann es wirklich wahr sein? Haben die Indianer sie angelogen? Warum hat Tallulah sie gerettet? Hätten sie Nutzen aus ihr ziehen können? Und ihre Mutter … Die Indianer hatten ihr Hoffnung gemacht. Ihr gesagt, dass ihre Eltern gute Menschen seien, bereits auf sie warten. Auf einmal bestätigt sich alles, wovor Fay immer Angst hatte. Ihre Mutter war ein furchtbarer Mensch, ein Monster! Eine vereinzelte Träne findet ihren Weg auf Fays Wange und kullert hinab.

Evangeline streckt ihre kleinen Arme nach ihr aus und fliegt ganz nah an ihr Gesicht. »Ich weiß, es ist furchtbar. Aber alles wird gut, du bist jetzt zu Hause!«

Wie in Trance schaukelt Fay hin und her. Ihr Atem geht stoßweise. »Ich sollte geopfert werden!« Fassungslos schüttelt sie den Kopf.

»Ja, Kleines, aber nun werden wir auf dich aufpassen.«

»Entschuldige, ich möchte jetzt etwas allein sein«, sagt Fay, steht auf und geht in Richtung des Zeltes, in dem sie vor Kurzem erst erwacht ist.

Gedanken überschlagen sich in ihrem Kopf, hämmern dagegen, als würden sie ausbrechen wollen. Tod, Angst, Opfer, Nimmerland, Feen, Verrat!

Kaum hat sie sich in dem liebevoll hergerichteten Feenzelt verkrochen, bricht die Nacht herein. Eine Lampe, gefüllt mit Glühwürmchen, spendet ihr Licht. In der Ecke steht ein Tablett voller Beeren und Nüsse.

Doch ihr ist der Appetit vergangen. Wie soll sie etwas essen können, bei dem, was sie heute erlebt hat? Wieso werden ihr zwei verschiedene Geschichten erzählt und welche davon ist wirklich wahr?

Die Gedanken kreisen und lassen sich nicht anhalten. Doch irgendwann schläft sie mit dem Gesang einer Eule im Ohr ein.

Dicke Tropfen prasseln auf das kleine Bündel. Ein Brief liegt auf dem Baby. Einsam hallen seine Schreie durch die Nacht und werden von den Geräuschen der fahrenden Autos verschlungen. Der Regen weicht den Brief auf und die Tinte verteilt sich auf der rosa Decke, zieht Rinnsale und verliert sich im Schwarz der Straßen. Eine Tür öffnet sich und eine Frau in schwarzem Gewand tritt heraus.

»Aufstehen.«

Ein Zupfen am Zeh weckt Fay aus ihrem unruhigen Schlaf.

»Frühstück!« Avelina steht gut gelaunt vor ihr.

Nur langsam kehrt das Leben in Fays müde Glieder zurück. Herzhaft gähnend streckt sie sich auf ihrer Matratze aus Magnolienblüten und versucht, die Nacht abzuschütteln.

»Lohos, es warten alle auf dich!« Avelina drängt sie, schnell ihr Zelt zu verlassen, indem sie an einem Stoffzipfel zieht.

Fay fügt sich und tritt hinaus auf die Wiese neben dem großen Feld. Die Sonne scheint und der liebliche Duft des Lavendels schmeichelt ihrer Nase.

»Guten Morgen«, wird das Mädchen von den Feen begrüßt, die offenbar bereits auf sie gewartet haben.

»Morgen«, antwortet sie und setzt sich zu ihnen auf die Wiese.

Evangeline winkt zu ihr herüber und ruft: »Ich will dir nachher was zeigen! Komm nach dem Frühstück zum Mammutbaum, ja?«

Fay, die eigentlich genug Informationen für die nächsten Jahre hat, stimmt nur widerwillig zu. Hoffentlich ist es etwas Gutes, das sie ihr zeigen will.

Beim Frühstück wird nicht viel geredet. Hier und da raunen und murmeln die Feen untereinander, sonst sind nur Schmatzgeräusche und das Summen von Kolibriflügeln zu hören.

Als sie fertig ist, geht sie zum Baum, so wie Evangeline es will. Mit geschlossenen Augen lehnt sie sich dagegen und zählt jede Sekunde, die ihr noch bleibt, bevor sie vielleicht neue schreckliche Dinge erfährt.

»Hallo, meine Liebe! Da bist du ja. Danke, dass du gekommen bist.« Die Fee lächelt so freundlich, dass es Fay augenblicklich etwas leichter ums Herz wird. »Du hast so viel Schlimmes erfahren müssen … Da habe ich mir überlegt, dass wir etwas richtig Schönes machen. Ich habe hier ein wenig Feenstaub. Damit wirst du fliegen können und ich zeige dir die Insel mal von oben. Was sagst du dazu? Möchtest du das ausprobieren?« Evangeline hält einen Beutel hoch und schwenkt ihn verführerisch hin und her.

»Fliegen? Wirklich?« Fays Herz macht einen kleinen Hüpfer. »Und ob ich das möchte!«

»Wunderbar! Dann pass auf, es ist ganz leicht. Ich werde den Staub auf dir verteilen, damit du fliegen kannst.«

Fay holt tief Luft, während die Fee über sie fliegt, in den Beutel greift und eine Handvoll Glitzersand über ihr verstreut.

Er ist lilafarben und setzt sich tief in ihren Haaren fest. Sofort spürt sie, wie sie leichter wird. Jede Zelle ihres Körpers erwärmt sich und füllt sich mit Energie, die sie abheben lässt.

Über dem Boden schwebend, lacht Fay laut vor Freude. So ein Gefühl der Freiheit hat sie noch nie verspürt.

»Und jetzt denk *hoch*, wenn du hinaufwillst, *runter,* wenn du runterwillst, und so weiter«, erklärt Evangeline. »Es ist ganz leicht!«

Hoch, denkt Fay – und tatsächlich, es funktioniert. Sie fliegt höher. *Rechts!* Schon nach kurzer Zeit hat sie den Dreh raus und die Reise kann losgehen.

»Komm mit!«, sagt Evangelina lachend.

Beide steigen hinauf in den Himmel.

»Wow, von hier oben schaut alles noch viel fantastischer aus! Oh, da ist dieser Palmenwald – und dort kann ich Rauchwolken sehen!« Begeistert von diesen Dingen geraten ihre Gedanken außer Kontrolle, sodass sie zu sinken beginnt.

»Konzentrier dich, Kind!«, ruft Evangeline und folgt dem Mädchen nach unten. »Du musst deine Gedanken sammeln und dich fokussieren«, mahnt sie, als beide wieder auf dem Boden landen. »Sonst sinkst du nach unten, so wie du es gerade getan hast.«

Fay kann sich kaum auf die Worte der Fee konzentrieren. »Es war so schön!«, schwärmt sie.

Doch Evangeline bedeutet ihr, still zu sein, und horcht in die Ferne. »Hörst du das?«, flüstert sie nach einer Weile.

So sehr Fay sich auch anstrengt, sie hört nichts und schüttelt schließlich den Kopf. »Nein, was denn?«

»Warte hier«, sagt Evangeline unwirsch und fliegt eilig davon.

Verwirrt sieht Fay ihr hinterher, wartet aber, wie die Fee es von ihr verlangt hat. Jedoch war nie die Rede davon, dass sie nicht ein bisschen herumschweben darf in dieser Zeit. Immer wieder denkt sie *hoch* oder *runter* und hüpft so auf und ab, bis sie Evangeline wieder näherkommen sieht.

»Fay!«, ruft sie schon von Weitem. Ihre Stimme klingt gehetzt und Fay nutzt ihren Schwung, um ihr entgegenzuschweben.

»Was ist den lo—«

»Viola!«, keucht Evangeline, als sie vor ihr in der Luft zum Stehen kommt. »Peter Pan hat sie entführt!« Sie schlägt die Hände vors Gesicht und weint bitterlich. Ihre winzigen Schultern zucken und Fay nestelt unsicher an ihrem Ärmel herum.

Sie schluckt, mag sich gar nicht vorstellen, was der Dämon mit der armen kleinen Fee anstellen wird. *Da sind sie also doch, die schlechten Nachrichten …* »Was hat er mit ihr vor? Und was können wir tun? Kann ich irgendwie helfen?«

Abrupt sieht Evangeline auf. »Du würdest wirklich helfen? Wir müssten dafür ins Nebelreich …«

Ihr Herz schlägt schneller und ein Schweißtropfen bildet sich auf ihrer Stirn. *Nebelreich … Das klingt nicht gut. Aber ich kann die Feen, die sich so liebevoll um mich gekümmert haben, nicht im Stich lassen …*

83

Fay strafft die Schultern. Ihr Entschluss steht fest. »Sag mir, was ich tun muss, und ich helfe euch! Ich bezweifle allerdings, dass ich etwas gegen Peter Pa-«

»Stop!«, befiehlt Evangeline. »Selbstzweifel sind das Schlimmste, das du zulassen könntest. Vertraue mir, du wirst uns helfen können!«

Fay atmet tief ein und aus, dann nickt sie. »In Ordnung. Keine Selbstzweifel.«

Die Fee surrt nach oben, greift in ihren Beutel und streut abermals Glitzerstaub über sie. »Dann komm schnell, ehe er ihr etwas antut!«

Hoch!, denkt Fay und sie fliegen los, dem Nebelreich entgegen.

Fay beginnt zu frösteln, eine Gänsehaut bildet sich auf ihren Armen. Je näher sie dem Nebelreich kommen, desto mehr spürt sie, dass etwas nicht stimmt. Zorn, Verzweiflung und Trauer steigen in ihrer Seele auf und vermischen sich mit Angst. Alles in ihr schreit danach, diesen Ort sofort wieder verlassen zu wollen.

Evangeline spricht nicht mehr, seit sie ihr erklärt hat, wie vorgegangen werden muss. *Du kannst das Nebelreich nur betreten, wenn du es wirklich willst. Oder wenn Peter Pan dich hat*, hat sie erklärt. *Sobald wir da sind, sprich kein Wort. Er wird Viola gefangen halten und wir müssen den richtigen Moment abpassen, um sie zu befreien. Ich werde dir ein Zeichen geben.*

Sie fliegen weiter und weiter, bis Fay vor lauter Nebel beinahe nichts mehr sehen kann.

»Hier ist die Grenze«, flüstert die Fee und deutet auf eine Stelle, an der sich der Nebel noch stärker verdichtet. »Flieg hindurch. Und dann folge mir.«

Fay schluckt. *Was passiert, wenn meine Entscheidung nicht fest genug steht? Wenn ich abpralle, weil ich nicht mutig und stark genug bin ... Aber ich muss es versuchen. Ich denke einfach an Viola. Die liebe kleine Fee, die sich so rührend um mich gekümmert hat!*

Sie gibt sich einen Ruck und fliegt hindurch. Augenblicklich kriecht ihr Kälte in die Knochen und sie zittert. Aber sie hat es geschafft. Evangeline schwirrt an ihr vorbei und winkt Fay hinter sich her.

Nach kurzer Zeit lassen sie sich beide hinabsinken und Fay landet auf dem modrig-feuchten Boden.

Zwei rote Punkte kurz vor ihnen irritieren sie und sie wendet den Blick zu Evangeline, die jedoch nur weiter vorwärtsfliegt.

Langsam folgt Fay ihr. Noch immer wirkt der Feenstaub, sodass sie sich nur kurz abstoßen muss und schnell vorankommt. Als sie sich den roten Punkten nähern, erkennt Fay, dass es sich um Feuer in zwei Ausbuchtungen einer großen Höhle handelt.

Eine Stimme ertönt. »Da bist du ja, Evangeline, und ein Geschenk hast du mir auch mitgebracht!«

Fay wird auf der Stelle übel. Diese Stimme durchbricht ihr Herz, zertrampelt jegliche Hoffnung. Die Übelkeit frisst sich direkt in ihre Seele und sie kann sich gerade noch rechtzeitig nach links drehen, um sich zu übergeben.

»Das wirst du wegmachen!« Wieder diese unheimliche Stimme.

»Wer … Wer bist du?« Fay ringt nach Luft. Alles in ihr schreit: *Lauf! Lauf weg, so schnell du kannst!*

Aber ihre Beine gehorchen ihr nicht mehr.

»Wer ich bin?«, grölt die Stimme höhnisch.

Langsam erkennt sie etwas durch die Nebelschwaden. Einen Jungen mit haselnussbraunem Haar. Obwohl er jung ist, vielleicht so sechzehn Jahre, hat er dunkle Ringe unter den Augen. Mit einem wahnsinnigen Grinsen in seinem kantigen Gesicht, bei dem er seine verfaulten Zähne entblößt, läuft er auf Fay zu. Erschrocken taumelt sie rückwärts, während er zu sprechen beginnt.

»Ich bin das Ende, dein größter Albtraum. Ich bin der, der ewig sein wird. Ich bin das Unheil namens Peter Pan.«

Seine Augen leuchten wahnsinnig und nicht eine einzige Spur von Güte ist darin zu finden. Hektisch blickt sich Fay um, doch es gibt keinen Ausweg. Man kann kaum die eigene Hand vor Augen sehen, so neblig ist es.

»Gut gemacht, du widerwärtiges Insekt. Ich werde mein Wort halten. Und jetzt verschwinde.«

»Was? Aber … Viola! Evangeline, was geht hier vor?« Fays Brust schnürt sich zusammen, als sie die Fee anblickt.

Evangeline hat die Lippen zu einem schmalen Strich zusammengepresst. »Wenn es dich tröstet: Du hast uns wirklich geholfen«, presst sie hervor.

»Verschwinde, du nichtsnutziges Ding! Oder ich zerquetsche dich wie eine Fliege!«, donnert Pan. »Das ist die letzte Warnung!«

Panisch bewegen sich ihre Flügel und sie surrt davon. Fays Herz zerfällt in tausende von winzigen, scharfen Scherben, an denen sich ihre Seele immerzu schneidet.

Das kann nicht wahr sein. Es darf nicht wahr sein … Aber das ist es. Evangeline hat sie verraten. Ihr Vertrauen missbraucht. So wie bisher nahezu jeder in ihrem Leben.

»Na, sind die Feen doch nicht so süß, wie du dachtest, Kindchen?« Er lacht aus vollem Hals und zuckt anschließend die Schultern. »Das tut mir aber furchtbar leid …« Seine Stimme trieft nur so vor Ironie.

Fay ist stumm vor Schreck. Immer weiter weicht sie zurück und immer weiter kommt er näher.

»So dumm und einfältig, wie du bist, hast du ihnen geglaubt, was? Wusstest du, dass Feen Menschen nicht leiden können? Sie verachten sie sogar. Aber das Nebelreich kann nur freiwillig betreten werden. Und du kleines Dummerchen bist mir soeben freiwillig in die Arme gerannt.«

Jedes einzelne seiner Worte schmerzt und bohrt sich wie lange Stacheln in sie hinein.

»So lange habe ich auf diesen Moment gewartet, endlich ist er da! Ich werde dich vernichten!«

»Bitte nicht …«, flüstert sie. »Ich habe dir nie etwas getan …«

»Das wirst du aber noch, wenn ich dich nicht aufhalte«, knurrt er. Ohne ein weiteres Wort springt er nach vorn und stößt sie mit voller

Kraft zu Boden. Zwei Zungen schnellen aus seinem Mund und sein verfaulter Atem ätzt sich den Weg in ihre Lunge.

»Nein!«, kreischt sie und windet sich, doch er ist stark. Viel zu stark.

Die Zungen berühren ihre Brust, doch sie spürt keinen Schmerz. Stattdessen steigt Qualm aus den Zungen hervor und er zuckt zusammen, zieht sie augenblicklich zurück.

»Was ist das?«, grollt er. »Ein aberwitziger Zauber? Glaube ja nicht, dass der mich aufhalten kann!«

Erneut schnellen die Zungen hervor, ignorieren ihren Schrei und drücken auf ihre Brust. Diesmal zischt es und Pan zuckt noch stärker zusammen. Diesen Moment nutzt Fay. Sie wirbelt herum und stößt ihn von sich. So schnell sie kann, rappelt sie sich auf und versucht, davonzurennen, doch etwas trifft sie am Kopf. Schwindel ergreift sie und sie stolpert, landet mit dem Gesicht voran im Dreck. Dann spürt sie, wie er sie nach oben reißt und über seine Schulter wirft. »Du Miststück! Das Rennen wird dir schon noch vergehen!«

Er hebt vom Boden ab und Fay erkennt zwischen ihren flackernden Lidern, dass Blut von ihrem Kopf tropft.

Sie kommen näher an die Höhle und das Feuer heran.

Pan fliegt hinein und wirft sie auf den Boden, sodass es ihr die Luft aus der Lunge presst. Ein Mädchen steht da und starrt sie an. Ihre Haare sind ganz weiß und die Augen schwarz, so als hätte jemand Tinte hineingefüllt.

»Du hast sie!«, schreit sie Pan entgegen und atmet hektisch ein und aus.

»Schweig, Wendy!«

Wendy? Die Wendy?

»Ich kann sie anscheinend nicht töten.«

Wendy wird bleich wie Kalk.

»Fessel sie!«, befiehlt er ihr.

Ohne weitere Fragen zu stellen, gehorcht sie und schnappt sich einige Seile, die an der Höhlenwand hängen. Fay will aufstehen, wegrennen, doch sie ist viel zu schwach. Nur ein Stöhnen kommt über ihre Lippen.

Erneut beugt sich der Dämon über sie, will seine Zungen in ihre Brust stoßen, aber es gelingt ihm nicht. Fluchend steht er wieder auf. Dann spürt sie, wie Wendy das Seil fest um ihre Hand- und Fußgelenke zurrt.

Peter Pan steht daneben und starrt sie wütend an.

»Binde ihr einen Stein um den Fuß und wirf sie ins Meer. Selbst wenn sie nicht sterben kann: Dort unten kann sie mir nichts anhaben.«

Wendys Augen zucken nervös. »Ich soll was?«

»Bist du taub oder was? Ins Meer, wirf sie ins Meer! Oder soll ich es tun und euch beide hineinwerfen?«, droht er.

»Nein, Meister.« Wendy packt Fays Füße und zerrt sie hinter sich her. »Jetzt gehen wir dorthin, wo schon viele Kinder ihr Leben gelassen haben«, kichert sie.

Fay nimmt noch einmal alle Kraft zusammen und zappelt, versucht, Wendy zu treten. Doch dieses Monstrum hält sie fest wie eine eiserne Zange. »Hör auf damit«, zischt sie.

Fay versucht etwas anderes. Sie dreht sich mit Schwung zur Seite, sodass Wendy kurze Zeit loslassen muss.

Dann spürt sie erneut Schmerz an ihrer Schläfe und Dunkelheit erfasst sie.

Fay bei den Meerfrauen

Ein gequälter Körper sinkt auf den Meeresgrund hinab. Wieder ist es Miranda, die zur Stelle ist. Durch das verschwommene Wasser sieht sie Wendy noch kurz, ehe diese sich umdreht und von der Bildfläche verschwindet.

Diesmal handelt es sich um ein Mädchen. Miranda will nach ihm greifen, doch plötzlich durchfährt ein Ruck dessen Körper, dann steigen Luftblasen aus seinem Mund.

»Beim Nordstern, sie ist gar nicht tot!« Erst da bemerkt sie, dass Wendy oder Pan dem Kind einen Stein um den Fuß gebunden hat.

Eilig macht sie kreisförmige Bewegungen mit ihren Armen und pustet ihren Atem hinein, sodass zwischen ihren Händen eine etwa handgroße Luftblase entsteht. Der Kuss der Meerfrauen. Dann zieht sie das Mädchen zu sich heran, hält ihr die Nase zu und führt die Blase in ihren Mund.

Sie scheint zu zerplatzen und ihre Wirkung zu verfehlen, doch Miranda weiß es besser. Dieses Kind lebt und kann jetzt unter Wasser atmen. Miranda entfernt den Stein und hält das Mädchen fest. Sie betrachtet den Kompass, der an einer Kette um ihren Hals hängt und im Wasser hin und her wabert. *Bei der heiligen Ellinore! Sie ist es! Die Auserwählte! Hooks und Glorias Tochter!*

Nun, da sie dafür gesorgt hat, dass das Kind nicht ertrinkt, zieht sie es mit sich in die Tiefe.

Vorbei an bunten Fischen, die erschrocken in die andere Richtung schwimmen. Unter ihr liegt die Schönheit der Meerfrauenwelt.

Ein mit Muscheln bedecktes Schloss strahlt in einem sanften Blau. Vermutlich ahnen Mirandas Schwestern, dass sie bald wieder zu Hause sein wird, denn sie schwimmen ihr bereits entgegen.

»Schon wieder eine Tote?«, fragt eine der Frauen, die eine besonders pompöse Flosse hat. Ein geschnörkeltes Grün setzt sich auf einem lilafarbenen Untergrund ab.

»Nein. Sie ist ohnmächtig. Peter Pan und Wendy haben sie hart getroffen. Ich bringe sie in mein Zimmer, dann muss ich mit euch reden.«

»Ich rufe die anderen zusammen!«, sagt die Frau mit der pompösen Flosse und eilt davon.

Miranda schwimmt durch das Schloss und öffnet die Tür zu ihrem Zimmer. Es ist in Rot gehalten, ein Teppich aus Seetang ziert die Wand über dem Bett. Eine alte Holzkiste aus früheren Zeiten, die sie in einem versunkenen Schiff gefunden hat, steht in einer Ecke. Behutsam legt die Meerfrau das Mädchen in ihr Bett, schlingt die Algendecke um es und befestigt diese.

»Meine Mutter … opfert mich, damit sie wieder Fee wird … Evangeline, nicht!«, jammert das Kind im Schlaf.

Vor Entsetzen schüttelt Miranda den Kopf. Die Feen – sie hätte es sich denken müssen!

Nachdem sie überprüft hat, dass es dem Kind zumindest körperlich gut geht, verlässt sie das Zimmer.

Im großen Saal warten die anderen schon ungeduldig auf Miranda, die eilig die Tür hinter sich schließt.

»Die Zeit ist angebrochen.« Sie setzt sich an den großen runden Tisch. »Sie ist Hooks und Glorias Tochter. Ich habe es an dem Kompass erkannt, den sie um den Hals trägt.«

Das erstaunte Raunen der Meerfrauen hallt von den Wänden wieder, als wolle es neue Hoffnung verkünden. Wie paralysiert sitzen die Schwestern da.

Endlich ist die Hoffnung nach Nimmerland zurückgekehrt.

Endlich ist die Nacht vorbei.

Endlich werden die gequälten Kinderseelen befreit.

»Wir müssen es ihnen sagen«, durchbricht Moon, eine der Meerfrauen, die Stille.

Verwirrte Blicke huschen zu ihr, niemand scheint richtig zu verstehen, was sie meint.

»Sie müssen es erfahren. Gloria wird neue Kraft bekommen und … und …« Ihre Zunge überschlägt sich vor Freude.

»Ich werde einen Boten schicken«, versucht Miranda, ihre Worte wiederzufinden. »Aber vorher muss ich mich um das Mädchen kümmern.«

Mit diesen Worten beendet sie das Treffen.

Kurze Zeit später öffnet sie leise die Tür, hinter der Fay liegt. Miranda will das Mädchen nicht wecken, es braucht seinen Schlaf, um gesund zu werden.

In der einen Hand hält sie den kostbarsten Besitz der Meerfrauen: einen Seestern. Doch dieser ist anders als die anderen. Er ist gefüllt mit einer Flüssigkeit, die Kranke heilt und dort Leben spendet, wo es fast verloren ist. Nur alle hundert Jahre wird ein Seestern geboren, der diese magischen Eigenschaften besitzt. Drei Monate nach seiner Geburt verflüssigt sich sein Inneres und wird zum Wundermittel für Verlorene. Lange haben die Meerfrauen seine kostbare Flüssigkeit nicht eingesetzt, doch nun ist es soweit. Ihre Retterin muss genesen, also träufelt sie den Inhalt des Seesterns nach und nach in ihren Mund. Mehr kann sie für den Augenblick nicht tun. Jetzt muss der Körper die Heilung annehmen. Mit einer weiteren Decke, diesmal eine aus Seerosen, hüllt Miranda das Mädchen ein.

Frohe Botschaft

»James! James, bist du da?« Jemand steht auf dem Schiff, brüllt gegen das Rauschen der Wellen an. »Ich komme rein!«, ruft die Männerstimme.

Das Holz gibt ein gefährliches Knarzen von sich, als der Mann die Tür öffnet und in die Dunkelheit des Zimmers tritt. Hook erkennt ihn dennoch. Es ist Jacob, der raunt: »Da bist du ja, hast du mich nicht rufen gehört?« Er klingt ungeduldig.

»Schht, sie ist gerade eingeschlafen, die ganze Nacht hat sie durchgeweint«, flüstert Hook ihm zu.

Wahrscheinlich erkennt Jacob erst jetzt, dass James seine Frau in den Armen hält. »Bitte entschuldige«, flüstert er zurück. »Aber Miranda will dich sehen, es ist wirklich sehr wichtig.«

»Das muss warten«, trotzt James seinem Besucher. »Ich kann nicht weg, sonst wacht sie wieder auf.« Sanft streichelt er Glorias verschwitzte Stirn.

»Aber du musst, es ist lebenswichtig!«, versucht Jacob, seinen Worten Nachdruck zu verleihen. »James, du weißt, Miranda würde mich nicht schicken, wenn es nicht wirklich wichtig wäre.«

»Was will sie denn, was nicht warten kann?«, fragt Hook gereizt.

»Das kann ich dir nicht sagen, aber es wird nicht umsonst sein.«

James seufzt einmal tief. »Na gut.« Er deckt Gloria zu und küsst ihr liebevoll die Stirn. »Ich schreibe noch schnell einen Brief, damit sie weiß, wo ich bin.«

»Ja, aber lass dir nicht zu viel Zeit.«

Bei den Felsen wartet die Meerfrau bereits auf sie.

»Miranda, hier bin ich.«

»James … schön, dass du gekommen bist.« Bei den Worten streicht sie sich die nassen Haare aus dem Gesicht.

»Was ist so wichtig, dass du mich sofort sprechen musst?« Hook klettert die Felsen empor und lässt sich auf einem von ihnen nieder. Sein Blick wandert zurück zur Jolly Roger, die nicht allzu weit entfernt in den Wellen schaukelt. »Zu Hause schläft Gloria und ich will wieder da sein, wenn sie aufwacht. Du weißt, sie ist sehr krank seit diesem Tag.«

»Um genau zu sein, es geht um diesen Tag.« Sie holt tief Luft. »Eure Tochter ist zurückgekehrt.«

Augenblicklich springt Hook auf. »Was? Fay? Wo ist sie?« Seine Stimme zittert.

»Sie ist bei uns. Bitte setz dich wieder und beruhige dich.« Miranda klopft mit ihrer Hand auf den Felsen, dabei macht das Wasser an ihren Händen leise, platschende Geräusche.

»Mich beruhigen? Ich habe Jahre auf diesen Moment gewartet und gedacht, er würde nie kommen!« Er läuft hin und her, rauft sich die Haare. »Ich muss es sofort Glo sagen.«

»James, es gibt da noch etwas, das ich dir sagen muss.« Sie bittet ihren Freund noch einmal und mit deutlich mehr Nachdruck, sich zu setzen.

Widerwillig lässt er sich ein zweites Mal nieder.

Miranda fährt fort. »Pan hat sie fast getötet. Ich konnte sie gerade noch retten, dank des Seesterns des Jahrhunderts.«

Hook, der genau weiß, was es damit auf sich hat, wird von einer Welle der Dankbarkeit überspült. »Danke, Miranda, von ganzem Herzen, danke«, bringt er mit zittriger Stimme hervor.

»Eure Tochter wird es schaffen und überleben, doch es wird Zeit vergehen, bis alles geheilt ist. Sie ist noch nicht wach. Sie hat es nur im Schlaf gemurmelt. So wie es sich anhört, hat Evangeline ihr schreckliche Lügen aufgetischt und erzählt, dass Gloria sie opfern wollte, um selbst wieder zur Fee zu werden.« Miranda muss bei diesen Worten schlucken.

94

Auch James kämpft mit sich. »Meine Gloria würde so etwas niemals tun.«

»Schh … Schh … Ich weiß. Und Fay wird es auch bald wissen, falls sie das momentan wirklich glaubt.«

»Ich will sie sehen!« Hooks Stimme wird fest und klar.

»Nein, noch nicht. Gib mir Zeit, um ihr Herz zu heilen, dann wirst du sie bald in deine Arme schließen können.«

Er presst die Lippen fest zusammen, ballt die Hände zu Fäusten. Tief im Inneren spürt er, dass Miranda genau weiß, was sie tut, dass dies das richtige Vorgehen ist. Aber seine geliebte und so lange vermisste Tochter ist zurück! Hook würde alles dafür geben, könnte er Fay nur wenige Sekunden anschauen. »Peter Pan denkt, sie wäre tot, das ist unser Vorteil«, murmelt er, um sich selbst zu beruhigen.

Miranda lächelt ihren alten Freund an. »Erzähle Gloria davon, aber mach ihr deutlich, dass die Zeit noch nicht reif ist, euer Kind wiederzusehen. Und jetzt geh zurück – ich muss mich wieder um die Kleine kümmern.«

Hook nickt und macht sich auf den Weg zu seiner geliebten Frau. Hoffnung kehrt in sein Herz zurück, doch sie ist durchtränkt von Angst. Seine Tochter ist wieder da. Aber sie wird gegen Peter Pan kämpfen müssen.

Das heilende Herz

Jemand klopft sachte an die Steintür und Fay schreckt hoch.

Wo bin ich? Jede Bewegung fühlt sich so zäh, so schwer an ...

Und mit einem Mal begreift sie, dass sie unter Wasser ist. Panisch zieht sie die Luft ein und stellt verwundert fest, dass es funktioniert. *Ich kann hier atmen?*

Noch einmal probiert sie es vorsichtig. Ja, es geht tatsächlich. Irritiert sieht sie sich um. Die Wände sind rot und ein seltsames Ding hängt an der Wand. Sie selbst liegt in einem Bett und eine Decke hält sie davon ab, nach oben zu schwimmen. Sie zieht daran. Keine Chance, jedenfalls nicht so. Ihr Herz klopft schneller und sie schafft es, sich unter der Decke hervorzuschälen, auch wenn sie sie nicht lösen kann.

Noch einmal klopft es und Fay zuckt zusammen. Zaghaft fragt sie: »Wer ist da?«

»Mein Name ist Miranda, ich habe dich gefunden und hierhergebracht. Ich werde dir nichts tun. Darf ich reinkommen?«

Fay seufzt. Hätte diese Frau ihr etwas tun sollen, hätte sie es vermutlich schon vorher getan. Oder? Die Feen waren zuerst auch freundlich und dann ... Andererseits: Was bleibt ihr schon übrig, als es zu erlauben? Sie weiß ja nicht einmal, wo sie ist oder was das alles soll. Also antwortet sie: »Ja.«

Der Stein scharrt über den Boden, während die Tür sich öffnet, und eine rothaarige Frau schwimmt hinein. Statt Beinen hat sie eine Flosse. Fay schafft es nicht, den Blick abzuwenden, und starrt sie unverhohlen an. Abgesehen davon, dass sie so ein Wesen nie zuvor gesehen hat, sieht es sehr freundlich aus. Doch dasselbe hat sie ja auch bei Evangeline gedacht ...

97

Als die Rothaarige sich nähert, zuckt Fay zusammen.

Miranda hebt die Hände. »Ich bleibe einfach hier stehen. Ich kann mir gut vorstellen, dass du Angst hast. Ich habe beobachtet, wie Wendy dich die Klippen runtergeworfen hat. Aber hier wird dir niemand etwas tun. Hier bist du in Sicherheit«, versucht sie, ihren Gast zu trösten.

Wendy ... Peter Pan ... Die Feen. Mit einem Schlag stürzt alles wieder über sie herein. »Das haben die Feen auch gesagt und dann hat mich Evangeline ausgeliefert. Sie hat mich zu Pan gebracht. Sie ... Sie wollten mich ...«, schluchzt Fay mit erstickter Stimme.

»Alles ist gut, das verspreche ich dir. Peter Pan kann hier nicht hin.«

»Ich will einfach nur nach Hause! Wo bin ich überhaupt? Was ist *hier?*«

Ihre Frage wird durch ein Klopfen unterbrochen, was Fay abermals zusammenzucken lässt.

»Jetzt nicht«, gibt Miranda dem Störenfried zu verstehen.

Unter Fays skeptischen Blicken nähert sie sich noch ein kleines Stück. »Du brauchst wirklich keine Angst zu haben. Wie gesagt, ich habe dich gefunden und hierhergebracht.« Vorsichtig streckt sie ihre Hand nach Fay aus. »Niemand wird dir hier etwas tun. Wir sind die Mütter des Meeres, die Beschützerinnen der Seelen. Wir sind das Volk der Meerfrauen aus Nimmerland.«

Nur langsam weicht die Angst aus ihrer Seele. *Kann ich ihr vertrauen? Wird sie mich ebenso verraten wie die Feen?*

Miranda reicht ihr die Hand, die mit grünen Ringen geschmückt ist. Es kostet Fay all ihren Mut, diese Geste zu erwidern. Schließlich wird sie von der Meerfrau hinaufgezogen.

Miranda lächelt und fragt: »Kann ich dir meine Schwestern vorstellen?«

Fay nickt.

»Vor ihnen brauchst du dich auch nicht zu fürchten, sie sind ganz lieb. Manchmal ein bisschen albern, aber ihre Herzen sind rein. Komm.«

Hand in Hand verlassen die beiden das Zimmer. Jetzt, da sie mehr bei Verstand ist, traut sich Fay, eine der Fragen zu stellen, die sie sich einfach nicht beantworten kann: »Warum kann ich hier eigentlich unbeschwert atmen?«

Wieder umspielt ein gütiges Lächeln Mirandas Lippen, während sie Fay weiter mit sich zieht. »Wir haben verschiedene magische Fähigkeiten. Eine von ihnen ist, dass das Wasser uns gehorcht und wir über den Atem der Wellen verfügen. Das heißt, wir können anderen Geschöpfen Atem spenden. Du hast den Kuss der Meerfrauen bekommen.«

Verlegen fasst Fay sich an ihren Lippen. *Ein Kuss?* Schnell versucht sie, ihre Gedanken daran zu verscheuchen.

Stattdessen wendet sie den Blick ihrer Umgebung zu. Das Schloss, in dem die Schwestern leben, ist prächtig. Die Wände sind von Perlen geschmückt, die einst in Muscheln verborgen waren. Sie reflektieren die Schönheit des Seins. Ehrfürchtig streicht sie im Vorbeischwimmen mit den Fingern darüber.

»Schön, nicht wahr?«

Fay nickt.

Vor einer großen Steintür, in die die Tiere des Meeres geschnitzt sind, bleiben die beiden stehen.

»Wir sind da, bist du bereit?«, fragt Miranda.

Fay holt tief Luft und wappnet sich. Abermals nickt sie und Miranda öffnet die Tür. Dahinter bietet sich ein seltsamer Anblick. Sechs dicke Meerfrauen sitzen um einen Tisch und beäugen die beiden Dazugestoßenen mit neugierigen Blicken.

»Fay, darf ich dir vorstellen, meine Schwestern.«

Manche von ihnen winken schüchtern, andere bringen ein »Hallo« über die Lippen. Aber alle schauen liebevoll auf das malträtierte Mädchen.

Verlegen hebt Fay ihre Hand und winkt den Frauen ebenfalls zu.

»Setz dich, Liebes.« Freundschaftlich schiebt Miranda Fay zu einem freien Platz an den Tisch. »Ich stelle dir einmal alle vor.« Nach und nach zeigt Miranda auf ihre Schwestern. »Das sind Moon, Shadow, Star, Eve, Felina und Nea.«

Bei so vielen Namen auf einmal wird es Fay ganz schummerig.

»Du hast sicher viele Fragen, die dir auch beantwortet werden sollen, aber lass mich dir vorher etwas erzählen.« Miranda macht es sich auf ihrem Stuhl gemütlich und beginnt zu sprechen, ohne eine Antwort abzuwarten. »Einst hat die erste Schöpferin der Sterne, auch genannt die Sternenfee, zwei Menschen hierhergeholt, die dem Bösen zum Opfer gefallen sind. Sie wollte mit ihnen gemeinsam eine neue Welt erschaffen. Das war die Geburtsstunde unseres Königs und der Königin. Marius und Ellinore. Sie hatten die Aufgabe, unser Nimmerland zu kreieren und den Dingen an Bedeutung zu schenken. Nachdem sie damit fertig waren, holte Ellinore, zusammen mit der Sternenfee, den ersten Menschen hierher. Er war ein Sklave des Bösen, da er sich weigerte, Kinder zu opfern. Auf dem Schiff der Dunkelheit wurde er gefoltert, um seinen Willen zu brechen. Gerade noch rechtzeitig wurde er von den beiden gerettet. Sie schafften ihn mit einem magischen Ritual hierher. James Hook, das ist sein Name, fing an, wieder Vertrauen zu fassen. Eines Tages veranlasste die Sternenfee einen runden Tisch, an dem die jeweiligen Oberhäupter der Völker teilnahmen, denn sie hatte besorgniserregende Neuigkeiten. In ihren Träumen ist ihr etwas erschienen, das sie warnte. Bald würde das Böse Einzug in Nimmerland halten. Auch eine magische Prophezeiung kam vor, in der von einem Mädchen gesprochen wurde, das Nimmerland eines Tages befreien würde. Erst dachten alle, eines der ungeborenen Kinder von Ellinore und Marius wäre die Auserwählte. Doch die Hoffnung war vergebens. Die Indianer brachten viele Jahre später Erleuchtung: Gloria, Hooks Frau, sollte das auserwählte Kind gebären. Eine verstoßene Fee.«

Die ganze Zeit über versucht Fay, Miranda zu folgen, doch ihr schwirrt bereits der Kopf von dem, was sie bisher Widersprüchliches über ihre Eltern erfahren hat.

»Um das Kind zu schützen, befahlen die Ahnen der Indianer, es in die Welt zu bringen, aus der Hook kam. Zutiefst geschockt und voller Trauer verbrachte das Paar die Monate bis zur Geburt. An diesem Tag schuf Aurora, die zweite Sternenfee Nimmerlands, einen Kompass, der das Mädchen eines Tages zurückbringen sollte, damit sie den Kampf gegen das Böse in Gestalt von Peter Pan gewinnen kann.«

»Moment!« Fays Hand schlug auf den Tisch. »Soll das heißen, ich bin schon wieder das Mädchen?« Ihre Hand tastet automatisch nach dem Kompass. Sie trägt ihn noch.

Mit Tränen in den Augen nickt Miranda Fay zu. »Ja, du bist die Eine.«

»Und James Hook und seine Frau sind meine Eltern? Und nicht böse?«

»Ja, so ist es.« Miranda nickt erneut.

Nun kann Fay nicht mehr an sich halten und ihre Unterlippe bebt. »Alle hier erzählen mir etwas anderes, was soll ich denn glauben?«

»Ist das so? Oder haben nur die Feen dir eine andere Geschichte erzählt als wir und die Indianer? Vertraue auf dein Herz, mein Kind.«

Das Herz der Familie

Fay findet in dieser Nacht kaum Schlaf. Sie kann nicht glauben, dass sie geliebt wurde und ihre Eltern sie nur schützen wollten. Ihr Leben lang haben Mona und Olaf dafür gesorgt, dass sie nie vergisst, wie wertlos sie ist. Sie weiß, ihre Existenz ist nur geduldet, aber keinesfalls gewollt. Und jetzt soll sich alles ändern?

Ihr Herz möchte den Meerfrauen Glauben schenken, ihnen vertrauen. Doch ihre Seele verträgt keine Enttäuschungen mehr.

Miranda hat ihr gestern gesagt, dass heute Spiegelarbeit gemacht werden muss. Sie hat ihr noch nicht genau erklärt, was das ist, aber es soll die beste Möglichkeit sein, ihr Herz zu heilen.

Während sie noch darüber nachdenkt, klopft es bereits. »Fay? Aufstehen, Liebes.« Miranda kommt herein, stellt sich an ihr Bett und streichelt ihr sanft über die Schulter. »Heute wartet viel Arbeit auf uns.«

»Noch fünf Minuten, ich habe kaum ein Auge zugetan«, nuschelt sie.

»Nichts da, ich habe Frühstück mitgebracht und danach müssen wir beginnen.« Sie stellt ein Tablett auf einem kleinen Tisch ab.

»Ist gut«, seufzt Fay und setzt sich mühsam auf. »Was ist das?« Ihr Blick fällt auf das Schälchen, das auf dem Tablett steht.

»Seetang und Muschelfleisch. Das essen wir meistens.«

Fay will nicht unhöflich sein, kann sich einen skeptischen Blick aber nicht verkneifen.

»Probiere erst und urteile dann«, sagt die Rothaarige und schmunzelt.

Das Essen hat besser geschmeckt, als sie es erwartet hätte. Fay betrachtet kurz ihre vom Wasser faltigen Hände und wendet sich an Miranda. »Kann es sein, dass ich mich irgendwann auflöse?«

Miranda lacht. »Nein. Nun komm. Wir sollten uns auf den Weg zum Zimmer der Spiegel machen.«

Sie schwimmen durch einen langen Flur, dessen Wände mit Muscheln verziert sind. Miranda zieht sie mit sich, denn sie schwimmt um einiges schneller. Verschiedene Eingänge rauschen an ihnen vorbei.

Fays Puls rast. Was wird sie erwarten? Die Meerfrau hat ihr keine weiteren Informationen gegeben.

Vor einer riesigen Tür bleiben sie stehen. Verschnörkelte Ornamente sind in den Stein gemeißelt und ganz oben steht in einer geschwungenen Schrift: *Erkenne die Wahrheit.*

Nachdem Miranda den Stein berührt hat, öffnet sich die Tür und lässt sie in den ovalen Raum hinein. »Da wären wir, das ist das Zimmer der Spiegel.« Miranda dreht sich im Kreis und streckt dabei die Arme aus, als wolle sie einmal alle Spiegel berühren. Die ganze Wand ist rundherum mit ihnen verkleidet. Fay hebt den Blick, um die Quelle des kalten, weißen Lichtes zu identifizieren und reißt erstaunt die Augen auf. An der Decke wabern vier große und dicke, weiße Quallen.

Nervös beißt sie sich auf die Lippe.

Miranda lächelt. »Keine Angst. Was du tun musst, ist ganz einfach. Suche dir bitte einen Spiegel aus. Nimm den, der dich am meisten anspricht. Lass dir Zeit und wähle weise.«

Langsam geht Fay durch den Raum, bleibt mal hier und mal dort stehen. Versucht, immer nur wenige Sekunden in die einzelnen Spiegel zu schauen. Ihr eigenes Spiegelbild ängstigt sie, das hat es schon immer getan. Zwischendurch meint sie, zu sehen, wie Mona sie an den Haaren reißt, am Spiegel vorschleift, und ihr jagt ein Schauer über den Rücken.

Schließlich zieht einer sie magisch an, dessen Rahmen aus Stein ist. Rundherum sind Sterne eingemeißelt und er ist mit schimmernden Perlen verziert.

»Ich nehme den hier.« Unsicher zeigt sie darauf.

Miranda lächelt. »Gute Wahl. Dann setz dich bitte davor und richte dich auf, sodass du einen geraden Rücken hast. Sieh dir selbst in die Augen, Fay.«

Mit wild klopfendem Herzen lässt sie sich nieder und streckt den Rücken durch. Sie hasst ihr Spiegelbild.

Ich bin es nicht wert, denkt sie. *Ich kann mich selbst nicht ertragen.*

Miranda schwimmt hinter sie und beginnt zu sprechen:

»Spiegel, Spiegel, oh, so fein, lade dieses Mädchen zu der Wahrheit ein. Schenk ihr Vertrauen und heile ihr Selbst, damit sie erkennt ihren Wert in der Welt.«

Mit diesen Worten verschwindet alles um Fay. Es gibt nur noch sie und den Spiegel. Zögernd blickt sie hinein, dabei zieht sich ihr Brustkorb zusammen. Doch die gewohnten Gefühle von Selbsthass bleiben diesmal aus. Eine unbekannte Stimme dringt aus der gläsernen Oberfläche.

Fay, geboren auf Wellen, mit der Schönheit des Herzens gesegnet.

Ewiglich geliebt, beschenkt mit Freundschaft und dem Schutz der Sterne, wirst du glänzen und erkennen, wer du bist. Sieh nun in die Vergangenheit und erkenne.

Wertvoller als Diamanten, kostbarer als Tropfen der Lavendelblüten bist du, o Menschenkind.

Blicke hinein in den Spiegel, erkenne deinen Wert.

Durchdringe tief verwurzelte Zweifel.

Kämpfe, besiege die Dämonen der Angst.

Dann wirst du begreifen und aus der Kraft deines Wertes schöpfen.

Ewiglich wertvoll bist du.

Ein Bild erscheint auf dem Glas, so real, dass Fay dem Drang, mit ihrer Hand danach zu greifen, nicht widerstehen kann. Doch ihre Finger stoßen nur auf die kalte Oberfläche.

Die Sonne ist bereits untergegangen, Aufregung macht sich auf dem Schiff breit. Fay erkennt Tallulah und Aurora, die beide bei einer Frau im Zimmer sind. Augenscheinlich, um bei einer Geburt zu helfen.

Nun dringen auch die Stimmen an ihr Ohr.

»Glo, du musst pressen«, redet die Indianerfrau immer wieder auf sie ein.

Die Schmerzen der Frau scheinen unermesslich, immer wieder schüttelt sie den Kopf. »Nein, ich kann nicht, meine Tochter, ich kann nicht!« Gloria versucht mit aller Kraft, gegen die Wehen anzugehen. Sie weiß, was als Nächstes passieren wird, und das zerreißt ihr das Herz.

»Gloria, ich bitte dich. Sie wird sterben, wenn du dich weigerst!« Aurora streichelt ihr liebevoll über die Stirn. Gloria liegt in ihren Armen und schluchzt.

Dann geschieht das Unausweichliche.

Jetzt, da Fay das Schreien des Babys hört, ist zumindest eine der Gefahren gebannt. James Hook hält das Kind in den Armen, während seine Frau von Tallulah versorgt wird.

»Mein liebes Mädchen, ich werde auf ewig dein Vater sein, ich werde dich auf ewig lieben. Dein Name soll Fay sein.« Tränen tropfen auf das Bündel in James' Armen. Liebevoll wiegt er seine Tochter hin und her, sodass sie sanft in den Schlaf gleitet.

Gloria erträgt es nicht, ihre geliebte Tochter in den Armen zu halten. Wie paralysiert liegt sie in ihrem Bett, starrt teilnahmslos Löcher in die Luft. Die Realität zieht wie ein böser Albtraum an ihr vorbei.

Nebel lässt das aktuelle Bild verschwimmen und macht einem neuen Platz.

Aurora steht an einer Lichtung, in ihren Armen hält sie das Bündel. Ihre Hände sind so angespannt, dass Fay das Weiß ihrer Knöchel sehen kann.

»Jetzt ist es so weit, du tapferes Mädchen. Nun wirst du in eine andere Welt reisen.«

Jeder Schritt scheint Aurora schwerzufallen, so als müsse sie gegen eine unsichtbare Kraft ankämpfen.

Funken sprühen, während sie das Portal betritt. Wie durch einen Wirbelsturm wird Fay in das nächste Bild getragen.

Aurora steht vor einem Haus mit ramponierter Fassade, jegliche Freude ist von den Wänden geblättert. Fay weiß sofort, um was für ein Haus es sich hierbei handelt.

Das Kinderheim.

Mit dem Menschlein in den Armen nähert sich die Frau der Eingangstür. Sanft legt sie das Baby ab, fügt ihr noch einen Zettel mit ihrem Namen und den Kompass hinzu. Den Kompass drückt sie einmal auf Fays Arm. Es zischt, genau an der Stelle, wo heute ihr sternförmiges Muttermal ist. Schließlich lächelt sie Fay einmal müde an und verschwindet von der Bildfläche.

Mit der letzten Szene verblasst das Bild und der Raum der Spiegel erscheint.

Fay, die nicht fassen kann, was sie gerade erlebt hat, bricht in Tränen aus. »Es ist wahr, ich werde geliebt!« Mit diesem Satz zerspringt der Spiegel und zerfällt klirrend in tausend Einzelteile, die langsam auf den Grund sinken.

»Du hast den Schatten des Schmerzes überwunden, nun heilt dein Herz«, sagt Miranda.

Fay wischt sich die Tränen weg, steht auf und umarmt die Meerfrau. Sie spürt es, sie weiß es einfach: Miranda meint es gut mit ihr.

»Jetzt bist du bereit, deine Familie zu sehen.«

Als sie das Zimmer verlassen, fällt ein großer Stein von Fays Herzen. Plötzlich erscheint ihr alles in einem anderen Licht, wie ein grauer Schleier, den man ihr von den Augen zieht.

Je näher Fay der Wasseroberfläche kommt, desto kribbeliger wird es in ihrem Bauch. *Ich werde meine Eltern kennenlernen. Eltern, die mich wirklich lieben!*

In dem Moment, in dem ihr Kopf aus dem Wasser taucht, spürt sie ein Gefühl in ihrer Lunge, so als hätte jemand ein Vakuum gelöst. Miranda schwimmt voran, während Fay noch kurz innehält. Sie will die neue Sicht auf die Insel auf sich wirken lassen. Denn alles erscheint ihr heller, ja, sogar wie eine einmalige Schönheit.

»Wir müssen aufpassen, dass wir nicht von Pan oder Wendy gesehen werden«, ermahnt Miranda.

Fay nickt und ihr Herz schlägt bei dem Gedanken an den Dämon und seine beiden Zungen schneller. »Ist es noch sehr weit bis zu meinen Eltern?«, fragt sie ungeduldig.

»Nein, aber ich werde dich nicht dorthin begleiten können, ich habe noch viel zu tun, leider nichts Erfreuliches. Ein Freund von mir wird dich abholen und zu deinen Eltern bringen. Er sagte mir, James und Gloria wollten selbst kommen, aber sie ist schwach auf den Beinen und so ist er bei ihr geblieben. Sie warten auf dich.« Miranda scheint die neu aufkeimende Angst in Fay zu bemerken und spricht schnell weiter. »Keine Angst, du kannst ihm vertrauen, er ist auch ein Freund deiner Eltern.«

Sie schwimmen bis zu den Felsen heran, die an Land führen.

Fay schüttelt ihren Kopf und verscheucht so ihre Zweifel.

»Jacob heißt er.«

Wie aufs Stichwort erscheint der Mann hinter einem der Felsen. »Hallo, Fay, mein Name ist Jacob und ich werde dich zu deinen Eltern bringen. Sie warten schon sehnsüchtig auf deine Ankunft.« Mit diesen Worten verbeugt er sich vor dem Mädchen und lächelt. Dabei fallen seine langen Haare aus dem Nacken und eine wulstige Narbe wird sichtbar. Sie verläuft von der Ohrmuschel bis über die Schulter. Als Jacob wieder hochkommt, sieht er Fays erschrockenes Gesicht.

»Ein Geschenk von Pan«, sagt er, denn er versteht ihren Schock. »Miranda hat mich damals aufgenommen und gesund gepflegt. Ihr verdanke ich mein Leben.« Er schüttelt seinen Kopf, um seine Haare wieder vor die Narbe zu bringen. Dann hält er Fay die Hand hin. Sie zögert, doch nach einem auffordernden Nicken von Miranda greift sie zu und lässt sich aus dem Wasser helfen.

»Komm uns bald mal wieder besuchen, Liebes. Du bist immer willkommen. Vergiss nicht, was der Spiegel gesagt hat.«

Bevor Fay antworten kann, sieht sie nur noch Mirandas Schwanz-flosse in die Tiefen des Meeres verschwinden.

Nervös dreht Fay ihre Haare um einen Finger. Die Kleidung klebt nass auf ihrer Haut.

Was werden meine Eltern wohl sagen? Und werde ich sie überhaupt mögen? Was, wenn wir uns doch nicht leiden können?

Hunderte von Fragen schwirren ihr durch den Kopf.

»Du hast also auch Bekanntschaft mit dem Raum der Spiegel gemacht?«, fragt Jacob in ihre Gedanken herein. »Mir hat dieser Besuch damals das Leben gerettet, mein Herz geheilt und mir geholfen, wieder an meinen Wert zu glauben. Nachdem Peter mich als Kind aus meiner Welt gerissen hat, war ich verloren, ja, fast tot. Dann kamen Miranda und ihre Schwestern in mein Leben, nahmen mich auf und halfen mir, wieder ein Mensch zu werden. Aber was rede ich so viel, du bist bestimmt in Gedanken ganz woanders. Sie sind wirklich toll. Die Zeit ohne dich hat zwar ihre Spuren hinterlassen und gerade deine Mutter litt sehr, aber sie freuen sich schon riesig auf dich«, versucht Jacob, dem Mädchen Mut zu machen.

Aber nur ein »Mmh« kommt Fay gerade über die Lippen. Vor Aufregung ist ihr schlecht und sie konzentriert sich auf ihre Atmung. Ihre Knie sind beinahe zu weich, um sie auf den Beinen zu halten.

Der Weg zu ihren Eltern kommt ihr so vor, als würden sie schon seit Jahren laufen. Jacob schwingt immer wieder seine Machete, um Pflanzen beiseite zu schlagen. Dabei pfeift er ein unbeschwertes Lied-chen, was Fay ganz tief in ihrem Inneren bekannt vorkommt.

»Wo … Wo wohnen die beiden eigentlich?« Vor lauter Aufregung muss sie sich immer wieder räuspern.

»Wo sie immer gewohnt haben. Auf der Jolly Roger.« Er zeigt mit seinem Finger geradeaus.

»Ach so.« Es ist ihr unangenehm, dass sie das nicht weiß. Ihr Blick folgt seinem Finger und sie erkennt ein riesiges Schiff aus nussbrau-nem Holz, das sanft in den Wellen schaukelt. Ganz viele runde, kleine Fenster sind in dem Holz eingelassen, vor einigen hängt Stoff. Am Bug ist eine Gallionsfigur: ein Mann und eine Frau, die sich umarmen. Die Segel sind von der Sonne ausgebleicht.

»Wir sind da«, durchbricht Jacob erneut die Stille. »Willkommen zu Hause!«

An Deck des Schiffes stehen sie, Fays Eltern. Gloria hat sich in die Arme ihres Mannes geschmiegt und ihre Augen glänzen. Einen Moment muss Fay stehen bleiben. Zu oft hat sie von diesem Augenblick geträumt, sich vorgestellt, wie ihre leiblichen Eltern wohl aussehen mögen. Aber jetzt, da sie dort stehen, erscheint alles so surreal.

Okay, Fay, tief Luft holen und los, versucht sie, sich selbst Mut zu machen.

Jacob führt sie über eine Planke an Deck. Jeder ihrer Schritte fühlt sich an, als müsse sie gegen eine unsichtbare Kraft ankämpfen. Immer näher kommt sie ihrem Ziel, begleitet von dem Rauschen der Wellen, bis sie schließlich wirklich und wahrhaftig vor ihren Eltern steht.

Gloria, ihre Mutter, ist klein und schlank. Blonde Locken hängen ihr bis zur Hüfte herab und schmiegen sich an das grüne Kleid aus Leinen. Die dunklen Ringe unter ihren Augen zeugen von vielen schlaflosen Nächten. James Hook hält sie, hat sie fest umarmt. Er strahlt Stärke aus. Seine schwarzen, langen Haare hat er sich zurückgebunden, sodass sein Ohr mit den vielen Ringen daran gut sichtbar ist. Würde er nicht lächeln, dann könnte er mit seinem Dreitagebart, der schwarzen Leinenkleidung und den tiefblauen Augen auch gefährlich wirken. Gloria löst sich aus Hooks Armen und nähert sich Fay vorsichtig. Stumm stehen sie voreinander, wissen nicht, wie sie sich begrüßen sollen. Sie sind eine Familie und doch sind sie sich so fremd.

»Hi.« Mehr bringt Fay nicht heraus, dabei hat sie in ihrer Vorstellung so viel geübt.

Nun tritt auch Hook heran und zieht Fay einfach in seine Arme. »Wie lang haben wir diesen Moment herbeigesehnt, wie lange haben wir warten müssen!« Liebevoll streicht er über die Haare seiner Tochter.

110

Dann lässt er sie los und schiebt sie in Richtung Gloria, sodass auch die beiden sich umarmen.

Fay atmet tief ein. Selbst der Geruch ihrer Eltern ist vertraut und fremd zugleich.

Ein Räuspern ertönt hinter der Familie.

»Ich will ja nicht hetzen, aber eure Wiedervereinigung solltet ihr doch drinnen weiterfeiern.« Jacob, der sich bis zu dem Moment charmant zurückgehalten hat, sieht besorgt aus. »Pan wird bald erfahren, dass Fay nicht mehr in den Tiefen des Meeres ist. Bis jetzt konnten wir es geheim halten. Aber bald sieht es wahrscheinlich anders aus.«

Vorbereitung

Zusammen gehen sie unter Deck. Es dauert ein bisschen, bis sich Fays Augen an die Dunkelheit gewöhnen. Ein süßlicher Duft steigt ihr in die Nase und erinnert sie an die Feen und deren Lavendelfeld. Sie erschaudert.

»Setz dich doch!« Gloria klopft neben sich auf ein Sofa. Zögernd setzt sich Fay neben ihre Mutter.

Meine Mutter. Mein Vater. Meine Eltern, wiederholt sie in ihrem Kopf und kann es immer noch nicht fassen.

»Wie ist es dir ergangen?«, platzt es aus Hook heraus. »Du bist so unfassbar groß geworden!«

»Langsam, Hook, Fays Herz ist erst vor Kurzem wieder zusammengewachsen«, ermahnt Jacob seinen Freund.

»Schon gut, Jacob, lass mich erzählen.« Fay lächelt ihren Begleiter mutig an. »Ich bin bei Pflegeeltern aufgewachsen. Sie sind sehr streng und haben mich andauernd im Keller eingesperrt, wenn ihnen was nicht gepasst hat oder ich nicht perfekt genug für sie war. Mein Pflegebruder hat mich ständig verpetzt und dafür gesorgt, dass ich oft Ärger bekomme, aber nur, weil er selbst solche Angst hatte.« Als Fay in die entsetzten Gesichter ihrer Eltern blickt, bekommt sie ein schlechtes Gewissen. *Hätte ich mit der Wahrheit warten sollen?*

»Fay …« Ihr Name dringt gehaucht aus Glorias Mund.

Unsicher spielt Fay mit ihren Fingern, dann fällt ihr etwas ein. »Der Kompass – ich habe ihn immer dabei, seit er mich vor einer Weile hierhergebracht hat.« Sie holt tief Luft, um dann wieder anzusetzen. »Hier habe ich dann die Feen kennengelernt. Sie taten so lieb und haben mir vorgespielt, sie seien meine Freunde, haben mir erzählt, dass du …« Nun schaut sie ihre Mutter an. »… mich opfern wolltest, um endlich wieder eine Fee zu werden. Sie sagten, du hast eine deiner Feenschwestern getötet.«

»Das ist alles gelogen!« Empört springt Gloria auf.

»Ich weiß«, beschwichtigt Fay, »na ja, zumindest jetzt. Aber zuerst glaubte ich ihnen. Sie waren so nett.« Beschämt schaut sie auf den Boden.

»Du wusstest es nicht besser.« Liebevoll lächelt Hook und reicht ihr einen Becher Wasser. Erst da bemerkt sie, wie durstig sie ist, und trinkt alles aus, ehe sie weiterspricht.

»Dann kam er …« Nun kann sie sich nicht mehr zurückhalten. »Peter Pan.« Sie vergräbt ihr Gesicht in ihren Händen. »Es war so furchtbar, ich hatte so eine Angst.« Ihre Stimme bebt vor Emotionen.

Gloria drückt ihre Tochter fest an sich. »Wir sind jetzt für dich da. Niemals werden wir zulassen, dass dir noch mal jemand etwas antut!«

Jacob meldet sich zu Wort. »Sie muss es erfahren. Lieber früher als später.«

Hook zieht scharf die Luft ein, nickt aber widerwillig.

Fay fängt sich augenblicklich, nur, um sich auf den nächsten Schock vorzubereiten. »Was muss ich erfahren?«

»Nur du kannst Pan besiegen«, erwidert Jacob.

»Ich weiß, dass das alle denken. Miranda sagte auch schon so was. Selbst die Feen und Pan … Aber ich wüsste nicht wie. Ich fühle mich nicht auserwählt …«

Gloria winkt ab. »Alles zu seiner Zeit, mein Schatz. Heute feiern wir erst einmal deine Wiederkehr!«

»Aber …«

Hook schüttelt entschieden den Kopf. »Keine Widerrede«, sagt er in liebevollem Ton. »Heute wollen wir ein einziges Mal eine ganz normale Familie sein.«

Und so kam es auch. Es war der schönste Abend, den Fay je erlebt hat. Hook erzählte von seinen Heldentaten und Gloria berichtete davon, wie sie sich kennenlernten und wie glücklich sie war, als sie erfuhr, dass sie ein Kind bekommen würde, und sie fragten Fay ganz viel. Noch nie hat sich jemand so für ihr Leben, ihre Interessen, Wünsche und Hoffnungen interessiert wie diese beiden. Als Fay so langsam, aber sicher die Augen zufallen, bringt James sie in ihr Zimmer.

Er öffnet die Tür. »Hier kannst du schlafen.«

Verwundert schaut sie sich um. Rosenbilder schmücken die Wände, an die Decke sind tausende Sterne gemalt. In der hintersten Zimmerecke steht eine Babywiege aus Holz, in der Kerzen stehen.

»Ist das …?« Fay muss schlucken.

»Ja, das sollte einmal dein Zimmer werden.« Liebevoll drückt er die Schulter seiner Tochter, doch wie so oft zuckt sie unter der Berührung zusammen. Augenblicklich versteht er und lässt los. Aber die Stimmung ist bereits gekippt. Zu viele Erinnerungen an Verrat und Enttäuschung prasseln auf sie ein.

»Wir haben dir ein paar Sachen aufs Bett gelegt, ich hoffe, sie gefallen dir.«

»Danke«, antwortet Fay, dabei hat sie ihren Blick auf den Boden gesenkt.

»Also, ich werde jetzt mal zu deiner Mutter gehen. Wenn du etwas brauchst, kannst du uns rufen. Schlaf schön, meine Kleine.«

Vermutlich verunsichert, ob er seine Tochter umarmen soll, steht James noch ein paar Sekunden regungslos vor ihr.

»Nein, alles gut, ich brauche nichts. Danke«, wiederholt sie deshalb.

Nickend verlässt ihr Vater den Raum.

Sie schließt seufzend die Tür hinter ihm und legt sich in das Bett. Es ist weich und kuschelig und es duftet gut. Irgendwie nach heiler Welt. Sie zieht die samtige Decke über sich und schließt die Augen, aber ihre Gedanken rasen und wollen nicht zur Ruhe kommen. Trotzdem ist sie zu müde, um den Raum genauer zu betrachten, und so bleibt sie liegen und hofft auf Schlaf.

Dämonen, leibliche Eltern, Feen und diese Insel – all das hätte sie sich in ihren kühnsten Träumen nicht ausgemalt.

Sie denkt an ihr altes Zuhause. An Mona, Olaf und ihren Bruder John.

Ob er wohl gerade im Keller sitzt? Weil ich nicht zu Hause bin? Haben Mona und Olaf vielleicht sogar schon die Polizei gerufen? Was für eine Strafe wartet auf mich, falls ich jemals zurückkehre? Ihr Herz beginnt zu rasen, so als ob es gleich ein Rennen antreten will.

Ganz ruhig, ich bin ruhig und gelassen, mir kann gerade nichts passieren. Denk an ein Tier mit N. Nilpferd, Nashorn, Nasenaffe ...

Irgendwann fällt sie in einen unruhigen Schlaf und träumt von einem Geist, der ein Baby verspeist. Von weit her erklingt ein grauenhaftes Lachen.

Zaghaft klopft es an der Tür.

»Fay, bist du wach?« Es ist die Stimme ihrer Mutter.

Sie schreckt hoch und wischt sich den Angstschweiß von der Stirn. »Jetzt ja«, murmelt sie.

»Willst du etwas essen?«

»Ja, ich komme gleich.«

»Gut, wir sind oben und bereiten etwas vor, ja?«

»Ja, in Ordnung!« Langsam kämpft sich Fay aus dem Bett.

Dabei fällt ihr Blick erneut auf die Babywiege. Vorsichtig geht sie darauf zu und bleibt davor stehen. Vierzehn Kerzen stehen darin.

Für jedes Jahr eine, denkt sie sich und berührt sie sachte mit dem Finger. Sie sind mit Sternen verziert. *Was wohl das Geheimnis der Sterne ist? Oder mag Gloria sie einfach? Irgendwie verbinden sie uns.* Ergriffen fahren ihre Finger weiter am Holz entlang. Sie treffen auf eine Einkerbung. Jemand hat etwas in das Holz geritzt. Sie tritt näher heran.

»Fay, Licht, Wunder«, liest sie laut vor.

Das reicht für heute, mehr Liebesbekundungen kann ich nicht vertragen. Es ist ein schöner Traum, geliebt zu werden. Aber wer weiß, wann es aufhört? Wann ich wieder enttäuscht werde? Schnell wirft sie die Tagesdecke über die Wiege, um den Blick abwenden zu können, und zieht sich an. Jeder ihrer Schritte löst ein Knarzen der Holzdielen aus, während das Schiff mit den Wellen tanzt.

An Deck wartet ihr Vater auf sie. Das erste Familienfrühstück seit vierzehn Jahren.

»Guten Morgen.« Unsicher schaut sich Fay um. Der Frühstückstisch ist reich gedeckt. Allerlei hübsch aufgeschnittene Früchte sind auf Tellern drapiert, eine Schüssel mit Beeren steht daneben. Außerdem entdeckt sie eine Schale mit Butter.

»Setz dich hierhin.« James klopft auf einen Stuhl.

Gloria ist nicht da – wo sie wohl sein mag?

Die Stimmung an diesem Morgen ist so angespannt, als würde ein Pfeil jeden Moment aus einem Bogen schnellen.

»Hast du gut geschlafen, Kleine?« Hook mustert sie besorgt.

»Es geht so, ist doch alles ziemlich aufwühlend.«

»Da sagst du was Wahres.« Er fährt sich mit einer Hand durch den angehenden Bart.

»So, hier ist unser Brot. Guten Morgen!« Gloria kommt mit einem köstlich duftenden Laib Brot aus der Küche. »Vorsicht, es ist sehr heiß, aber frisch schmeckt es am besten.« Sie stellt es in die Mitte des Tisches. Trotz der langen Feier gestern scheinen Glorias Augenränder abgemildert zu sein.

Fays Nasenflügel beben, während sie den frischen Backduft einatmet.

»Das Rezept stammt noch aus der Zeit, als ich eine Fee war, es ist nach traditioneller Feenart gebacken. Aber im Original natürlich viel, viel kleiner«, sagt ihre Mutter augenzwinkernd.

Sofort schießt Fay ein Bild in den Kopf, wie Evangeline unter dieses Brot gerät und ihre kleinen Feenflügel unter dem Laib zucken. Und zum ersten Mal seit Langem muss sie lächeln.

»Liebling, würdest du das Brot anschneiden?« Gloria reicht ihrem Mann das Messer.

Er schneidet eine Scheibe ab, reicht sie Fay und schiebt die Schale Butter zu ihr.

Sie bestreicht sie damit und beißt genussvoll hinein. »Mmh, das ist gut!« Fay, die es nicht gewohnt ist, so verwöhnt zu werden, schlägt sich den Magen nach und nach so voll, dass sie befürchtet, gleich über das Deck des Schiffes zu rollen.

Nun ist es wieder Hook, der spricht. »Ich habe darüber nachgedacht, wie du Pan besiegen kannst, und ich glaube, dass uns die Indianer helfen könnten. Deswegen machen wir uns, sofern du nichts dagegen hast, nachher auf den Weg ins Reservat.«

Fay wird bei der Erinnerung an ihren letzten Besuch dort ganz flau im Magen. Bis vor Kurzem hielt sie die Bewohner des Reservates noch für Lügner, ja, sogar Feinde. Wie soll sie ihnen gegenübertreten?

Überrumpelt streicht sich Fay mehrmals über den Kopf.

»Was bereitet dir Sorgen?« Gloria schaut ihrer Tochter tief in die Augen.

»Es ist nur … Ich bin letztens einfach weggelaufen, weil ich nicht glauben konnte, was sie mir erzählt haben. Aber jetzt kenne ich die wahre Geschichte und schäme mich total.«

»Sie haben dir schon lange vergeben, du wirst sehen.«

Auf dem Weg zur Erkenntnis

Der Weg ist für Fay sehr beschwerlich. Die sengende Hitze und die ungewohnte Umgebung verlangen ihr alles ab.

Wieder muss sie an zu Hause denken.

Was würde ich für eine Busfahrt geben! Die Wege in der Stadt sind viel kürzer und vor allen Dingen ist es in London nicht so schrecklich heiß.

Immer wieder schießt ihr das Bild von John in den Kopf, wie er gerade ganz gemütlich im Bus Richtung Schule sitzt.

»Es ist nicht mehr weit, du kannst schon den Rauch des Feuers in der Ferne sehen.« James zeigt zu den Beerensträuchern. Tatsächlich, Fay entdeckt die Rauchsäule.

Wieder läuft sie durch den Wald, in dem Tallulah sie vor dem dunklen Schatten – wahrscheinlich Pan – beschützt hat, und das schlechte Gewissen zermürbt sie beinahe. Doch noch bevor sie sich weitere Gedanken machen kann, kommt Tallulah ihnen entgegen und lächelt herzlich. Sie schließt sie fest in ihre Arme. Fay erwidert die Umarmung erleichtert.

»Endlich seid ihr wieder vereint«, sagt Tallulah. »Die Götter sind uns gnädig. Kommt mit, die anderen werden sich freuen, euch zu sehen.« Sie führt die kleine Familie ins Reservat.

Wieder betritt Fay das Lager aus Zelten, in dem es nach Kräutern und Feuer riecht, doch diesmal mit ihren Eltern und mit dem Wissen, dass die Indianer es gut mit ihnen meinen. Ein Junge mit dunklem Haar und braunen Augen, der etwa in Fays Alter sein muss, nähert sich und mustert die Neuankömmlinge neugierig.

»Nahuel, hol unseren Gästen etwas zu trinken, ja?« Mit einer Handbewegung schickt sie ihn in Richtung eines Zeltes, vor dem jede Menge Töpfe und Eimer stehen.

119

»Mache ich.« Doch dabei schaut er nicht sie, sondern Fay an. Schamesröte steigt ihr in den Kopf und sie wendet hastig den Blick ab. Warum wird ihr so warm, nur weil er sie ansieht? Offenbar nimmt davon niemand Notiz.

Stattdessen deutet Tallulah auf die Decken vor dem Lagerfeuer und sagt: »Setzt euch, was können wir für euch tun?«

Sie lassen sich auf den Decken nieder und Fay wirft einen verstohlenen Blick zu dem Zelt, in dem Nahuel soeben verschwunden ist. Geschäftiges Klappern ist daraus zu hören.

Gloria holt tief Luft und wirft einen sorgenvollen Blick auf Fay, ehe sie fortfährt. » Tallulah, es ist so: Fay soll gegen Pan antreten, doch weder wir noch die Meerschwestern wissen, wie das funktionieren soll. In dieser Nacht hatte ich den Gedanken, dass du und deine Ahnen uns vielleicht helfen könnten.«

Eine Weile zieht Tallulah wortlos an ihrer Pfeife, bläst dabei dicke Dampfwolken aus. »Da denkst du recht, mein Kind«, sagt sie und pafft weiter, jedoch ohne noch mehr Worte zu verlieren.

Ein wenig erleichtert seufzen Hook und Gloria, bevor sie sich wieder anspannen und warten, was sie vorschlagen wird. Fay zieht erschrocken die Luft ein, als Nahuels Stimme hinter ihr ertönt.

»Hier kommt das Wasser.« Er ist mit einem Tablet zurückgekehrt, auf dem vier Becher stehen. Gekonnt balanciert er damit zu ihnen, obwohl sein Blick wie Kleber auf Fay ruht.

»Hab Dank, mein Junge. Dann los, reiche unseren Gästen ihre Getränke. Wo bist du nur mit deinen Gedanken?«

Während er Fay den Becher reicht, tropft etwas Wasser auf ihren Schoß. »Verdammt«, murmelt er. Doch Fay lächelt und schaut sich um. Niemand hat bemerkt, dass Nahuel gekleckert hat, und sie wird es niemandem sagen. Er scheint zu verstehen, denn er nickt und verschwindet eilig wieder. Hat er ihr eben zugezwinkert? Oder ist das Einbildung gewesen?

»Um zu erfahren, was Fay gegen den Dämon ausrichten kann, muss ich mit ihr in die Welt der Ahnen. Dort wird man uns helfen können.

Doch es ist eine gefährliche Reise, die viel Kraft von mir verlangt. Es besteht die Gefahr, dass ich den Weg zurück nicht finden werde. Dann musst du, Fay, allein zurückkehren. Die Ahnen verlangen Zoll von mir als Reiseführerin. Ich muss Lebensenergie abgeben. Wie viel das sein wird, darauf habe ich keinen Einfluss«, fährt Tallulah fort.

»Kommt nicht infrage!«, unterbricht Hook seine Freundin. »Wir müssen, ob wir wollen oder nicht, akzeptieren, dass unsere Tochter sich in Lebensgefahr bringt. Du wirst nicht auch noch dein Leben riskieren! Wir können einen anderen Weg finden, ganz bestimmt!«

Müde, aber liebevoll lächelt die Indianerin ihn an. »Mein lieber James, vor vielen Jahren habt ihr, um uns eines Tages zu retten, euer Kostbarstes geopfert – damit wir alle leben können. Wie könnte ich euch nicht helfen? Ich bin alt und meine Tage sind ohnehin bald gezählt.«

»Aber -« Gloria will ansetzen, etwas zu sagen, doch Tallulah schneidet ihr das Wort ab.

»Ich habe mich bereits entschieden. Ich werde mit eurer Tochter in die Welt der Ahnen reisen, es sei denn, sie möchte es nicht. Die Entscheidung liegt bei dir.« Bei den letzten Worten richtet sie ihren Blick auf Fay.

Schweigend mahlt sie mit dem Kiefer und versucht mit aller Kraft, nicht durchzudrehen. *Welt der Ahnen? Lebensenergie als Wegezoll?* Ihr Kopf brummt. Vor einiger Zeit noch hockte sie im Keller und wünschte sich, den Grausamkeiten ihrer Pflegeeltern zu entfliehen. Und auf einmal steckt sie im nächsten Albtraum fest – in der Hauptrolle.

Doch es gibt einen entscheidenden Unterschied. Die Leute hier lieben sie. Und sie zählen auf sie.

»Ich werde es tun«, verkündet Fay und strafft sich entschlossen.

»Eine weise Entscheidung. Dann folge mir, Fay. Hook, Gloria, ich muss euch bitten, hierzubleiben.« Tallulah streckt die Hand aus und hilft ihr hoch. Schluckend lässt Fay es zu.

»Keine Angst«, flüstert sie Gloria ins Ohr, als sie sie zum Abschied umarmt. Dann drückt sie ihren Vater ebenfalls und murmelt: »Danke, dass ihr an mich glaubt.«

121

Bevor ihr Tränen in die Augen steigen können, folgt sie der Indianerin in ihr Zelt.

»Von hier aus werden wir uns auf den Weg machen«, erklärt Tallulah und deutet auf den Boden, was Fay mit einem Stirnrunzeln quittiert.

Während sie staunend das Innere des Zeltes betrachtet, ist Tallulah schon dabei, die Kräuter zu entzünden.

Ein beißender Gestank, der Fay an einen brennenden Tannenbaum erinnert, bohrt sich den Weg in ihre Schleimhäute.

»Hör mir gut zu. Dies ist die letzte Chance, zurückzukehren, wenn du diese Reise nicht machen möchtest. Wir müssen zur Krokodilhexe. Einst war sie eine der mächtigsten Hexen unseres Stammes, herrschte vor vielen Jahrtausenden. Sie ist süchtig nach Lebensenergie, denn nur so schafft sie es, in der Zwischenwelt der Ahnen zu bleiben und nicht geradewegs in die Höhle des Schakals zu fahren. Bist du dir sicher, dass du mitkommen möchtest?«

Abermals nickt Fay entschlossen und erntet ein gutmütiges Lächeln.

»Gut. Bitte erschrick nicht vor ihrem Anblick, ihre Haut besteht aus einem Schuppenpanzer. Dies sind die Lebenszyklen jedes Menschen, den sie ausgesaugt hat. Ihre Haare sind die Lebensadern derer, die sie um Rat fragten. Schau immer auf den Boden und sprich nur, wenn du gefragt wirst. Und egal, was passiert, widersprich ihr nie. Hindere mich nicht daran, zu tun, was ich tun muss, auch wenn es dir grausam erscheinen mag. Wenn du wieder zurück bist, erzähle deinen Eltern nichts von dem, was du gesehen hast. Sie würden sich nur Vorwürfe machen und in einer Spirale aus Schuldgefühlen gefangen sein. Noch etwas: Sag Nahuel bitte, dass er für mich nicht nur wie ein Sohn, sondern auch für den ganzen Stamm ein ganz besonderer Junge ist und Großes erreichen wird. Er besitzt die seltene Gabe der Erweckung des Totems.«

Ein weiteres Mal nickt Fay, obwohl es ihr bei Tallulahs Worten die Kehle zuschnürt. Sie klingen furchtbar nach Abschied, nach Endgültigkeit.

Fest umschlingt Tallulahs Fays Hand. »Gib mir dein Wort!«

122

»Ich verspreche zu tun, was Sie mir befohlen haben, und Hook und Gloria nichts von dem zu erzählen, was passieren wird. Außerdem werde ich Nahuel ausrichten, was Sie gesagt haben.«

Für einen Moment glaubt sie, so etwas wie Stolz in den Augen der Indianerin zu erkennen.

Die alte Frau lässt los, setzt sich in die Mitte des Zeltes und klopft mit ihrer Hand neben sich auf den Sand.

Fay setzt sich ebenfalls.

»Wir müssen uns hinlegen. Danach schließe die Augen«, sagt die Indianerin.

Kaum liegen beide, umschließt Tallulah Fays Hand und beginnt zu sprechen.

Ihre Stimme klingt, als hätte sie ihr Leben lang geraucht und würde jetzt tauchen gehen. Es gurgelt nur so. Fast glaubt Fay, der Untergrund würde vibrieren und die Frau neben sich auf trockenem Boden ertrinken.

»Mächtige Mutter, Gründerin des Stammes. Stets bestrebt nach Leben. Ich bitte dich, öffne deine Tore und gewähre uns Einlass. Ich werde dein Preis sein, voller Wissen und Lebensgeistern. Nimm mich als Zoll und hilf uns in der Not.«

Sie wiederholt die Worte minutenlang, bis Fay sich fühlt wie in einer Trance.

Lichtblitze zucken vor ihren geschlossenen Augen, alles dreht sich und ein Schrei, der tief aus ihrem Herzen dringt, durchstößt die Seele und hinterlässt einen tiefen Krater. Dann herrscht Stille.

»Tallulah, Mutter des Stammes, du hast mich gerufen.«

Fay reißt die Augen auf und schreckt hoch. Panik steigt schon in ihr auf, bevor sie sich umsieht und ihr Blick die Hexe trifft. Plötzlich werden alle Albträume Wirklichkeit.

Monster, Teufel und hässliches Biest. All das würde die Frau treffend beschreiben – aber Krokodilhexe verharmlost ihren Anblick um Welten.

Tallulah hat nicht übertrieben.

Die Haare der Fremden bestehen wirklich aus Adern, gerollt zu Dreadlocks. Sie schwingen mit jeder Bewegung mit, so als hätten sie ein Eigenleben. Die Haut der Alten ist so dick und runzelig, keine Waffe der Welt könnte diese jemals durchstoßen.

So sehr sich Fay auch bemüht, sie kann ihren Blick nicht von der Alten lassen. Durch den Schock der Reise vergisst sie die Anweisung ihrer Begleiterin und schaut unvermittelt in die Augen der Hexe. Sie sind tiefschwarz, als bestünden sie aus Kohle.

Tallulah stupst sie mit dem Arm an und Fay erwacht aus ihrer Starre. Schnell senkt sie den Blick auf den schwarzen, sumpfigen Boden, wie die Indianerin es zuvor verlangt hat.

»Danke, dass du uns empfängst«, sagt Tallulah. Fay kann nicht an sich halten und hebt den Kopf ganz leicht, um die Szene aus dem Augenwinkel betrachten zu können.

Tallulah verbeugt sich, um der Ahnin danach tief in die Augen zu schauen. Sie weist nicht die kleinste emotionale Regung auf.

Die Stimme der Krokodilhexe ist kratzig und rau. »Wie könnte ich so ein Angebot abschlagen? Deine Weisheit und Stärke werden mein Glück sein.« Die Hexe entblößt ein scheußlich verzerrtes Lächeln. »Sag mir, was kann ich für euch tun?«

Tallulah atmet ein und aus, bevor sie mit fester Stimme spricht. »Du weißt, der Dämon Pan herrscht in Nimmerland. Er bedroht unser Volk und jeden Inselbewohner, löscht Familien aus und reißt die Macht an sich. Du kennst die alte Prophezeiung, die von dem Mädchen auf Wellen spricht. Nun … Das Mädchen, das ich bei mir habe, ist es. Sie ist die Auserwählte.« Tallulah zeigt auf Fay. »Nach vierzehn Jahren ist sie zurückgekehrt, um Nimmerland vom Bösen zu befreien. Leider verrät die Prophezeiung nicht, wie genau das geschehen soll. Wir tappen vollkommen im Dunkeln und brauchen deine Hilfe.«

Ein hämisches Grinsen huscht über die Lippen der Hexe. Schnell wird es zu einem schadenfrohen Lachen. »Ihr seid wirklich in all den Jahrhunderten nicht klüger geworden.«

Geduldig wartet Tallulah, bis sich ihr Gegenüber wieder gefangen hat.

»Na ja. Mir soll es recht sein. Ich will euch helfen, aber zuvor besiegeln wir unser Übereinkommen. Deine Lebensenergie gegen die Informationen. Alles davon.«

»So soll es sein«, erwidert Tallulah und verbeugt sich erneut.

Nein! Fay wird von Minute zu Minute unruhiger. *Tallulah soll nicht sterben! Und mir gefällt der Gedanke nicht, gleich allein hier wegzumüssen. Was ist, wenn die Alte uns betrügt und mich auch hierbehält? Ich will nicht als Dreadlock an ihrem Kopf enden.* Ihre Gedanken fahren Achterbahn, lassen sich nicht beruhigen, schweifen immer wieder in die Ferne und schnalzen zurück wie ein Gummiband. Tallulah wirft Fay einen warnenden Blick zu, aber nur kurz.

Dann spucken sich die beiden Frauen in die Hände. Fay glaubt, gesehen zu haben, dass der Speichel der Krokodilfrau schwarz ist. Durch den Handschlag ist alles besiegelt.

»Nun gut, hör zu, Auserwählte. Ich sage alles nur einmal und werde dir keine weiteren Fragen beantworten.«

Fay nickt und konzentriert sich.

»Deine Aufgabe scheint unmöglich, doch du bist stärker, als du denkst. Deine Reise wird gefährlich. Aufgaben werden auf dich warten. Doch sei dir deiner gewiss.

Schaue dir in die Augen, blicke tief in die Dunkelheit. Wage dich hinein zum Ort der Verbannung. Suche dort der Blüten Kelch und schöpfe die Verdammnis. Lass dich leiten zum bösen Ziel, so wirst du begreifen und erleuchten die Nacht.«

Tallulahs Lippen zittern und Zornesfalten bilden sich auf ihrer Stirn. »Warum sprichst du in Rätseln?«

Doch die Krokodilfrau entblößt nur ein zahnloses Lächeln. »Ihr habt bekommen, was ihr wolltet.«

Nach diesen Worten packt sie Tallulah und Fay schreit auf. Das Monster reißt ihr das Kleid vom Leib und schneidet mit ihren Fingernägeln Tallulahs Körper auf. Überall ist Blut, überall. Mit jedem Schnitt wird die Indianerin blasser, bis alle Lebensfarbe aus ihr herausgeflossen ist.

»Liebliche Kraft des Stammes, jetzt bist du mein!« Die Krokodilhexe kichert.

Fay ist wie paralysiert, keinen Zentimeter kann sie sich mehr bewegen. Immer wieder fällt ihr Blick auf ihre Begleiterin, die leblos und ausgeschlachtet in ihrem eigenen Blut liegt.

Genüsslich dreht die Seherin die Sehnen in ihren Händen, formt sie zu einem ihrer unzähligen Haare. Sie zieht sie durch die Nase, wo sie verschwindet wie ein Regenwurm.

Erst in dem Moment begreift Fay so richtig, dass sie schnell zurückmuss, denn noch ist die Alte abgelenkt.

Auch wenn die Hexe bekommen hat, was sie wollte, kann niemand Fay dafür garantieren, dass sie nicht die Nächste ist. In diesem Moment schaut die Krokodilhexe sie an.

»Ich halte mein Wort«, sagt sie und der Blick aus ihren schwarzen Augen bohrt sich tief in Fays Seele. »Geh!«, brüllt die Hexe. Dieser Schrei schleudert sie zurück, befördert sie in die Realität.

Keuchend kommt Fay zu sich, übergibt sich sofort. Der Platz neben ihr ist leer. Tallulah ist nicht mehr da, nicht einmal mehr ihr Körper.

All die Grausamkeit und der Schock sitzen tief. Die Worte der Krokodilhexe bleiben als Echo in ihren Ohren.

Augenblicklich springt sie auf, schwankt dabei wie ein Schiff im Sturm auf hoher See. Nur unter großer Konzentration schafft sie es, aus dem Zelt zu gelangen.

»Schnell, ich brauche etwas zum Schreiben!«, ruft sie.

Hook, Gloria und auch Nahuel schauen erschrocken auf. »Etwas zu schreiben, sonst war alles umsonst!«, schreit sie die drei Wartenden an.

Erst jetzt scheinen die Anwesenden den Ernst der Lage zu begreifen, denn es kehrt Leben in sie.

Der Indianerjunge stürmt los. Nach einigen Sekunden kehrt er mit Feder und Tinte sowie einem Blatt Papier zurück und drückt ihr alles in die Hand.

Zitternd schreibt sie die Worte der Krokodilhexe nieder. Dann sinkt sie in sich zusammen und weint. Sie spürt tröstende Hände auf ihren Schultern und es dauert eine Weile, bis sie sich wieder fängt.

»Tallulah …?«, fragt Nahuel.

Fay schüttelt den Kopf. Wieder herrscht Stille, bis sie die Stimme der Sternenfee erkennt.

»Meine arme Kleine …«

Sie öffnet blinzelnd die Augen und erblickt Aurora, die mit müdem und leeren Blick auf sie herabschaut. »Willkommen zurück, auch wenn es kein fröhlicher Anlass ist.« Sie hilft Fay hoch.

Alle starren sie an. Hook, Gloria, Nahuel und die Sternenfee. Niemand weiß, was er sagen soll.

Fay sammelt sich noch einen Moment, dann sagt sie: »Ich habe einen Tipp oder so etwas Ähnliches mitgebracht. Doch was passiert ist, darf ich euch nicht erzählen«, krächzt sie und schaut ihre Eltern an. Ihre Kehle fühlt sich an wie ausgedörrt.

»Du darfst nicht? Aber warum?« Zweifelnd tritt Gloria näher an ihre Tochter und legt ihr sanft eine Hand auf die Schulter.

»Weil ich es versprechen musste«, flüstert sie. »Und dir, Nahuel, muss ich —« Erschrocken fährt sie zusammen und keucht: »Wo ist der Zettel?«

»Hier, Liebes.« Aurora zieht ihn aus ihrer Gewandtasche. »Darf ich?«, fragt sie und Fay nickt zögerlich.

Aurora liest vor, was die Krokodilhexe gesagt hat.

Als Fay die Zeilen hört, fühlt sie erneut den Sog der Dunkelheit.

Glorias Stimme klingt schriller als gewohnt, während sie fragt: »Und was soll das bedeuten? Dafür hat Tallulah ihr Leben ausge-«

Abrupt stoppt sie, denn James drückt ihre Schultern und sagt: »Das werden wir zusammen herausfinden, aber nicht mehr heute. Fay braucht Ruhe.«

Des Rätsels Lösung

Eine knochige Hand schleicht sich immer näher an das Mädchen heran. Sie ist wie ein Panzer, undurchdringbar, unbarmherzig. Ihre Finger tippeln auf dem kalten Steinboden, sie bahnt sich den Weg über den leblosen Körper von Tallulah, bis sie schließlich an ihrem Ziel angelangt ist. Wie eine Spinne hüpft sie auf die Halsschlagader Tallulahs und bohrt sich in den Hals.

Schweißgebadet schreckt Fay hoch. Sie atmet stoßweise, während sie versucht, die Orientierung wiederzuerlangen. Noch am selben Tag, als Tallulah sich der Krokodilhexe geopfert hat, sind sie zurück zur Jolly Roger gegangen. *Luft, ich brauche Luft!* Fay steht auf und geht an Deck, die Bettdecke fest um sich gehüllt. Hier nehmen sie keine Wände gefangen und sie kann endlich durchatmen. Aus der Ferne ertönt ein Hahnenschrei. Nein, es ist die Stimme eines Menschen. Durchdringend und elektrisierend durchzuckt es Fays Körper und dann ist es auch schon wieder vorbei.

Langsam normalisiert sich ihr Herzschlag. Schließlich lehnt sie sich, noch immer in den warmen Stoff eingehüllt, an das Holz, bis sie es nicht mehr aushält und doch wieder aufsteht.

Den Zettel mit dem Rätsel hat sie tief in ihre Hosentasche gesteckt. Sie verlässt das Schiff, läuft den Strand entlang und bohrt ihre Füße tief in den heißen Sand. In der Sonne funkeln die feinen Körner wie Diamanten. *Hier ist es gut!* Unter einer Palme lässt sie sich nieder und streckt ihre Beine aus.

»Dann wollen wir mal sehen.«

Blick hinab in die Dunkelheit und schaue dir in die Augen.

Was könnte die Alte damit gemeint haben? Dunkelheit? In die Augen schauen?

Fay lässt ihren Blick über das Meer gleiten, auf dem sich gerade die Sonne spiegelt. In ihren Gedanken geht sie immer wieder den Satz durch.

Na klar, wenn ich mir in die Augen schauen möchte, brauche ich einen Spiegel.

Also soll ich wohl in den Spiegel schauen. Aber was ist mit der Dunkelheit gemeint? Wieso soll ich hinabblicken? Vielleicht in einen Abgrund? Aber selbst dorthin würde Licht gelangen.

Tiefe, Dunkelheit, tiefe Dunkelheit. Verdammt, was könnte das sein?

Vielleicht Dunkelheit mit Spiegeln? Dunkle Spiegel?

Ich hab's! Das Meer ist dunkel, wenn man in die Tiefe blickt, und unter dem Meer gibt es auch einen Ort mit Spiegeln. Ich muss zu Miranda! Um dort erneut in einen Spiegel zu schauen. Aber warum? Was soll das bringen, wo ich doch schon im Raum der Spiegel war? Und soll ich sofort gehen oder erst das komplette Rätsel lösen?

Verdammt ... Tief durchatmen, Fay ... Ich versuche erst mal, weiterzumachen.

Wage dich zum Ort der Verbannung und suche des Blüten Kelch?

Welcher Verbannung? Und was für ein Kelch?

Ein Bierkelch, ein Weinkelch oder was? Was für Blüten? Wieso soll ich die Verdammnis schöpfen?

Wütend faltet sie das Stück Papier zusammen und steckt es wieder in die Hosentasche.

Bei Mona und Olaf hat sie wenigstens gewusst, welches Grauen sie erwartet. Hier muss sie auch noch rätseln, damit die Grausamkeit sie ereilen kann.

»Ich habe wirklich die Nase voll von euch allen. Ich will sofort nach Hause. Hört ihr mich?«, brüllt sie gen Horizont. Doch ihre Bitte bleibt ungehört, fortgetragen von den Wellen des Meers.

Es braucht seine Zeit, bis sie sich beruhigt hat und auf den Rückweg machen kann.

An Bord angekommen, versucht Fay, sich den Stress der letzten Stunden nicht anmerken zu lassen.

»Hallo, jemand hier?«, ruft sie.

»Unten.« Hooks Stimme dringt dumpf nach oben.

Fay steigt die knarzenden Stufen hinab. Ihr Vater ist gerade dabei, etwas aus Holz zu schnitzen. Was genau es wird, ist noch nicht erkennbar.

»Ich habe ein Teil des Rätsels gelöst und werde mich auf den Weg machen«, teilt sie ihm entschlossen mit.

James bekommt große Augen. »Was hast du rausgefunden? Wo willst du hin?«

Fay windet sich, antwortet dann doch. »Ich muss noch mal zu Miranda, in den Raum der Spiegel. Was dann auf mich zukommt, weiß ich noch nicht.«

»Ich werde mitkommen.«

Fay schüttelt entschieden den Kopf. »Nein. Du weißt, dass dies meine Reise ist. Ich muss es allein schaffen.«

In ihrem tiefsten Inneren hofft sie auf eine Gelegenheit, dem ganzen Wahnsinn zu entkommen.

»Tapfer wie unsere damalige Königin.« Er seufzt. »Dann sei es so. Aber lass mich dir vorher noch einige Tricks zeigen, damit du dich wenigstens ansatzweise verteidigen kannst. Komm her.«

Fay schluckt und kommt näher. »Das ist lieb, aber so schnell kann ich bestimmt nichts ler-«

Ehe sie weitersprechen kann, packt er sie, wirbelt sie herum und legt einen Arm um ihre Kehle.

»Befrei dich!«, befiehlt er.

Fay schnappt nach Luft. Sie kann sich nicht aus seinem Griff winden. Ihr Herz hämmert gegen ihre Brust und egal, mit wie viel Kraft sie versucht, seinen Arm beiseite zu schieben, sie schafft es nicht.

»Dreh dich zur offenen Seite und schlag mir dabei gleichzeitig den Ellenbogen in den Magen! Na los!«

Tatsächlich geht das einfacher als gedacht. Sie dreht sich in die entsprechende Richtung und deutet einen Schlag an.

Hook lässt los. »Sehr gut!«, lobt er sie. »Eine weitere Variante ist, dem Angreifer, der von hinten kommt, auf den Mittelfußknochen oder gegen das Schienbein zu treten. Und jetzt befrei dich aus diesem Griff.« Ohne weitere Vorwarnung packt er ihre Handgelenke und drückt zu.

»Au«, zischt Fay und Tränen steigen ihr in die Augen.

»Versuch es!«, feuert Hook sie an.

Fay zerrt und zieht, doch sie kann sich nicht befreien.

»Zieh sie Richtung meines Daumens raus, das ist die schwächste Stelle.«

Wieder funktioniert sein Trick und sie sieht ihn erstaunt an.

»Sehr gut! Es ist nicht viel, aber immerhin ein kleiner Anfang.« James geht Richtung Tür. »Lass mich dich noch mit Proviant versorgen.«

Nickend stimmt seine Tochter zu. »In Ordnung. Danke. Ich werde solange Sachen packen.«

Während Hook in der Küche Vorbereitungen trifft, läuft Fay in ihr Zimmer und sucht einige Dinge zusammen. Mit dabei ist ihr Kompass. Ein Beutel, den sie sich um ihren Gürtel binden kann, dient ihr als kleine Tasche. Hier wird sie etwas zu Essen verstauen und vielleicht die ein oder andere Kerze. Das muss reichen. Noch einmal hält sie an der Wiege inne und stupst sie sachte an, sodass sie zu schaukeln beginnt. Es fühlt sich an wie ein lang zerbrochener Traum, durchdrungen von Dunkelheit. Sie verlässt das Zimmer und blickt nicht zurück. Fast scheint es so, als würden die Rosen hinter ihr von den Wänden fallen und verblühen.

»Bitte grüße Miranda von mir und bitte sie, dass Jacob dich zurückbegleitet.« Wehmütig reicht Hook ihr den Proviantkorb. »Deine Mutter schläft gerade, das ist vielleicht auch besser so. Sie würde sich schreckliche Sorgen machen und dich wohl nicht gehen lassen, wenn sie wüsste, dass du uns für ein paar Tage verlässt.«

Ein seltsamer Abschiedsschmerz nagt an Fay und sie tritt unsicher von einem Fuß auf den anderen, als sie den Korb entgegennimmt. »Danke. Sag Gloria liebe Grüße von mir, sie braucht sich keine Sorgen zu machen. Also dann, bis bald.«

Schnell dreht sie sich um und geht ohne eine Umarmung. *Nicht umdrehen, bloß nicht umdrehen!*

Fay hat alle Mühe, dem Zwang nicht nachzugeben.

Das macht alles nur noch schlimmer.

Schließlich schafft sie es ohne Zwischenfälle, und ohne aufgehalten zu werden, vom Schiff. Sie läuft den Strand hinunter Richtung Lagune. Etwas zieht sie zu dem Ort, an dem alles vor einiger Zeit begann. Aus Angst, alles Gute und Schöne zu verlieren, überlegt sie, es lieber selbst zurücklassen. So kann sie nicht mehr verletzt werden. Suchend schaut sie nach vorn. *Es muss hier doch eine Tür geben oder …*

»Wo willst du hin?«

Vor Schreck lässt Fay den Korb fallen, Äpfel und Orangen und andere eingepackte Dinge purzeln hinaus und rollen über den Boden.

Sie atmet auf, als sie die Person erkennt. Es ist Nahuel, er hat sich von hinten angeschlichen.

»Du bist es …« Seltsamerweise hüpft ihr Herz vor Freude.

»Ja, habe dich von Bord kommen sehen und dachte mir, ich schaue mal, was du so machst.« Er mustert sie mit einem kritischen Blick.

»Ich … Ich gehe zu Miranda. Du weißt schon, wegen des Rätsels.«

Nahuel nickt und sein Mundwinkel zuckt verräterisch nach oben. »Aber du weißt schon, dass du in die falsche Richtung läufst?«

Mist, ertappt. Jetzt nur nichts anmerken lassen.

»Ach so, echt?« Scheinbar unwissend kratzt sie sich am Kopf.

Da lächelt Nahuel. »Komm, ich begleite dich ein Stück.«

Diese Worte machen ihren spontanen Entschluss zunichte.

»Soll ich den Korb tragen?« Ohne eine Antwort abzuwarten, nimmt er ihn Fay aus der Hand. Ehe sie reagieren kann, sammelt er den

Proviant auf und legt ihn wieder hinein, dann marschiert er los und bedeutet ihr, ihm zu folgen.

»Und willst du mir sagen, was du herausgefunden hast?«, fragt er, nachdem sie eine Weile stumm nebeneinander hergelaufen sind.

Am liebsten würde sie sagen, dass er sich doch zum Kuckuck scheren kann, doch irgendetwas tief in ihrem Herzen hindert sie daran. »Ich glaube, ich soll zu den Meerfrauen gehen, damit ich dort in einen ihrer Spiegel schauen kann. Aber warum und was es bringen soll, das weiß ich auch nicht.«

Damit hat sie Nahuels Neugier endgültig geweckt. Aufmerksam mustert er sie, dann platzt er heraus: »Soll ich mitkommen?«

Fay bleibt stehen und verschränkt die Arme. »Was? Nein, du kannst nicht mitkommen, ich muss das allein schaffen!«

»Wer sagt das?« Grinsend, und offenbar voller Selbstvertrauen, schwingt Nahuel den Korb hin und her und lässt dabei seine Augenbrauen tanzen.

»Die Prophezeiung!«, erwidert Fay, in der Hoffnung, ihn damit abfertigen zu können.

»Ah, die. Tja, zufällig kenne ich die auswendig und da steht nicht: Die Auserwählte soll sich allein auf den Weg machen und niemanden mitnehmen, der ihr hilft und sie beschützt und ihr das Essen trägt.« Immer noch den Korb schwenkend, dreht sich Nahuel um und geht weiter.

»Hey, aber ich …«

Er schüttelt den Kopf und schnalzt dann mit der Zunge. »Denkst du, ich weiß es nicht? Eigentlich wolltest du versuchen, hier wegzukommen, denn du weißt genau, wo es zu den Meerfrauen geht. Aber da muss ich dich leider enttäuschen. Es gibt keinen Weg hier raus. Also kann ich dich auch begleiten. Oder willst du, dass die Leute erfahren, dass du alle im Stich lassen wolltest? Könnte ja sein, dass mir das bei Gelegenheit mal rausrutscht.«

Schockiert über die Frechheit des Jungen purzeln Fay alle schlagfertigen Antworten aus dem Kopf und sie starrt ihm Löcher in den

Rücken, doch er dreht sich nicht um. Schnell holt sie auf und läuft neben ihm weiter, betrachtet sein verschmitztes Lächeln von der Seite. »Woher willst du das wissen?«

»Ich kann Gedanken lesen.« Während er das sagt, wippt er schon wieder mit den Augenbrauen.

»Wirklich?«

Er grinst. »Nein. Ich bin aber auch nicht blöde. Ich meine, hey, du bist in die falsche Richtung gegangen. Hinzu kommt noch, dass du in der Nähe von dem Ort warst, an dem du aufgetaucht bist. Tallulah hat uns alles ganz genau erzählt. Also habe ich eins und eins zusammengezählt und bin aufs Ganze gegangen. Und seien wir mal ehrlich, ich würde an deiner Stelle auch kalte Füße bekommen.«

Schnaufend wie ein Nilpferd gibt Fay klein bei. »Also gut. Erstens mal: Ich habe keine kalten Füße bekommen! Und zweitens: In Ordnung, komm mit, aber zu den Meerfrauen gehe ich allein.«

»Alles klar, abgemacht.« Offensichtlich zufrieden mit sich geht Nahuel den Weg unbeirrt weiter. »Erzählst du mir ein bisschen aus der Menschenwelt?«, fragt er neugierig. »Wie sind die Menschen bei euch?«

Fay, die eigentlich keine Lust auf Konversation hat, kann ihm seinen Wunsch trotzdem nicht abschlagen. Sie wäre genauso neugierig gewesen. »Hmm«, macht sie deshalb. »Also, es ist dort viel größer und lauter. Überall sind Menschen auf der Straße unterwegs und kaum einer hat Zeit, sich um seine Mitmenschen zu kümmern. Viele sind unglücklich und sehnen sich danach, so angenommen zu werden, wie sie sind.« Die Stille nach Fays Beschreibung ist greifbar.

»Was ist eure größte Erfindung?«

Fay runzelt die Stirn. »Du stellst seltsame Fragen. Ich würde sagen, die größte Erfindung ist das Fernsehen -«

Noch bevor sie zu Ende sprechen kann, platzt die nächste Frage aus dem Jungen heraus. »Was ist das Fernsehen?«

Fay muss lachen und überlegt, wie sie es beschreiben kann, während ihr Blick zu der Lagune schweift, die nur noch einige Schritte entfernt ist. »Es ist ein Kasten, aus dem bunte Bilder kommen, die sprechen können und den Menschen eine heile Welt vortäuschen. Man nennt ihn Fernseher.«

Endlich erreichen sie die Felsen. Erleichtert darüber, dass sie erst mal keine weiteren Fragen beantworten muss, ruft Fay lauter, als sie wollte: »Hier sind wir!«

Nahuel sieht enttäuscht aus, sinkt erschöpft zu Boden und stellt den Korb ab.

Während die Wellen gleichmäßig an die Felsen der Lagune schlagen, kraxelt das Mädchen auf den höchsten Punkt.

»Miranda, ich brauche deine Hilfe«, ruft sie und wirft kleine Steine ins Wasser, um auf sich aufmerksam zu machen. Nichts tut sich. Zweifel steigen in ihr auf. Wird Miranda überhaupt kommen, ihr Rufen hören? Hat Fay die Worte der Krokodilhexe falsch interpretiert und ist hier völlig falsch?

Zwiegespalten wartet sie auf das Erscheinen der Meerfrau.

Schließlich bilden sich kleine Schaumkreise auf dem Wasser und Fay glaubt, etwas Rotes zu sehen. »Miranda!« In diesem Augenblick lösen sich einige der Zweifel auf.

Ein warmherziges Lächeln durchdringt ihr Herz.

»Fay, mein liebes Kind. Wie schön, dich zu sehen.« Mirandas Augen funkeln liebevoll. Eine wärmende Liebe geht von ihr aus. »Was kann ich für dich tun? Was ist passiert?« Sie schwimmt so nah an den Felsen heran, dass sie Fays Hand behutsam berührt.

Das Mädchen schluckt. »Ich bin mit Tallulah zur Krokodilhexe gereist und —«

Weiter kommt sie nicht mehr, denn Miranda unterbricht ihre Worte. »Dann hast du Schlimmes mitangesehen.« Ihre Stimme ist so tröstend und voller Mitgefühl, dass alle Dämme brechen. Dabei hat sich Fay so fest vorgenommen, nicht mehr zu weinen, und schon gar nicht wegen dieser blöden Hexe.

Schluchzend fährt sie fort. »Und nun ist Tallulah tot und ich habe nur dieses Rätsel, das ich nicht verstehe.«

»Schh … Ist ja gut. Kannst du mir sagen, worum es in dem Rätsel geht?«

Mit zitternden Händen reicht sie ihr das zerknitterte Papier.

Miranda bekommt beim Lesen tiefe Sorgenfalten. »Du bist hier, weil du die erste Zeile gelöst hast, habe ich recht?«

Ein Nicken, mehr bringt das Mädchen nicht zustande.

»Ich weiß zwar nicht, von welchem der Spiegel hier die Rede ist, doch wir werden dir helfen.«

Erleichtert atmet Fay auf und sieht Miranda erwartungsvoll an, die ihr abermals ein warmes Lächeln schenkt.

»Da du schon einmal mit dem Kuss der Meerfrauen gesegnet wurdest, kannst du direkt mit mir kommen.« Miranda klopft mit der flachen Hand auf die Wasseroberfläche.

Mit einem Blick zurück verabschiedet sich Fay noch von Nahuel, der ihnen aus der Ferne gebannt zuschaut, klemmt den Zettel zwischen zwei Felsen, springt ins Wasser und begleitet Miranda in die Tiefe.

Spiegel der Erkenntnis

Leuchtend blau liegt das Schloss der Schwestern vor ihr.

Eine von ihnen sitzt bei einem Schwarm Fische, tief versunken in einer Unterhaltung. Beim Anblick Fays beginnt ihr Gesicht zu strahlen. Sie erwidert das Lächeln.

Doch ihre Freude wird getrübt, denn sie schaut, während sie hinabschwebt, Richtung Friedhof, zu den unzähligen kleinen Kindergräbern. Eine Steinmauer trennt diesen Bereich ab und in jedem einzelnen ist ein Name eingekratzt. Alle sind sie Opfer von Peter Pan geworden.

Mirandas Worte lenken Fays Aufmerksamkeit zurück ins Hier und Jetzt. »Lass uns reingehen, dann öffne ich den Raum der Spiegel für dich.«

Nickend folgt Fay ihrer neuen Freundin. Als sie das letzte Mal hier unten war, hat sie erfahren, wer sie ist, und traf bald darauf auf ihre Eltern. Nun, wenige Tage später, tritt sie schon ihr Schicksal an. In Gedanken kopfschüttelnd, versucht sie, sich bewusst zu machen, was für Konsequenzen dieser Kompass für ihr Leben hatte.

Sie sinken bis auf den Grund hinab, durchqueren ein weiteres Mal das Schloss und halten vor dem Steintor mit den Ornamenten und dem Schriftzug an.

»Brauchst du noch etwas?«, fragt Miranda. »Soll ich dich begleiten?«

»Ich denke nicht. Ich meine, ich weiß ja noch nicht einmal, was mich dort erwarten wird. Aber irgendetwas sagt mir, dass ich es allein schaffen muss.«

Unsicher streicht sie sich durch die Haare. Wenn sie ganz ehrlich zu sich selbst ist, dann muss sie zugeben: Es ist mehr als ein Gefühl, es

139

allein schaffen zu müssen. Der Gedanke, jemandem vollkommen zu vertrauen, macht ihr furchtbare Angst. Selbst bei Miranda, die so viel Wärme und Liebe ausstrahlt.

Miranda berührt die Tür, sodass sich der ovale Raum mit den Spiegeln vor ihr zeigt, und Fay gibt sich einen Ruck.

Allein schwimmt sie hinein.

Im Raum der Spiegel

Die Tür fällt hinter ihr zu. Augenblicklich beginnen die Spiegel, in Blau und Grün aufzuleuchten. Ein prächtiges Farbenspiel, welches immer wieder von dem weißen Licht der Quallen durchbrochen wird. Langsam fährt sie mit der Hand an den Spiegeln entlang und erhofft sich dabei ein Zeichen.

Nichts geschieht. Gerade als sie die Hoffnung schon aufgeben will und am vorletzten Spiegel angelangt ist, leuchtet er in einem flammenden Rot auf.

Mit klopfendem Herzen bleibt sie vor dem rätselhaften Spiegel stehen. Sie sammelt all ihren Mut und legt beide Hände auf die glatte Oberfläche.

Ein Rauschen dringt an ihr Ohr. Mit jeder Sekunde wird es deutlicher, verwandelt sich in ein Konzert aus tausend Glöckchen, lieblich und sanft. Die Melodie lullt das Mädchen ein und zieht sie in eine längst vergangene Zeit.

»Gegen den Kodex hast du verstoßen, hast dich hingegeben der Lust des Fleisches, begehrst den Verräter und durchstößt der Feen Herz!« Evangeline erhebt sich über einer ihrer Schwestern, die auf dem Boden kniet, die Hände auf das Gesicht gepresst.

Ihr kleiner Körper bebt und ein Flehen entweicht ihren Lippen. »Aber ich liebe ihn!«

Ihre Worte stoßen auf eine Mauer aus Zorn. »Verbannt sollst du sein und niemals zurückkehren, verflucht auf ewig, die Schönheit nicht mehr sehend.« Evangeline winkt noch mehr Feen herbei. Sie tragen Schwerter, die vor Macht und Schönheit funkeln.

»Glöckchen, einst unsere Schwester, hiermit fälle ich dein Urteil. Das Schwert, einst geschmiedet aus Feenstaub und mit Magie geladen, die viele Feinde für uns tötete, wird nun schwingen über deine Flügel. Fortan sollst du ein Mensch sein!«

Fay kann es nicht glauben. Die Angeklagte ist ihre Mutter.

»Nein, bitte, Evangeline, alles, nur das nicht!« Wimmernd faltet Gloria die Hände vor sich zusammen, bettelt um Gnade. Doch es bleibt zwecklos.

Die Feen, die das Urteil vollstrecken sollen, nähern sich gnadenlos. Ihr Schwert saust hinab und dringt tief in die Feenflügel ein, trennt all die Magie, all die Macht von ihr.

Glorias verzweifelte und schmerzerfüllte Schreie fressen sich in Fays Eingeweide.

»Nein!« Fay ringt nach Luft, will der Szene entfliehen, doch das Grauen geht weiter.

Ihre Mutter verwandelt sich unter Qualen in einen Menschen. Knochen knacken und knirschen, sie wird immer größer und schreit vor Schmerzen.

»Damit es für jede meiner Schwestern eine Lehre ist, werde ich deine Flügel zum Zeichen der Warnung umwandeln. Sie sollen auf ewig daran erinnern, was geschehen kann, wenn eine Fee ihr Volk verrät.«

Dabei hält Evangeline die Flügel hoch, greift hinter sich, um den Magnolien ein paar Blüten zu entreißen.

»Zum Kelch geformt wird ein Gefäß aus Verrat hier erbaut, um zu ermahnen und zu warnen eine jede Frau. Einmal im Jahr soll er als Mahnmal erscheinen!«

Die kleinen Feenhände tanzen in der Luft und formen aus Flügeln und Blüten einen Kelch. Sie lässt ihn in einen Baum ein, der den Kelch fest umschließt und ihn verschlingt, in sein Inneres zieht. Direkt neben ihm türmt sich ein kleiner Berg aus Erde auf.

»Und nun hinfort mit dir, du unwürdige Brut!«

Da beginnt es erneut zu rauschen und der Raum der Spiegel wird sichtbar.

»Mama.« Fay muss sich an einer der Wände abstützen. Wie hatte sie nur daran denken können zu flüchten? Wo doch alle so viel Leid durchstanden haben?

Auf einmal ist sie fest entschlossen, ihrer Familie zu helfen.

Leichenblass verlässt sie den Raum. Vor der Tür wartet Miranda auf ihren Schützling.

Besorgt schwimmt sie ihr entgegen und stützt sie. »Willst du mir erzählen, was du gesehen hast?«

»Gloria, ihre Flügel …«, stottert Fay.

»Du warst am Ort der Verbannung?«

Fay nickt, dann gibt sie sich einen Ruck. »Ich weiß, wo ich als Nächstes hinmuss«, sagt sie und sieht Miranda fest in die Augen. »Ich muss genau dorthin, zum Ort der Verbannung. Auf das Lavendelfeld. Dort steht ein Baum und in ihm ist der Kelch verborgen. Der Kelch, der aus den Flügeln meiner Mutter erschaffen wurde. Ich muss gehen, außerdem wartet Nahuel auf mich.«

Mit jedem Zug, mit dem Fay näher an die Wasseroberfläche gelangt, dringt die lebensrettende Luft aus ihrer Lunge. Es ist genau, wie Miranda ihr einmal erklärt hat. Auch, wenn sie mit dem Kuss der Meerfrauen gesegnet ist, löst er sich, je näher sie der Wasseroberfläche kommt. Ihre Lunge brennt bereits, als sie auftaucht. Es ist Nacht geworden. Wohin ist die Zeit nur gerast? Mit ihrer verbliebenen Kraft schwimmt sie zum Felsen, nimmt den Zettel wieder an sich und watet ins Trockene.

Dort liegt Nahuel. Er sieht nicht auf, schläft tief und fest. Vor ihm glimmt noch der Rest eines Feuers, das sie mit den danebenliegenden Ästen, die Nahuel gesammelt haben muss, neu entfacht. Während die Flammen die letzte Kälte aus Fay fressen und die Nässe aus ihrer Kleidung vertreiben, beobachtet sie ihren Begleiter beim Schlafen.

Wie niedlich er daliegt und schmatzt. So ruhig, als hätte er keine Last auf den Schultern. Ob es so ist?

Grunzend kommt der Indianerjunge zu sich und lächelt sie an. »Da bist du ja«, sagt er und setzt sich auf.

Erschrocken schaut sie weg, hofft, dass er nicht bemerkt hat, wie sie ihn angestarrt hat.

Nahuel greift neben sich zum Korb und stellt den Proviant in die Mitte. »Ich habe mit dem Essen auf dich gewartet.«

»Den habe ich ja ganz vergessen!« Gierig greift sie hinein und schnappt sich das Erstbeste – eine Orange. Sie hat das Gefühl, seit Wochen nichts gegessen zu haben, reißt die Schale ab und beißt genüsslich in die geschälte Frucht.

Er selbst durchforstet den Proviant zögerlicher.

Haselnussbrot, Feigensaft und weitere Früchte befinden sich darin.

Er sieht aus, als ob er sich nicht recht entscheiden kann, also sagt Fay schmatzend: »Nimm, was du willst! Ich teile mit dir.«

Sie essen schweigend und legen sich danach beide in den Sand, schauen in den schwarzen Himmel, an dem die Sterne vor langer Zeit das letzte Mal leuchteten. Nur das gleichmäßige Rauschen der Wellen ist zu hören.

»Du, Nahuel?«, unterbricht Fay ihr Schweigen. »Erzählst du mir von deinem Dorf? Wie war Tallulah so?«

Abermals breitet sich ein Moment der Stille aus. Die Luft zwischen den Kindern ist kurzzeitig zum Zerreißen gespannt.

»Unser Stamm existiert schon ewig. Auch meine Vorfahren wurden einst von König Marius und seiner Frau geholt. Die beiden haben sie aus der Knechtschaft befreit. Tallulah war noch ein Kind, als sie damals hierherkam. Aber schon da konnte sie wohl mit unseren Ahnen und Göttern in Kontakt treten. Es hieß, sie wurde von ihnen gesandt, um uns zu lehren. Na ja, das ist es, was heute noch erzählt wird. Sie hat mich aufgenommen, nachdem Pan meine gesamte Familie getötet hatte. Nur mich hat er damals verschont.« Seine Stimme bricht für kurze Zeit. Nahuel schnappt sich einen Ast und malt Bilder in den Sand, ehe er sich wieder gefangen hat und weiterspricht. »Auch verfügt mein Volk über besondere Kenntnisse der Heilkunst. Für fast jede hier existierende

Krankheit haben wir ein Mittel. Uns ist die Natur sehr wichtig, denn wir glauben, dass die Götter in ihr leben. Jeder aus unserem Stamm bekommt an seinem zehnten Geburtstag einen Totemgeist. Das ist ein Tier, das einem zugeordnet wird. Bei mir ist es ein Adler. Er ist so etwas wie ein weiser Begleiter.«

»Das klingt schön bis auf die Sache mit der Familie …«, nuschelt Fay. Nahuels Stimme, das Rauschen der Wellen und das Knistern des Feuers haben sie eingelullt. Noch bevor sie weitersprechen kann, versinkt die Welt in Dunkelheit und nach langer Zeit fällt sie endlich in einen traumlosen Schlaf.

Die Sonne kitzelt sie wach. Tau hat sich über das Lager gelegt und durchdringt alles mit klammer Feuchtigkeit.

Nahuel dreht sich noch einmal um, während Fay sich streckt und in Richtung Meer aufmacht.

Die Kälte des Wassers lässt auch den letzten Rest Müdigkeit aus ihrem Körper gleiten. Fays Spiegelbild ist ein unruhiges Wabern, als sich plötzlich ein anderes Gesicht davorschiebt.

»Ich werde dich vernichten, dem Erdboden gleichmachen. Dir all deine Eingeweide aus deinem Körper saugen, bis nichts mehr in dir ist. Dann werde ich Freudentänze auf deiner Leiche tanzen und zum Schluss serviere ich deine leblose Hülle deinen Eltern!« Noch während die Gestalt spricht, dringen zwei Zungen aus seinem Mund wie zwei Schlangen.

Fay ist paralysiert, unfähig zu reagieren. Erst als die Stimme verstummt, das Gesicht wieder zu ihrem eigenen wird, schafft sie es, sich aus der Starre zu befreien. Jemand berührt sie an der Schulter und sie zuckt zusammen, fährt herum.

Es ist nur Nahuel. »Fay, alles in Ordnung mit dir?«

»Nein«, flüstert sie und schluckt schwer. »Peter Pan ist mir gerade erschienen. Er wird mich töten, sobald er einen Weg dafür gefunden hat, und ich glaube, es dauert nicht mehr lange.«

Zornig tritt er gegen die Wand. Wie sehr er sie hasst!

»Ich muss einen verdammten Weg finden, bevor diese elende Missgeburt mich vernichten kann!«, schnauft er wütend. Entschlossen begibt er sich zu seinem Portal in die Menschenwelt.

Ich brauche Energie.

Als er hindurchtritt, zieht er die Luft tief in seine Nase. Sie steckt so voller Träume und zerstörter Hoffnungen. Er weiß bereits, wo er hinwill. Diesen Ort besuchte er schon oft in der Vergangenheit: das Waisenhaus der Stadt. Hier sammelt sich alles, was er liebt. Er stößt sich fest vom Boden ab, fliegt hoch in die Lüfte, sein Ziel genau vor Augen.

Das Waisenhaus liegt am Stadtrand, versteckt hinter Eichen, die diesen dunklen Fleck der Stadt vor Passanten verbergen.

Vereinzelt brennt noch Licht. Pan versucht es mit dem erstbesten Fenster und wird fündig. Ein Mädchen liegt auf dem Bett und weint. Ihre Verzweiflung ist greifbar und ihre Trauer ist sein Gewinn. Heute hat er keine Lust, seine Opfer zu umgarnen, ihnen die Geschichte des Jungen, der nie erwachsen werden will, zu erzählen. Zu langweilig und fade ist ihm dieses Vorgehen geworden. Er will sofort zuschnappen, unvermittelt und schnell wie ein Raubtier.

Sein Fingernagel zerschneidet lautlos die Scheibe. Klirrend zerbricht sie. Das Mädchen schreit auf und robbt im Bett rückwärts, bis sie gegen die Wand stößt. Ängstlich zieht sie die Decke bis unters Kinn, Tränen laufen ihre Wangen hinab.

»Mmmh«, seufzt Pan entzückt. »Ich liebe es, wenn ihr weint!« Er schwirrt vor ihr herum und entblößt ein fieses Grinsen.

Das Mädchen weint lauter und starrt ihn aus ängstlichen blauen Augen an. Ihr ist jegliche Farbe aus dem Gesicht gewichen.

»Hilf-« Sie schafft es nicht einmal, das Wort zu Ende zu sagen. Pan prescht nach vorn, haucht sie an. Das Gift lähmt sie sofort. Nun ist sie nicht mehr als eine Marionette. Beinahe liebevoll streicht er ihr eine Strähne aus dem Gesicht, ehe er sie packt und wieder hinaus in die Nacht fliegt, zurück durch das Portal, zurück in die Schädelhöhle.

Hier verrichtet er sein Werk, nimmt ihr Leben in sich auf und Wendy wirft den Körper danach wie immer ins Meer. Zufrieden mit der Mahlzeit aus kindlicher Energie lässt er sich nieder, um ein Schläfchen zu halten.

Wieder sinkt eine Hülle zu ihnen hinab ins Meer. Ausgesaugt und leer.

Miranda, die jedem Kind besondere Aufmerksamkeit zukommen lässt, fängt es in ihren Armen auf.

»Der Tag wird kommen, an dem ihr kleinen Seelen endlich befreit werdet. An dem ihr zusammen in die Anderwelt schreiten könnt. Dann hat euer Leid ein Ende.«

»Bis dahin können wir nur das für euch tun«, beendet Moon Mirandas Rede und legt den kleinen Körper in eine Muschel. Sie küsst die Stirn des Kindes, schließt den Deckel und verlässt den Ort der Trauer.

Miranda bleibt noch dort, ihre Gedanken wirbeln durcheinander. So viel schwirrt ihr durch den Kopf. Fay, die sich auf den Weg macht, um Pan zu besiegen. Die unzähligen Kinder, die der Dämon als Spur der Qual hinter sich herzieht, und die Hoffnung auf Befreiung für jeden, der ihm zum Opfer gefallen ist.

Sie ist sich sicher, der Tag wird kommen. Doch bis dahin muss sie stark sein, für ihre Schwestern und für jede Kinderseele.

Ort der Verdammnis

»Der Weg zum Lavendelfeld wird nicht leicht werden«, warnt Nahuel sie. »Dort leben die Hoppler, sie sind erbarmungslos und gefährlich. Man muss wirklich aufpassen, sonst ist das der letzte Ort, an dem man war.«

Sie laufen schon eine ganze Weile und der Sand unter ihren Füßen hat sich in eine Wiese verwandelt.

Fays Phantasie spielt verrückt, sie stellt sich gruselige Wesen vor, die wie die Krokodilhexe Körperteile als Haare tragen. Von dieser Vorstellung wird ihr ganz flau im Magen. »Gibt es eine Möglichkeit, ihnen aus dem Weg zu gehen? Sie zu überlisten?« Panik schwingt in ihrer Stimme mit und legt sich wie ein Keil zwischen die beiden.

»Du kannst den Hopplern eine Gegenleistung anbieten, aber meistens ist deren Forderung so ausgefuchst und hinterlistig, dass niemand sie erfüllen kann. Wenn sie einmal einen Meister haben, sind sie sehr gehorsam.«

Mutlos lässt sie die Schultern sinken. »Das werden wir niemals schaffen, das kannst du vergessen. Was ist, wenn sie denselben Preis wie die Krokodilhexe haben wollen?«

Nahuels Mundwinkel zittern. Die Erwähnung der Hexe reißt das Loch wieder auf, das Tallulah in allen hinterlassen hat. Gerade für ihn muss sie wie eine Mutter gewesen sein, weil sie ihn aufgezogen hat.

»Beschreib mir die Hoppler«, bittet Fay ihren Freund.

Seufzend lässt sich Nahuel auf der Wiese nieder. Dankbar tut Fay es ihm gleich, denn ihre Beine schmerzen bereits.

»Also, sie sind eine Mischung aus Hasen und –«

Fay lacht laut los. »Hasen?«

149

Ungeduldig schaut er sie an. »Darf ich weitererzählen? So lustig ist das nämlich alles gar nicht, glaub mir …«

Fay, die noch immer lacht, holt tief Luft, ringt um Beherrschung. »Ja, na klar, Entschuldigung.« Mit einer Handbewegung deutet sie Nahuel an weiterzusprechen.

»Also, sie sind eine Mischung aus Hasen und Maulwürfen, nur viel, viel größer, und graben sich durch jegliches Material, egal, ob von Menschen oder der Natur erschaffen. Ihre Klauen sind so scharf, dass sie mit nur einer Berührung Menschen entzwei teilen können. Sie stehen mit den Feen in Verbindung. Das ist auch der Grund, warum sie unter dem Lavendelfeld leben. Sie genießen den Schutz der Feen und dürfen ungehindert dort bleiben. Sollte sich ihnen jemals jemand anderes als die Feen nähern, ziehen sie ihn sofort in ihren Bau. Was dann passiert, kann niemand sagen. Vermutlich sterben sie, denn niemand ist jemals von dort wiedergekehrt. Es ist also sehr gefährlich. Willst du trotzdem weitergehen?«

»Was?«, empört sich Fay. »Natürlich!« Um ihre Worte zu unterstreichen, steht sie auf und bedeutet Nahuel, voranzugehen.

Er zuckt die Schultern und marschiert los.

Der Weg führt die beiden tief hinein ins Feenreich. Vorbei an imposanten Bäumen, deren Blütentracht einem den Verstand raubt, sollte man sie essen. So erklärt es Nahuel jedenfalls.

Hoffentlich treffe ich nicht auf Evangeline. Mit der Zeit fällt Fay jeder Schritt schwerer. Bilder von Evangeline und Viola laufen wie eine Diashow in Wiederholspur durch ihren Kopf, vermischt mit den Erinnerungen, die sie in dem Spiegel gesehen hat. Wie Evangelines Helfer das Schwert in Glorias Flügel rammen, ihre Erbarmungslosigkeit.

»Halt.« Nahuels Stimme reißt sie aus ihren Gedanken. Er hält die Hand vor sie, um sie am Weiterlaufen zu hindern, und deutet dann nach vorn. »Siehst du die Hügel dort?« Zitternd zeigt er auf die kniehohe Ansammlung aus Erde. »Das ist das Werk der Hoppler, sie haben sich hier eine Höhle gebaut.«

Fays Augen weiten sich und innerlich bereitet sie sich darauf vor, gleich mutierten Monster entgegenzutreten. Doch weit und breit taucht keines dieser Biester auf.

»Das muss er sein, der Ort, an dem der Kelch ist. Ich erkenne diesen Erdberg!« Fay schaut sich noch einmal aufmerksam um. »Aber das verstehe ich nicht«, sagt sie schließlich, als sie Nahuels fragendem Blick begegnet. »Warum ist der Kelch nicht hier?« Verzweifelt dreht sie sich um die eigene Achse und wirbelt dabei den Blütenstaub des Lavendels auf, sodass den Kindern ein köstlicher Duft in die Nase steigt.

Fay hält unvermittelt inne und diesmal ist sie es, die den Arm vor Nahuel ausstreckt. »Hast du das gehört?«, flüstert sie. »Da ist irgendwas.«

Das Scharren unzähliger Krallen ertönt auf dem Boden.

»O nein«, flüstert Nahuel. Er schiebt sich schützend vor sie und drückt sie rückwärts, doch sie stoppt ihn, denn auch dort lauert Gefahr. Nun weiß sie, warum er sie zuvor gewarnt hat. Die Hoppler sind riesig und furchteinflößend. Ihr Anblick verschlägt ihr augenblicklich den Atem. Als Nahuel ihr erzählte, dass es sich um eine Mischung aus Hasen und Maulwürfen handelt, dachte Fay an so etwas wie einen Maulwurf mit Hasenohren. Doch die Realität sieht ganz anders aus. Diese Geschöpfe haben Zähne so lang wie Dolche und ihre Vorderfüße bestehen aus kleinen Armen, an denen Krallen aus Stahl sind. Fay wird klar, dass diese Pranken tatsächlich alles durchtrennen können – und zwar problemlos. Auch einen Menschen. Sie greift nach Nahuels Hand und drückt sie fest. »Bleib ganz ruhig«, murmelt er.

Aber es hilft nichts. Sie kommen immer näher, Schritt für Schritt. Es gibt keinen Ausweg, keine Lücke, durch die sie fliehen könnten. Der Kreis schließt sich und Fays Knie zittern. Die Wesen scheinen über Schnalzgeräusche zu kommunizieren. Das Schnalzen wird lauter und plötzlich preschen die ersten Hoppler nach vorn.

Sie packen die Kinder mit ihren Mäulern bei den Füßen. Erstaunlicherweise verletzen sie sie dabei nicht, haben sie aber trotzdem so fest im Griff, dass an ein Befreien nicht einmal zu denken ist.

Fay und Nahuel strampeln und brüllen, doch die Wesen schleifen sie gnadenlos mit sich, zerren sie durch das Erdloch tief hinab in ihr Reich, allen voran ein besonders großes. Ihr Atem ist kalt und stinkt verfault.

Die Gänge lassen es gerade einmal zu, dass sich die Kreaturen auf dem Bauch kriechend fortbewegen können. Beide Kinder zappeln, versuchen trotz aller Sinnlosigkeit, sich aus den Mäulern der Hoppler zu befreien, aber sie sind fest in ihrem Griff und die Bewegungen verursachen nichts als Schmerzen. Nach kurzer Zeit gelangen sie in eine von Dunkelheit durchtränkte Höhle. In der Mitte ist etwas, das dem Kelch sehr ähnlich sieht, nur ist dieses Etwas tief mit den Wurzeln der oben lebenden Pflanzen verwachsen.

Ein Hoppler schnalzt energisch und in tiefen Tönen, sodass Spuckebläschen aus seinem Maul fliegen. Daraufhin lassen die anderen die Kinder fallen und Fay schlägt hart auf.

Fays Brust hebt und senkt sich, die Panik lässt nicht nach. Sie zuckt bei jedem Schnalzen zusammen.

Wo bin ich? Nahuel! Wo ist Nahuel?

»Nahuel?«, fragt sie laut. Ein Hoppler faucht und ihr Herz macht einen ängstlichen Satz. Es ist so dunkel, dass sie kaum etwas erkennen kann. Sie versucht, sich auf ihre übrigen Sinne zu verlassen, konzentriert sich auf die Geräusche um sie herum.

Krallen scharren auf dem Boden, als würden sie eine weitere Höhle ausheben.

Die Dunkelheit stört sie nicht. Was logisch ist, wenn sie blind sind ...

»Fay ...« Nahuels klägliche Stimme dringt von der anderen Seite an sie heran.

»Nahuel, du lebst!«, bringt Fay erleichtert hervor. Doch die Erleichterung ist nur von kurzer Dauer.

Eine kalte, metallische Hand greift nach ihr und umklammert den unteren Teil ihres Körpers. Nicht so fest, dass es sie verletzt, aber fest genug, dass sie sich nicht befreien kann. Trotzdem windet sie sich und schneidet sich dabei ins Bein. In ihrer Panik schlägt sie um sich und hofft, eine Körperstelle zu erwischen, die ihrem Gegner besonders viele Schmerzen bereitet. Aber es hat keinen Sinn, das Wesen ist viel zu stark und die Krallen schneiden lediglich in ihr Fleisch, je mehr sie sich bewegt.

Plötzlich weicht die Dunkelheit einem zaghaften Licht.

Fays Herz rast. Sind die Augen des Wesens wirklich so schwarz, als könnte man tief in sie hineinfallen?

Eine Stimme ertönt, sie scheint von weit her zu kommen. »Soso, da seid ihr also. Lasst sie los, Hoppler!«

Die Hoppler lassen von ihnen ab. Keuchend robben Nahuel und Fay rückwärts, bis sie gegen einen Widerstand stoßen.

Die Kreaturen drehen sich in die Richtung, aus der das Geräusch kommt, und stellen sich vor die Kinder.

Fay läuft es kalt den Rücken hinunter. Diese Stimme, diese verdammt bekannte Stimme … Zuletzt hörte sie diese im Raum der Spiegel, während ihrer Mutter die Flügel abgeschnitten wurden.

»Evangeline.« Fays Augen verwandeln sich in kleine Schlitze.

»In Fleisch und Blut, meine Liebe. Wie ich sehe, bist du Pan entkommen. Nur kann ich das leider nicht zulassen.« Je näher die Stimme kommt, desto schneller vertreibt flackerndes Licht die Dunkelheit. Fay erkennt einen Baumstamm am anderen Ende der Höhle. Seine Rinde scheint aus Knochen zu bestehen und er sieht aus, als wäre er einmal einem Feuer ausgesetzt gewesen. In seiner Mitte schimmert etwas Blaues.

Das muss der Kelch sein.

Schließlich erblickt sie Evangeline, die mit Viola und Avelina hinabfliegt. Die Ärmchen der beiden halten erstaunlich hell leuchtende Fackeln, doch sie zittern wie Espenlaub. Beide schauen zu Boden, weichen ihrem Blick aus, nur Evangeline nicht.

Die Hoppler verbeugen sich tief. Ein Schnalzen dringt durch die Höhle und verhallt in einem Echo.

Auch Evangeline gibt ein Geräusch von sich. Augenblicklich erheben sich die Kreaturen und bilden einen Durchgang zu den Kindern.

»Ist das deine Verstärkung?« Evangelines Finger zeigt auf Nahuel und in ihrer Stimme liegt Verachtung. »Süß!« Ihr hämisches Grinsen wird breiter. »Weißt du, ich mag es nicht, wenn man mein Volk um seinen wohlverdienten Frieden betrügt. Da habt ihr eure Tallulah wohl umsonst geopfert. Ja, das hat sich sogar bis zu uns herumgesprochen, na so was …« Indem sie ihre Hand vor den Mund schlägt, verdeutlicht sie ihre gespielte Entrüstung. Dann wird sie schlagartig wieder ernst.

Fay durchzuckt beim Namen der ehemaligen Stammesführerin ein tiefer schmerz. Nahuel scheint es nicht anders zu gehen, denn vor Wut schnaufend keucht er: »Ich werde dich –«

Ein Hoppler, der Nahuels Verachtung Evangeline gegenüber spürt, schlägt einmal kräftig mit dem Handrücken zu. Der Junge fliegt zur Seite. Er krümmt sich und hält sich das Gesicht. Zum Glück hat das bösartige Wesen nicht die Krallen benutzt.

»Nahuel!« Fay will zu ihm eilen, doch eine der metallenen Hopplerpranken versperrt ihr den Weg.

»So, dann wollen wir mal sehen, was ich mit euch mache. Wir hätten frei und in Sicherheit leben können, aber nein, das Mädchen, geboren auf Wellen, musste uns ja alles verderben!« Mit verschränkten Armen flattert die Fee auf und ab. »Was glaubst du eigentlich, was ich alles auf mich genommen habe, um meinen Schwestern und mir ein halbwegs sicheres Leben zu ermöglichen? Ich werde nicht zulassen, dass du all das zerstörst!«

Fays Blick verschwimmt. Sie wird gepackt und gegen eine der Wände gedrückt, dabei bohren sich die Krallen des Hopplers tief in das Fleisch ihres Beines. Schmerzensschreie hallen in der Höhle wider. Das Monster steht vor Fay, es legt den Kopf schief und klappert mit den Zähnen. Ein Gurgeln, das tief aus dem Inneren des Hopplers zu kommen scheint, lässt ihr das Blut in den Adern gefrieren.

Nahuel versucht unter großen Anstrengungen, sich voranzukämpfen, doch ein anderer Hoppler hält ihn auf.

Fays Martyrium geht weiter. Ihr Peiniger lässt seine Kralle langsam über ihr Kapuzensweatshirt gleiten und durchtrennt den Stoff.

154

Nahuel will sich unter den Pranken des Hopplers ducken. Er braucht zu lange. Die Kreatur hält ihn noch unerbittlicher fest, bohrt eine Kralle ein kleines Stück in seinen Kopf. Der Junge schreit nun ebenfalls auf. Blut tropft ihm von seiner Schläfe, sucht sich den Weg in seine Kleidung, um dort neue Muster zu zeichnen.

»Es reicht!«, befiehlt Evangeline und reibt sich gespielt überlegend mit ihrem Zeigefinger über die Lippen. »Ich habe mich noch nicht entschieden, was ich mit den Kindern zu tun gedenke, Hoppler.«

Die Wesen halten inne, warten auf Befehle. Die Fee, deren Begleiterinnen noch immer voller Scham zu Boden starren, wendet sich an Fay und fährt fort. »Ich habe so viel dafür riskiert, dich zu Peter Pan zu bringen. Und dann bist du für ihn unantastbar. Aber das wirklich Schlimme ist: Niemand anderes darf dich töten. Das ist ein Befehl von Pan. Er will und muss es selbst tun. Verstehst du meine Misere? Du stehst genau vor meiner Nase und doch darf ich dich nicht töten und das Problem damit aus der Welt schaffen, denn sonst tötet er mich und mein gesamtes Volk.« Verärgert reibt sich Evangeline durch ihr Gesicht. »Also muss ich mir was anderes einfallen lassen.« Sie wippt auf und ab. »Vielleicht befehle ich diesen Trotteln hier, eine Runde mit euch zu spielen?« Sie fliegt noch ein Stück höher und überlegt oder tut zumindest so. »Weißt du, sie würden für ein bisschen Feenstaub sogar ihre eigene Mutter fressen, so sehr gieren sie danach. Was glaubst du, würden sie für einen ganzen Eimer Feenstaub tun?« Sie seufzt entzückt, als wäre ihre Vorstellung davon paradiesisch schön. »Ich glaube, ich überlasse euch den Hopplern, bis der Dämon euch holen kommt. Bestimmt hat er inzwischen einen Weg gefunden, dich zu töten. Ja, genau. Das wird er mir durchgehen lassen. Also dann …« Sie winkt den Kindern zum Abschied, wie man es bei guten Freunden macht. Nur das bösartige Funkeln in ihren Augen verrät, dass sie es nicht gut mit ihnen meint. Bevor sie hinausfliegt, schwenkt sie ihre Hand und schnalzt etwas in der Sprache der Hoppler. Dann befiehlt sie ihren Schwestern, ihr zu folgen, und ihre Flügel bewegen sich schneller.

»Nein, warte, Evangeline! Bitte!« Fays Ruf bleibt ungehört.

Der Kreaturen nähern sich den Kindern wieder. Ihre Krallen klappern bedrohlich gegeneinander und die Dunkelheit kehrt in die Höhle zurück.

Ihnen bleibt nichts außer ihrem Hör- und Tastsinn.

Es ratscht und Fays Schrei tönt durch die Höhle, als sie erneut brennenden Schmerz an ihrem Bein spürt.

Panisch ruft Nahuel nach ihr, doch etwas – oder jemand – erstickt seinen Laut.

Fay schreit abermals und sofort landet eine Pranke in ihrem Gesicht. Sie landet mit einem erstickten Laut auf dem Boden – und plötzlich fällt es ihr wie Schuppen von den Augen. Die schrillen Schmerzensschreie sind zu viel für die Kreaturen. Blind und nicht riechen könnend, haben sie nur dieses Sinnesorgan. Ihre Ohren. Und die scheinen das Empfindlichste an ihnen zu sein! »Nahuel, schrei, schrei, so laut du kannst!«

Fay tritt zu, schlägt nach den Monstern, die sie eingekreist haben. Inzwischen kann sie deren Schemen gut genug wahrnehmen. Sie kreischt in so hohen Tönen, dass sie spürbar zurückweichen und wie verrückt schnalzen. Diese Gelegenheit nutzt sie und ballt die Hände zu Fäusten. Mit Anlauf springt sie einem Hoppler ins Gesicht, immer noch kreischend, sucht sich den Weg zu den Ohren und bohrt ihre Faust tief hinein, um ihn außer Gefecht zu setzen. Das Wesen jault gequält auf und zischt davon, Fay stürzt auf den Boden.

Schnell rappelt sie sich auf und brüllt: »Nahuel, zerstör sein Trommelfell! Ramm deine Finger in seine Ohren, damit machst du ihn orientierungslos!«

Es ist dunkel, laut und Fay muss sich auf ihr Gedächtnis und die Schemen, die sie sieht, verlassen. In der Mitte steht der Baum mit dem Kelch, dessen bläuliches Schimmern auch im Dunkeln zu sehen ist, neben ihr ist Nahuel und irgendwo dazwischen sind die übrig gebliebenen Angreifer. Möglichst leise versucht Fay, voranzukommen, auf allen vieren schleicht sie vorwärts. Fast geräuschlos und unsichtbar. Gerade als sie sich in Sicherheit wiegt, wird sie gepackt und in die andere Ecke der Höhle geschleudert. Der Aufprall drückt ihr die Luft aus der Lunge und ein brennender Schmerz breitet sich an den Rippen aus.

Nahuel schreit, so schrill er kann. Endlich hört sie einen weiteren Hoppler quietschend davonrennen. Dann Nahuels Schritte. Er hat sich aus den Fängen seines Peinigers befreit!

Fays bleibt keuchend liegen, ringt nach Luft. Sie erkennt, wie ihr Freund sich mit einem Hechtsprung auf den Rücken eines der Monster katapultiert. Noch bevor das Wesen weiß, wie ihm geschieht, rammt Nahuel seine Finger in das empfindliche Sinnesorgan. Beinahe fällt er herunter, weil das Wesen umkippt wie ein nasser Sack und wimmernde Geräusche von sich gibt. Doch er schafft es, sich festzuhalten, und sticht immer wieder zu. Mit jeder Wiederholung und jedem Wimmern des Hopplers verwirrt er die anderen beiden. Sie versuchen, den Kelch zu schützen, doch ihre Köpfe rucken verwirrt hin und her. Wieder still dasitzend, lauscht Nahuel nach den andern beiden. Fay versteht. Als die Hoppler nahe genug an ihn herangekommen sind, brüllt sie: »Nahuel, jetzt!«

Der Junge setzt erneut zum Sprung an und stürzt sich auf das Ungetüm. Ohne Probleme rammt er auch diesem die Hände ins Trommelfell, bis er brüllend vor ihm liegt.

»Einer, nur noch einer, Fay!«, schreit er gegen die Schmerzensschreie der Kreatur an.

»Bleib, wo du bist, und verhalte dich ganz leise, ich erledige ihn!«, befiehlt er Fay mit fester Stimme.

Das Wesen windet sich noch immer schreiend auf dem Boden, sodass man nicht hören kann, wo sich das letzte von ihnen befindet.

Ich muss es einfach versuchen, der Kelch ist nicht weit von mir entfernt.

Plötzlich ertönt ein Schnalzen und Grunzen, daraufhin ein ersticktes Geräusch. Nahuel!

»Fay, du musst dir den Kelch holen und sofort die Höhle verlassen«, ruft er erstickt. Fay ringt noch immer nach Luft, schafft es nicht, zu ihm zu eilen.

Tretend und schlagend versucht Nahuel, sich zu befreien. Doch es ist zwecklos, der Hoppler hat ihn fest umklammert. Die Krallen bohren sich in seine Hände, stählern suchen sie sich den Weg ins Fleisch.

»Nahuel!«

Endlich schafft sie es, den Schmerz zu besiegen. Taumelnd steht sie auf, torkelt in seine Richtung. Links und rechts neben ihr liegen die beiden bewusstlosen Killerkaninchen. Kurz streift sie eines der Ungeheuer.

Mit rasendem Herzen nähert sie sich ihrem Freund und kneift die Augen zusammen, um schärfer zu sehen, doch es gelingt ihr kaum. Trotzdem ist sie sich sicher, dass er genau vor ihr ist. Er, Nahuel, und auch der Hoppler. Sie hat ihr Ziel fest vor Augen. Die Ohren des Monsters, sie müssen zerstört werden. Fay setzt zum Sprung an, stürzt sich schreiend auf den Rücken des Angreifers und bohrt ihre Finger tief in die einzige Orientierungshilfe des Tieres.

Es kreischt, bäumt sich auf, doch sie bohrt erbarmungslos weiter, bis sie ein reißendes Geräusch hört. Mit einem letzten Schnalzen und Grunzen schleudert das Wesen sie ab – aber sie kommt schnell wieder auf die Füße und eilt zu Nahuel. Das Tier stürzt zu Boden und regt sich nicht mehr. Keines von ihnen. Zwei sind inzwischen auf und davon geeilt, die anderen beiden liegen stumm da, vielleicht tot.

Langsam und plötzlich schweigend, nähern sich die Kinder dem blauen Schimmern.

»Hier ist es.« Zögerlich streicht Fay über die Rinde aus Knochen. Sie fühlt sich kalt und tot an. Schließlich wagen sich ihre Hände ins Innere des Stammes vor.

Sie berührt den Kelch und zieht daran, doch es tut sich nichts. Die untere Hälfte scheint mit den Wurzeln des Baumes verwachsen zu sein. Nach einem weiteren Rucken löst er sich jedoch und Fay spürt Erleichterung in sich aufsteigen. Gemeinsam starren sie für einen Moment auf das, was einmal die Flügel von Glöckchen gewesen sind.

Fay streicht über die eingravierten Worte: *Zur Warnung soll ich dienen.*

Nahuel berührt sanft ihre Schulter. »Komm. Wir müssen hier weg, ehe ein weiteres Hopplerudel oder Evangeline und ihr Feenpack zurückkehren.«

Sie nickt und geht voran, den Weg entlang, den die Feen zuvor genommen haben. »Ich hoffe, wir müssen überhaupt hier lang«, murmelt sie. Ihre Orientierung versagt nicht: Je weiter sie die Steigung emporlaufen, desto stärker gelangt Licht in den dunklen Tunnel.

Kurz darauf erreichen sie endlich den Ausgang und stehen wieder im Lavendelfeld.

Die Kinder brauchen einen Moment, um sich an das wiedergewonnene Licht zu gewöhnen. Dankbar fällt Nahuel auf die Knie, während Fay den Kelch fest an sich drückt wie einen Schatz. »Ich dachte, wir würden da unten sterben«, seufzt sie. Sie stockt, da sie Nahuels Verletzung sieht. Ein Kratzer, der gut als Landlinie auf einer Karte durchgehen würde, zieht sich über den Hals. Das Blut aus der Wunde ist mittlerweile getrocknet, es klebt in seinem Gesicht und auf der Kleidung. Seine Hände sehen nicht viel besser aus.

Nahuel, der Fays Blicke richtig deutet, fasst sich an den Hals, zuckt zusammen und zieht die Luft scharf zwischen seinen Zähnen ein. »Da habe ich wohl noch mal Glück im Unglück gehabt.« Er ringt sich ein Lächeln ab, wahrscheinlich will er stark wirken. »Du aber auch.«

Fay sieht an sich hinab. Ihr grünes Sweatshirt ist zerrissen und das T-Shirt, das sie darunter trägt, ebenfalls. Immerhin ist nur an unverfänglichen Stellen Haut zu sehen.

Eine Weile stehen sie da und verschnaufen, doch irgendwann ergreift Nahuel das Wort. »Ich will ja nicht schon wieder drängeln, aber wir sollten so langsam hier verschwinden.« Bei den Worten sieht er sich um.

Fay nickt und umschließt den Kelch so fest, dass ihre Fingerknöchel weiß hervortreten. »Du hast recht. Wer weiß, ob diese grässliche Fee hier noch irgendwo lauert. Falls nicht, kommt sie bestimmt bald nachsehen, ob wir auch schön leiden.«

159

Nahuel deutet in Richtung der Berge, die am Horizont erkennbar sind. »Lass uns dorthin gehen und die Nacht in den Bergen verbringen. Als Kind war ich da sehr oft.«

Ohne weiter darüber reden zu müssen, gehen sie voran, immer aufmerksam, ob von irgendwoher Gefahr droht.

»Und in den Bergen ist es auch wirklich sicher?«, fragt Fay zweifelnd und blickt in Nahuels lächelndes Gesicht. Zusammen mit dem getrockneten Blut verfehlt es seine beruhigende Wirkung.

»Es ist Teil eines alten Rituals. In meinem Volk ist es üblich, zu Vollmond mit den Kindern des Stammes dorthin zu gehen, um ihnen die Macht der Naturgötter näherzubringen. Sie lernen, welche Kräuter es gibt und welche von ihnen heilende Eigenschaften haben. Auch ich war eines dieser Kinder und habe so viel in dieser Zeit gelernt, so viel an Erinnerungen und Wissen gesammelt. Wir haben die Geschichte unseres Stammes erfahren, durchlitten die Schmerzen, die unser Volk bereits vor hunderten von Jahren erfahren hat. Ich habe dort das Jagen gelernt und auch, wie man eine Waffe zum Fischen baut.«

Erst jetzt bemerkt Fay, dass ihr Magen grollt. Der Korb mit dem Proviant ist fort und bald werden sie etwas essen müssen.

Nahuel spricht weiter. »Doch die wichtigste Lektion bestand darin, dass wir Nacht für Nacht die Naturgötter durch eine Feuersäule um Gnade für den nächsten Tag baten. Wir sind auf das Wohlwollen der Götter angewiesen, weißt du? Das geringste Ungleichgewicht würde die lebenswichtigen Kräuter zerstören. Na ja, jedenfalls: Heute weiß ich, was zu tun ist, und kann mich auf mein Volk verlassen. Schon damals war hier ein sicherer Ort für mich, hier verband ich mich auch mit meinem Totem.«

Gebannt hört sich Fay die Geschichten über die Naturgötter an, bis sie den schmalen Pfad erreichen, der sie hinaufführt und hinter dem es tief in eine Schlucht hinabgeht. Nahuel bleibt stehen und spricht eine Warnung aus: »Vorsicht. Tritt niemals neben den Pfad. Hier sind schon viele in den Tod gestürzt.« Wie um seine Aussage zu unterstützen, lösen sich einige Geröllbröckchen und fallen in die Tiefe. »Komm, nimm meine Hand.« Erschöpft und dankbar greift sie danach.

Schritt um Schritt erklimmen sie den Berg, während es langsam dämmert.

»Es ist nicht mehr weit, gleich haben wir es geschafft«, spricht Nahuel ihr Mut zu. »Du wirst sehen, erst einmal oben angekommen, hat sich der Aufstieg gelohnt.«

Fay mobilisiert die letzten Kräfte und strafft ihre Schultern, fest entschlossen, heil zum Ziel zu kommen.

Irgendwoher ertönt der Ruf eines Adlers und Fays Nackenhärchen stellen sich auf.

»Da ist er!« Nahuel bleibt so abrupt stehen, dass Fays Herz für einen Moment aussetzt. »Da ist wer?«, fragt sie skeptisch.

»Inyan, mein Seelentotem.«

Nahuel, der Fays verwirrten und skeptischen Blick richtig deutet, sagt: »Inyan ist mein Adler. Mein Totemtier, von dem ich dir erzählt habe.«

Jetzt versteht auch Fay und nickt stumm.

»Wenn Inyan in der Nähe ist, heißt es, dass wir bald an einem sicheren Ort sind und dort die Nacht verbringen können.«

Nach wenigen Metern erblicken die Kinder das stolze Tier. Inyan sitzt auf einem Baum und durchbohrt die beiden mit starrem Blick.

Erleichtert, seinen Begleiter aus der Nähe zu sehen, läuft Nahuel auf ihn zu. Kurz vor ihm bleibt der Junge stehen und verbeugt sich tief.

Dann starren sie sich wortlos an, verharren in dieser Position.

Für einen Moment, so erscheint es Fay, erstarrt selbst der Wind.

Mit jeder voranschreitenden Sekunde begreift sie, dass in den beiden etwas vorgeht, das nur sie verstehen. So genießt sie den friedlichen Augenblick, während die Dämmerung den Tag nun beinahe vollständig verschlingt. Nach und nach traut sich der Wind zurück und Fay beginnt zu frösteln.

In Nahuel und seinen Adler kommt wieder Leben. Erneut verbeugt sich der Junge, macht auf dem Absatz kehrt und kommt ihr entgegen, während sich Inyan in die Lüfte emporschwingt.

Er sieht erleichtert aus, bemerkt Fay. »Was hast du getan?«, fragt sie neugierig.

Nahuel lächelt. »Wir haben in der Sprache des Herzens miteinander geredet. Deshalb kann ich dir jetzt sagen: Wir sind sicher, hier oben wird uns nicht passieren. Inyan wird über uns wachen. Ich zeige dir, wo ich als Kind oft die Nacht verbracht habe.«

Sie folgt ihm durch die Dunkelheit, die ihn offenbar nicht stört. Wahrscheinlich kennt er die Gegend wie seine Westentasche. Er führt sie über eine Lichtung an einen Ort zwischen den Bergen zu einem kleinen Höhleneingang, den sie passieren.

Nahuel greift in eine Ecke, holt eine Fackel hervor und entzündet sie mit Feuerstein und Schlageisen. Danach reicht er die beiden Sachen an Fay. »Nimm dir auch ein paar von den Holzscheiten, die werden wir die Nacht bauchen.« Er deutet auf einen Stapel Holz.

Fay schnappt sich, so viel sie tragen kann, und folgt ihm weiter in die Höhle.

Mit jedem Schritt wird es etwas wärmer. Gerade als Fay denkt, es geht nicht mehr voran, verkündet Nahuel: »Hier sind wir!«

Er stapelt die Holzscheite in eine Ecke und Fay tut es ihm gleich.

Dann legt er einige in die Mitte, wo eine kleine Feuerstelle ist, und zündet sie mithilfe der Fackel an.

Augenblicklich macht sich ein wohliges Licht in der Höhle breit. Zufrieden reibt sich Fay die Hände und hält sie in die Nähe der Flammen. Unterdessen kraxelt Nahuel hinter ihr herum und murmelt vor sich hin: »Hier müssen doch irgendwo Decken und Strohmatten sein … Ah, da haben wir sie ja.«

Grinsend reicht er Fay ein Bündel Decken, er selbst hat die Matten in der Hand. »Jetzt können wir es uns so richtig gemütlich machen!«

»Ihr seid aber auch echt auf alles vorbereitet!« Fay grinst und rollt die Decken auseinander. Nun, da die Kinder ihre Schlafplätze eingerichtet haben und etwas zur Ruhe kommen, grollt Fays Magen abermals und Nahuels lässt auch nicht lange auf sich warten. Das Knurren ihrer Mägen erfüllt schon bald die Höhle.

»Habt ihr zufällig auch etwas zu Essen hier?« Fay reibt sich ihren Bauch. »Es ist schon eine Weile her.«

Frustriert schüttelt Nahuel den Kopf. »Leider nein, aber ich könnte ein paar Beeren pflücken gehen«, bietet er an.

»Ich würde dann solange auf das Feuer achtgeben.«

Nahuel macht sich mit einer Fackel auf den Weg hinaus in die Nacht.

Da es gerade nicht viel zu tun gibt – ein Feuer bewachen ist nicht allzu schwer –, holt Fay den Kelch hervor. Nun hat sie endlich die nötige Ruhe, um ihn sich noch einmal ausgiebig anzuschauen.

Der Kelch und das Böse

Behutsam wandern ihre Finger über die Verzierungen, ertasten jede einzelne Einkerbung. Der Kelch fühlt sich kalt an, und doch ist da dieses Gefühl einer Schwingung, ganz leicht und kaum spürbar. Aber es ist da. Den Kelch ins Licht des Feuers haltend, betrachtet sie das sanfte blaue Schimmern der ehemaligen Feenflügel ihrer Mutter. Tränen lösen sich aus den Augen, tropfen auf das Artefakt des Grauens und es zieht sie in die Erinnerung an den Ort des Verbrechens zurück, wo das harte Urteil über ihre Mutter gefällt wurde.

Schritte reißen Fay aus der Tiefe der Gedanken. Nahuel ist zurück.

»Ich habe ein paar ganz besondere Beeren gepflückt.« Er lächelt. »Leider sind die auch das Einzige, das ich gefunden habe.« Als er die Tränen in Fays Gesicht entdeckt, bleibt er unweigerlich stehen. »Was ist los? Warum weinst du?« Unsicher setzt er sich neben sie, legt die Beeren vor ihnen auf den Boden. Wahrscheinlich kann er es nicht ertragen, sie weinen zu sehen.

Aber genauso wenig kann sie es ertragen, Schwäche zu zeigen.

»Nichts. Zeig mal her, was du hast.« Sie steckt den Kelch behutsam in den Beutel, den sie immer am Gürtel trägt, und schaut sich die Ausbeute genauer an.

Vor ihr liegt ein kleiner Berg rosa Beeren.

Sie blickt zwischen ihnen und Nahuel hin und her und kramt in ihrem Gedächtnis nach dem Biologie-Unterricht, in dem sie mal etwas über giftige Pflanzen und Früchte gelernt hat, aber die Flora und Fauna in Nimmerland ist natürlich nicht dabei gewesen.

»Kann man die wirklich essen?« Obwohl ihr Magen ein weiteres Mal lautstark knurrt, stupst sie mit skeptischem Blick eine einzelne Beere an.

»Na, hör mal, ich würde uns doch nicht vergiften. Das sind Blub-blubb-Beeren. Du kannst sie ewig kauen, in deinem Mund werden sie zu einer zähen Masse. Ihr Saft macht dich über Stunden satt. Schau …« Nahuel steckt sich eine Beere in den Mund und kaut darauf herum. Minuten vergehen, ohne dass er zu Boden sinkt, bis sie sich sicher ist, dass diese Blubberbeeren wirklich essbar sind.

Sie nimmt sich eine einzelne, führt ihre Hand vorsichtig zum Mund, riecht an der rosa Frucht und legt sie sich auf die Zunge. Noch schmeckt sie nichts.

»Du musst schon draufbeißen«, sagt Nahuel schmatzend.

Fay überwindet sich und beißt auf die Beere. Sofort verteilt sich der Saft der Frucht. In Sekundenschnelle verzieht sich ihr Gesicht zu einem verknautscht aussehenden Lappen. »Bäh, das ist ja sauer!« Sie spuckt die Beere auf ihre Hand.

»Das hab ich wohl vergessen, dir zu sagen.« Nahuel grinst ihr frech entgegen. »Aber das ist nur die ersten Sekunden so, dann wird es süß, vertraue mir.«

Mit hochgezogenen Augenbrauen fragt sie: »Dir vertrauen? Wo du rein zufällig vergessen hast, zu erwähnen, dass diese Teile am Anfang sauer sind?«

Sein Grinsen wird breiter. »Wirklich, es wird besser.«

Da Fays Hunger immer schlimmer wird, gibt sie der Blub-blubb-Beere noch eine Chance. Wie versprochen verschwindet die Säure nach kurzer Zeit und ein süßer Geschmack macht sich breit.

»Das ist ja wie Kaugummi!«, stellt sie verwundert fest.

»Kauguwas?«, fragt Nahuel interessiert.

»Kaugummi. Da kaut man lange drauf, wie auf diesen Dingern hier. In meiner Welt gibt es so was in zahlreichen Geschmacksrichtungen. Allerdings machen sie nicht satt.«

»Mit verschiedenen Geschmäckern? Das würde ich auch gern mal pro-bieren!«, meint er begeistert, doch Fay ist ganz mit sich selbst beschäftigt.

»Das macht wirklich richtig satt!«, staunt sie und reibt sich über den Bauch.

Beide schmatzen eine Weile zufrieden vor sich hin und schauen schweigend in das Feuer. Die letzten Tage haben ihnen viel abverlangt. Nachdenklich tastet Nauel nach seiner Wunde am Hals.

»Tut es noch sehr weh?«

Er schüttelt den Kopf. »Ich hatte schon schlimmere Verletzungen.«

Fay schluckt und wechselt das Thema. Sie möchte sich gar nicht ausmalen, wie schlimmere Verletzungen ausgesehen haben könnten. »Hast du öfter mit Hook und Gloria zu tun?«

Sichtlich überrascht von ihrer Frage, verschluckt Nahuel seine zerkaute Beere und hustet kurz. Nachdem er sich wieder gefangen hat, antwortet er: »Also, ja, als ich noch klein war, durfte ich zwischendurch auf die Jolly Roger kommen. Allerdings habe ich immer nur deinen Vater gesehen, der hat sich dann um mich gekümmert. Deine Mutter ist in all den Jahren kaum aus ihrem Bett aufgestanden. Hook hat immer gesagt, ein Teil von Gloria ging damals mit dir zusammen weg.«

Fay knetet ihre Hände. Ihre Eltern haben wirklich gelitten. Irgendwie freut es sie, wurde sie doch geliebt, andererseits bohrt sich Schmerz tief in ihre Seele. Warum muss ausgerechnet sie die Auserwählte sein und durfte nie erfahren, was eine richtige Familie ist? »Was habt ihr so gemacht zusammen, du und mein Vater?«

»Nun, Hook hat mir viel in Sachen Kämpfen beigebracht. Wie ich mit einem Schwert umgehen muss, habe ich hauptsächlich von ihm gelernt. Aber er hat mir auch beigebracht, wie ich mich am besten vor Pan verstecke und meine Gefühle kontrolliere.«

Fay spürt einen weiteren Stich – Neid. Zu gern hätte auch sie all diese Dinge gelernt.

Nahuel scheint zu bemerken, dass dies kein gutes Thema ist, und stellt eine andere Frage. »Wie war es bei deinen Pflegeeltern?«

Vom Regen in die Traufe, denkt Fay, spricht es aber nicht aus. Sie starrt erneut in das Feuer, die Gedanken reißen sie mit und eine Welle aus Trauer rollt über sie hinweg.

»Bei Mona und Olaf?« Sie legt viel mehr Hass in ihre Stimme, als sie eigentlich wollte.

Vermutlich erschrocken über die Härte, mit der sie die Namen ausgesprochen hat, versucht er zurückzurudern. »Du musst nicht.«

»Doch, ich will«, sagt sie entschieden. »Als ich noch ein Baby war, lebte ich wohl die ersten Monate in einem Heim, das von Nonnen geführt wurde. Bis Mona und Olaf kamen. Sie entschieden sich für mich und adoptierten mich ganz offiziell. Wie alt ich da genau war, weiß ich nicht mehr. Meine ersten richtigen Erinnerungen habe ich, als ich in die Schule kam. Dort wurde ich von meinen Mitschülern geärgert, zum Beispiel haben sie mich mit einem Springseil ans Klettergerüst gefesselt, und wenn die Pause beendet war, war ich immer noch festgebunden. Nach langer Zeit, so kam es mir damals vor, hat mich dann der Hausmeister gefunden.« Fay muss schlucken. »Leider musste ich damals vorher schon so dringend, dass ich nicht mehr einhalten konnte. So habe ich mir das erste und letzte Mal in meinem Leben in die Hose gemacht. Die Lehrerin hat zu Hause angerufen und darum gebeten, mich abzuholen. Weil Mona gesehen hat, dass ich mir in die Hose gemacht habe, bekam ich eine Menge Ärger. Sie haben mich ins Badezimmer eingesperrt und ich musste dort auf dem Boden sitzen, bis die Hose wieder trocken war. Sieh das als Beispiel für meine gesamte Kindheit an ...«

Nahuel ballt seine Hände zu Fäusten. »Was für eine Hexe!«

Fay lächelt. »Das kannst du laut sagen. Aber ich habe noch einen Pflegebruder, John, er ist etwas jünger als ich. Er ärgert mich zwar auch ständig, aber wenn es darauf ankommt, helfen wir uns gegenseitig. Das Gute ist, dass die Pflegeeltern tagsüber viel weg sind und ich allein zu Hause sein kann. Mein einziger Freund ist unser Gärtner Hugo. Ihn kenne ich schon mein ganzes Leben, mit ihm kann ich über fast alles reden.«

Das Feuer knistert und der Wind heult in den Höhleneingang.

»Jetzt bist du ja hier und alles wird gut«, versucht er, ihr Mut zuzusprechen.

»Wenn Pan vernichtet ist. Erst dann wird alles gut«, fügt sie skeptisch hinzu und beobachtet, wie er die Lippen zusammenpresst. Er weiß, dass sie recht hat. Dass sie nicht wirklich sicher sind, bis sie ihn

168

besiegt hat. »Ich habe dir noch gar nicht gesagt, dass ich mittlerweile froh darüber bin, dass du dich mir aufgedrängt hast«, gesteht sie.

»Danke. Ich konnte dich nicht allein losziehen lassen, immerhin warst du auf dem besten Weg in den Stechpalmenwald. Wer weiß, wo du noch hingeirrt wärst. Bei dir kann man ja nie sicher sein …«

Nun müssen beide lachen und schließlich sagt Fay: »Lass uns schlafen gehen, morgen wird ein anstrengender Tag.«

Sie schlüpfen nah beieinanderliegend unter ihre Decken, um den Wind abzuhalten. Fay nimmt den Kompass vom Hals und steckt ihn in ihre Hosentasche, während das Feuer knistert und ihnen behutsame Wärme schenkt.

Fay nimmt allen Mut zusammen. Sie schiebt ihre Hand Richtung Nahuel, sucht seine und umschlingt sie fest. Er erwidert den Druck und ihr Herz macht einen aufgeregten Hüpfer. »Gute Nacht, schlaf gut«, flüstert sie in die Stille hinein.

Der nächste Morgen ist frisch, das Feuer erloschen. Feuchtigkeit hat sich über die Decken gelegt. Bevor Fay ihre Augen aufschlägt, genießt sie die Stille und Nahuels Nähe. Solch ein seltsames Gefühl hat sie noch nie für einen anderen Menschen verspürt.

In Nahuels Gegenwart fühlt sie sich sicher. Vorsichtig drückt sie seine Hand, hofft so, ihn sanft zu wecken. Eine Reaktion seinerseits bleibt allerdings aus, deshalb entschließt sie sich, ihm noch ein wenig Schlaf zu gönnen, und zieht ihre Hand vorsichtig weg. Sie entzündet eine Fackel und geht zurück zum Höhleneingang, um von dort neues Feuerholz zu holen. Jetzt, da sie ausgeschlafen ist, kann sie die Höhle genauer betrachten. Zeichnungen an den Wänden scheinen eine Geschichte zu erzählen. Bilder von Tieren, die in majestätischer Darstellung gemalt wurden, stechen ihr besonders ins Auge.

Bestimmt die Totemtiere der Indianer, überlegt sie. Ihr Blick schweift weiter und fällt auf ein Bild, das sie stocken lässt.

Tief in Stein gemeißelt, liegen zwei Menschen auf dem Boden, während über ihnen Sterne erlöschen, jedenfalls interpretiert sie die durchgestrichenen Punkte so. Fay weiß, dass es sich bei diesem Bild um Marius und Ellinore, das ehemalige Königspaar, handeln muss. Das ist die Nacht, in der Wendy sie tötete. Sie schüttelt den Gedanken ab und geht weiter, schließlich will sie Holz holen. Die ersten Sonnenstrahlen finden ihren Weg in die dunkle Höhle. Angezogen von ihnen werden Fays Schritte schneller und schneller. Als sie hinaus ins Licht tritt, überwältigt sie ein atemberaubender Anblick. Die ganze Insel liegt ihr zu Füßen. Sie blickt hinab auf den Strand, an dem die Sandkörner in der Sonne funkeln. Die Jolly Roger sieht von hier aus wie ein Spielzeugschiff und die Felsen an der Lagune der Meerfrauen sind winzig.

Was sie wohl gerade machen? Ob sie noch schlafen?

Fays Gedanken wandern zu Gloria und Hook und in diesem Moment wünscht sie sich nichts sehnlicher, als bei ihnen zu sein.

Schritte nähern sich dem Mädchen und zwei Arme umschlingen ihre Hüfte. Erst zuckt sie erschrocken, doch dann erkennt sie, dass es Nahuel ist, und lässt es geschehen.

»Guten Morgen«, raunt er in ihr Haar und jagt ihr einen Schauer über den Rücken.

»Morgen.« Lächelnd umschlingt auch sie seine Hände. »Ich wollte Feuerholz holen.«

»Lass uns hier draußen essen«, schlägt er vor. »Ich gehe uns noch ein paar Beeren holen.«

Mit diesen Worten verschwindet er bereits und sie setzt sich auf die Wiese, lässt ihre Gedanken erneut schweifen. Plötzlich geschieht etwas Seltsames. Hitze sammelt sich in ihrer Hosentasche, breitet sich über ihr Bein aus und verschwindet dann wieder dorthin, von wo sie gekommen ist.

Vorsichtig tastet Fay ihr Bein ab, ihre Hand gleitet zum Fuß. Aber da ist nichts Ungewöhnliches.

Vielleicht habe ich es mir auch nur eingebildet?

In diesem Moment passiert es wieder. Panisch springt sie auf, klopft ihr Bein ab, da fällt es ihr ein. Sollte die Hitze vom Kompass kommen? Langsam lässt sie ihre Finger in die Hosentasche gleiten.

Der Kompass ist warm. Sie hat das Gefühl, dass er pulsiert. Im Takt ihres Herzschlags wird er wärmer und wärmer. Ihre Hände zittern. Fay öffnet den Kompass. Was sie sieht, verwirrt sie noch mehr. Wo vorher Leere war, ziert nun ein Zeiger in Form einer Sternschnuppe den Kompass. Er rast seine Runden, als sei er auf der Flucht oder könne sich nicht für eine Richtung entscheiden.

Sie schüttelt ihn kurz, will ihm Einhalt gebieten, allerdings ist jeder Versuch zwecklos. Erneut lässt sie sich ins Gras plumpsen, legt ihren anscheinend verrückt gewordenen Kompass neben sich, beobachtet ihn und wartet darauf, dass der Zeiger zum Stehen kommt.

»Da bin ich wieder, diesmal mit mehr Auswahl. Die anderen hab ich gestern im Dunkeln nicht gefunden!« Nahuel ist von seinem Beutezug zurückgekehrt. Sein Hemd hat er zu einer Tragetasche für die Nahrung gefaltet. Er kniet sich neben Fay und lässt Beere für Beere zwischen sie rollen.

Dabei fällt sein Blick auf den Kompass.

»Was …«

»Du siehst es auch, ja?«

»Ja … Der Zeiger dreht sich wie verrückt.«

»Puh, ich dachte schon, ich wäre verrückt geworden.« Erleichtert atmet Fay aus. »Allerdings habe ich trotzdem keine Ahnung, was das zu bedeuten hat.« Sie nimmt den goldfarbenen Kompass erneut in die Hand und reicht ihn Nahuel. »Hier, fass mal an. Spürst du das?«

Nahuel nimmt ihn und schaut seine Freundin verwirrt an. »Fühlt sich an wie jeder andere auch.« Schulterzuckend gibt er ihn zurück.

»Aber er ist warm!« Ihre Hand umschließt den Kompass fest. Ja, sie bildet es sich nicht ein. Er ist warm und pulsiert, ganz eindeutig.

»Also ich fühle nichts«, sagt Nahuel und stopft sich eine Beere in den Mund.

Fay starrt auf ihre geschlossene Hand. »Er ist warm, ich fühle es ganz genau«, beteuert sie.

»Vielleicht musst du erst mal etwas essen, hier, versuch die mal.« Er reicht ihr eine grüne Beere.

Skeptisch beäugt sie die Beere und steckt den Kompass zurück in die Hosentasche.

Demonstrativ wirft sich Nahuel eine weitere in den Mund. »Schmeckt nach frischem Gras«, schmatzt er.

»Danke, ich denke, ich bleibe lieber bei den Blubblubb-Beeren.«

Der Weg zum Ursprung

Mit gefüllten Mägen überlegen die beiden, wie es weitergehen soll.

Fay holt den inzwischen zerknüllten Zettel mit dem Rätsel heraus und beginnt vorzulesen: »*Suche dort des Blüten Kelch, das haben wir geschafft. Schöpfe die Verdammnis. Lass dich leiten zum bösen Ziel, so wirst du begreifen und erleuchten die Nacht.*«

Stille breitet sich zwischen ihnen aus. Sie sind tief versunken in Überlegungen.

Schöpfe die Verdammnis? Wie ein Mantra sagt sie es sich immer wieder auf. Hofft, dass der große Einfall kommt. Könnten ihre Köpfe rauchen, würden sie es sicherlich tun. Aber eine Lösung haben sie immer noch nicht.

Wütend steht Fay auf. »Mir reicht es langsam wirklich. Sehe ich aus wie ein Knobelmeister oder was?« Entnervt kickt sie einen Stein davon.

»Was ist ein Knobelmeister?« Nahuel schaut Fay fragend an.

»Jemand, der gut Rätsel lösen kann«, erwidert sie.

Ihre Gedanken ziehen immer wieder zu ihrem Kompass. Sie kann dem Drang nicht widerstehen, ihn erneut hervorzuholen.

Mit einem leisen Klacken öffnet sie den Deckel. Was sie sieht, lässt sie zum zweiten Mal an diesem Morgen an ihrem Verstand zweifeln. Das wilde Drehen des Zeigers hat aufgehört, jetzt leuchtet er und zeigt Richtung Süden.

»Nahuel, komm mal her.« Aus Angst, dass sich etwas am Kompass verändert, bleibt sie an Ort und Stelle stehen. »Jetzt leuchtet der Zeiger und hat aufgehört, sich zu drehen!«

Nahuel zuckt die Schultern. »Äh, aufgehört zu drehen, ja, aber leuchten? Ich sehe nichts leuchten.«

»Sieh genauer hin!«, befiehlt sie ihm.

»Fay, da leuchtet nichts. Setz dich lieber mal hin. Vielleicht sollte ich noch mal losgehen und nach Kräutern suchen.« Er setzt dazu an, den Arm um sie zu legen, doch sie schlägt ihn weg.

»Ich bin nicht verrückt, falls du das denkst!« Nachdenklich läuft sie hin und her, schaut dabei genau auf das Ziffernblatt. Je näher sie den Weg hinab ins Tal geht, desto heller leuchtet der Zeiger.

»Hey, warte mal!«, sagt Nahuel, während er hinter ihr her stolpert.

Wenn nur ich das Leuchten sehen kann, besteht vielleicht eine magische Verbindung zwischen mir und dem Kompass. Ich spüre genau, dass er uns etwas sagen will!

»Ich glaube, dass er uns den Weg zum Ort der Verdammnis zeigen wird.«

»Mit anderen Worten: Wir sollen diesem Ding unser Schicksal überlassen?«

Sie nickt. »Wir müssen, ich weiß es. Lass uns den Kelch holen und dann losgehen.«

Nahuel seufzt und folgt ihr widerwillig. »Wenn du es sagst … Ich bleibe an deiner Seite, wie ich es versprochen habe.«

Nachdem sie den Kelch aus der Höhle geholt haben, machen sie sich auf den Weg Richtung Tal.

Fay in Erwartung des Ziels, Nahuel vermutlich in der Hoffnung, dass sie nicht durchdreht.

Konzentriert auf den Kompass schauend, geht Fay voran.

Wohlige Wärme breitet sich erneut in ihr aus, gibt ihr das Gefühl von Sicherheit und die Gewissheit, das Richtige zu tun. Steinchen lösen sich vom Geröll der Berge und stürzen hinab in die Tiefe. Was vorher so weit weg erschien, wird nun mit jedem Schritt größer – und machtvoller. Langsam, aber sicher breitet sich Nebel vor ihnen aus.

Schweigen hat sich zwischen sie geschoben wie ein eiserner Vorhang. Sehnsüchtig blickt Nahuel immer wieder in Richtung seines Reservates. Fay sieht es, sie sieht auch seine Skepsis. *Er wird schon sehen, dass wir unser Ziel erreichen werden.*

Sie nähern sich der Grenze zum Nebelreich. Plötzlich reißt Nahuel sie aus ihrer Konzentration. Er bleibt stehen, ringt nach Luft. Verwundert sieht Fay ihn an. »Alles in Ordnung mit dir?«

Er klopft sich mehrmals auf die Brust. »Fay, ich kann nicht –«

Erschrocken vom jämmerlichen Klang seiner Stimme, eilt sie zu ihm. »Nahuel! Was ist denn los?« Mit ihrer freien Hand stützt sie ihn.

»Die Luft hier, sie ist so schwer«, röchelt er. »Sie frisst sich wie ätzender Staub in meine Atemwege.«

Einen Moment lang blickt Fay abwechselnd von Nahuel zu ihrem Kompass. Verzweiflung kriecht ihre Wirbelsäule hinauf. Sie will ihm helfen, doch sie können jetzt nicht rasten! Die Magie des Kompasses zieht an ihr, will, dass sie weitergeht. Aber sie kann ihn nicht hierlassen. Seufzend nimmt sie seinen Arm und sagt: »Ich bringe dich zu deinem Stamm zurück. Dort können sie dich verarzten. Ich muss weiterreisen und –«

Das Funkeln aus seinen Augen verschwindet und seine Gesichtszüge verhärten sich. Er schlägt ihren Arm weg. »Lass mich!« Wütend geht er an ihr vorbei. »Ich bin ein Mann, ich brauche deine Hilfe nicht.«

Erschrocken schaut sie Nahuel hinterher, der die Grenze zum Nebelreich überschreitet.

Habe ich etwas falsch gemacht? Verunsichert von dem plötzlich so unwirschen Verhalten ihres Begleiters muss sie sich erst einen Moment sammeln, bevor auch sie die Grenze übertritt. Fay umschlingt ihrem Kompass fest, während sie den ersten Schritt in den dichten Nebel macht. Aus irgendeinem Grund gibt er ihr Sicherheit, hält all die schreckliche Wut von ihr fern. Der Nebel ist noch dichter, als sie ihn in Erinnerung hatte. Viel hat sie nicht mitbekommen bei ihrem ersten Besuch. Sie erinnert sich, wie Evangeline sie hierher entführte, um sie an Pan auszuliefern. Aber nun erblickt sie die Grausamkeit dieses Bereiches von Nimmerland.

»Nahuel, wo bist du?« So richtig laut zu rufen, traut sie sich nicht, aus Angst, Wendy oder Pan auf sich aufmerksam zu machen. Fay bleibt stehen, lauscht in die Stille nach Nahuels Schritten. Doch so sehr sie sich bemüht, es ist nichts zu hören. Ihr Hals wird ganz trocken bei dem Gedanken, dass Pan ihn vielleicht hat. Sie nimmt noch einmal ihren Mut zusammen, ruft ihren Freund, aber auch diesmal bleibt es ergebnislos.

Ihre Hände zittern, während sie den Kompass vor sich hält. *Wie gut, dass du leuchtest*, denkt sie, noch immer dankbar für ihr magisches Hilfsmittel.

Das kleine Licht der Sternschnuppe schenkt ihr ein bisschen Geborgenheit und Trost. Fay entschließt sich, weiterhin dem leuchtenden Zeiger zu folgen. Vielleicht führt er sie auch zu Nahuel?

Kälte umschlingt sie mit einem Mal, kriecht unter ihre Kleidung, um es sich auf ihrer Haut gemütlich zu machen. Hier eingenistet, bringt sie noch mehr Unbehagen mit sich. Angst, Zweifel, Wut. All diese Gefühle dringen immer wieder in ihr Herz, doch dann werden sie von ihr abgezogen und verschwinden tief in dem goldenen Artefakt, so als säßen dort kleine Gefühlsfresser, die ihre Meisterin beschützen würden. »Danke«, flüstert sie.

Unter ihren Schritten knacken Äste und zerbrechen. Aus der Ferne ist ein Rauschen zu hören, das klingt wie hunderte von Schiffen, die durch die Wellen brechen. Je näher sie diesem Geräusch kommt, desto lauter wird es. Und der Kompass führt sie immer weiter in diese Richtung.

Nahuel

Ein Keuchen dringt durch den Nebel.

Ist das Nahuel? Fay vergisst ihre Vorsicht. Ihre Schritte werden schneller, eilen atemlos dem Geräusch nach. Bis sie ihn erkennt.

Erleichtert schnappt sie nach Luft. Sie stützt sich auf ihren Knien ab, wischt die Feuchtigkeit des Nebels von ihrer Stirn. »Wo warst du denn? Ich habe dich gesucht!«

Zwei vertraute Augen durchdringen sie, doch sie sind anders als sonst. Kalt. Und ... das Braun ist einem tiefen Schwarz gewichen.

»Da bist du ja, hast ganz schön lange gebraucht mit deinen Kompässchen hierherzufinden ...« Hämisch lacht er.

Erschrocken weicht Fay einige Schritte zurück und er folgt ihr.

»Schau nicht so dumm. Dachtest du wirklich, ich würde dir helfen?« Nahuel klatscht belustigt in seine Hände. »Die arme, kleine Auserwählte ...« Dann wird er ernst und seine Gesichtszüge verbittert. »Wegen dir ist Tallulah gestorben! Sie war wie eine Großmutter für mich. Ich habe sie geliebt. Aber dann kamst du und sie musste die Heldin spielen. Dumme alte Frau. Wollte immer jedem helfen.«

»Aber ... Ich dachte ...«

»Aber, aber, aber! Heul, heul!«, echot er und wischt sich imaginäre Tränen aus den Augen. »Ich habe genug von deiner Schwäche, deinen Zweifeln!« Nahuels Augen verengen sich zu Schlitzen.

Immer weiter weicht Fay zurück, ihr Herz schlägt schmerzhaft in ihrer Brust. Ein widerlicher Geruch steigt ihr in die Nase und in dem Moment erkennt sie den kleinen See aus dunklem Teer neben sich.

Sie weicht einen Schritt weiter nach links aus und Nahuel bleibt vor dem schwarzen, blubbernden Teer stehen und lacht. »Danke, dass du mich direkt zur Quelle des Bösen geführt hast. Wirklich nett von dir.«

Er grinst boshaft, seine schwarzen Augen lassen sie weiter frösteln. »Nahuel«, flüstert sie. »Nicht …«

Er lacht nur und bückt sich, um seine Hände tief in der Quelle zu versenken. Dann beginnt er mit eisiger Stimme zu sprechen. »Wendy, ich rufe dich. Schöpferin des Nebelreiches, Tochter der Nacht. Ich habe ein Opfer für dich.« Nahuel erhebt sich, die schwarze Suppe tropft von seinen Händen. Er dreht sich einmal im Kreis, offenbar in großer Erwartung auf die, die er soeben gerufen hat.

Fay ist wie versteinert. *Er hat mich verraten!*

Ganz in ihrer Nähe knacken Äste, schlurfende Schritte sind zu hören und eisiger Wind weht Fay um die Nase. Langsam schiebt jemand den Nebel beiseite, als wäre er lediglich ein störender Vorhang. Als wäre die, die dahinter auf sie wartet, endlich bereit für die Vorstellung.

Fay fleht ihren ehemaligen Freund an, denn ein letztes Fünkchen Hoffnung glimmt noch in ihr. »Nahuel, warum? Ich dachte, du wärst mein Freund. Tallulah hat selbst entschieden, dass sie zur Hexe gehen will. Ich wurde doch gar nicht gefragt, ob ich das möchte! Sie hat gesagt, ich soll dir ausrichten, dass du ein ganz besonderer Junge bist und Großes erreichen wirst. Du besitzt die seltene Gabe der Erweckung des Totems.« Tränen strömen Fay die Wangen hinunter und schluchzend fährt sie fort. »Sie hat dich geliebt, als seist du ihr eigener Enkel gewesen.«

Irgendetwas scheint sich in ihm zu rühren. Seine Augen verändern sich mit einem Mal und er packt sich ans Herz, als hätte es vorher nicht geschlagen und würde nun wieder seinen Dienst aufnehmen. Nahuel sinkt zu Boden, schlägt sich die schwarztriefenden Hände vors Gesicht und weint herzzerreißend. »Was habe ich getan? Was habe ich nur getan?«, wiederholt er immer wieder.

Eine weibliche Stimme zerreißt die Luft wie ein Peitschenhieb. »Ah … Sieh einer mal an, das Indianer-Bürschchen. Hast mir das Mädel gebracht.«

Die weißen Haare und die schwarzen Augen sind unverkennbar. Wendy.

Voller Panik tritt Fay zurück, ihren Kompass fest umschlungen.

Wendy zückt einen Dolch und richtet ihn auf Fay. »Süße, kleine Retterin, hach, wie gern würde ich dich aufschlitzen.«

Verzweifelt schaut Fay zu Nahuel, der sich gerade aufrichtet und ihren Blick voller Reue erwidert. Seine Augen sind nicht mehr schwarz und Fay schöpft neue Hoffnung. Unerwartet wirbelt er herum, versucht, sich auf Wendy zu stürzen. Unter seinen Tritten und Schlägen taumelt sie irritiert rückwärts. Der Dolch fällt ihr aus der Hand, mitten in die Quelle hinein. Wutentbrannt schreit sie auf und holt aus, um sich zu wehren.

»Fay, schnell! Schöpfe aus der Quelle, das ist der Ort! Trink!«, schreit Nahuel.

Natürlich – er hat recht! Sofort schießen ihr die Worte der Krokodilhexe in den Kopf.

Schöpfe die Verdammnis.

Geistesgegenwärtig greift sie in den Beutel, zerrt den Kelch heraus und versenkt ihn tief in der schwarzen Bösartigkeit. Hinter ihr ringt Nahuel mit Wendy, die immer noch in schrillen Tönen kreischt.

Schnell setzt Fay den Kelch an, trinkt den ersten Schluck. Beinahe kommt es ihr wieder hoch, doch sie schluckt tapfer weiter. Als sie kurz davor ist, das letzte bisschen zu sich zu nehmen, verschwimmt die Welt um sie herum. Wendy greift nach ihr, hält sich an ihrem Arm fest und Fay schafft es nicht, sie abzuschütteln. Gemeinsam beginnen sie, sich in Rauch aufzulösen. Fay kann nichts tun, muss den letzten Schluck trotzdem hinunterwürgen, um die Prophezeiung zu erfüllen.

Wie hinter einer Wolke erkennt sie Nahuel, der wieder bei Besinnung zu sein scheint. Er sprintet zu ihnen, greift nach Wendy und zischt: »Ich lass dich sicher nicht mit Fay gehen!«

Doch es ist zu spät. Genau in diesem Moment werden sie zu einer Rauchwolke und verschwinden im Nebel.

In der Dämonenwelt

Orientierungslosigkeit ergreift von Fay Besitz. Sie drehen sich, fallen. Noch immer spürt sie Wendys Hand auf ihrer Schulter, hört Nahuels Schreie und ihre eigenen. Mit einem dumpfen Aufprall schlagen die drei auf dem Waldboden auf.

Ein Wimmern kriecht in Fays Bewusstsein. Es braucht eine Weile, bis sie sich gesammelt hat, doch dann begreift sie.

Ich habe es geschafft. Und jetzt?

Sie sind umgeben von rötlichem Licht. Der ganze Himmel leuchtet rot und im Gegensatz zu Nimmerland sind Sterne am Himmel zu sehen. Weit in der Ferne steigt Rauch auf, wie aus einem brennenden Haus. Neben ihr liegen Nahuel und Wendy, beide bewusstlos. Um Wendy herum flattert ein Vogel, doch Fay nimmt kaum Notiz vom ihm. Stattdessen richtet sie ihren Blick auf Nahuel. Ein Zucken durchwandert seinen Körper, bis er schließlich die Augen aufschlägt. Er reibt sich den Hals und starrt danach auf seine blutverschmierte Hand. Fays Herz setzt einen kurzen Moment aus. Die Wunde von den Hopplern ist wieder aufgerissen. Stöhnend setzt er sich auf und blickt unvermittelt zu Fay. Die Spannung zwischen ihnen würde, sollte sie sich entladen, jeden dem Erdboden gleichmachen.

Fay blickt ihm tief in die Augen, sucht nach Resten des Schwarz, doch es sind wieder Nahuels Augen, braun wie Bärenfell.

»Bitte verzeih mir«, nuschelt er. Er sieht sie an und Tränen sammeln sich in den Augenwinkeln, kullern ihm reuevoll über die Wange. »Ich war wie fremdgesteuert, sobald ich durch den Nebel getreten bin, hatte keine Kontrolle über meine Gedanken. Erst als du mir das von Tallulah ausgerichtet hast, hat sich dieser seltsame Gedankennebel gelichtet und

181

ich war wieder ich selbst … Es tut mir so schrecklich leid!« Er senkt den Kopf und sieht zu Boden.

Fay seufzt und erinnert sich daran, wie sie das Gefühl hatte, jegliche Güte würde sie verlassen, als sie das Nebelreich das erste Mal betrat. Sie setzt sich neben ihn, ohne Wendy aus den Augen zu lassen. »Ich verzeihe dir.«

Er blickt auf und sieht ihr tief in die Augen. »Ich gebe dir nicht die Schuld an Tallulahs Tod, das musst du mir glauben. Im Gegenteil, ich … ich …« Die letzten Worte verschluckt er. Stumm sehen sie sich an, versinken in den Augen des anderen. Fays Herz klopft schneller, als es der Fall sein dürfte. Müsste sie nicht böse auf ihn sein? Hat er sie nicht verraten und verletzt? Und dennoch … Ein warmes Gefühl krabbelt ihren Rücken hoch, lässt sie all das für einen Moment vergessen. Sie kommen sich langsam immer näher. Wieder breitet sich Spannung zwischen ihnen aus, doch diesmal ist es eine andere. Sanft und vorsichtig treffen sich ihre Lippen, um erste zärtliche Vertrautheiten auszutauschen.

Ein Schrei lässt die beiden aufschrecken. Wendy ist zu sich gekommen, ihre Haare von der Reise in die Dämonenwelt zerzaust.

»Geh weg, du abscheuliches Ding!«, kreischt sie. Ein Vogel oder eine Kreatur, die wohl mal einer gewesen ist, schwebt neben ihr. Emsig flattert er mit den Flügeln. Fay zieht scharf die Luft ein, denn sie sieht, dass auf der anderen Seite von Wendy der Kopf des Vogels schwebt. Er ist zweigeteilt. Kleine, rotleuchtende Augen funkeln Wendy an und eine Stimme, die an das Kratzen von Fingernägeln an einer Tafel erinnert, ertönt. »Du hast mich genutzt für böse Zwecke! Auf ewig bin ich hier verdammt, mit mir hast du das Tor zum Bösen geöffnet!«

Jetzt pickt der Kopf auf die Frau ein und der Vogelkörper flattert wild vor ihrem Gesicht herum. Wendy, die anscheinend gerade ihren Verstand verloren hat, springt auf und läuft schreiend in die Ferne. Der Dämonenvogel lässt nicht von ihr ab und langsam werden sie zu kleinen Punkten am Horizont. Lediglich vereinzelte Federn erinnern noch an die skurrile Szene.

Blinzelnd schauen sich Nahuel und Fay an.

»Was war das denn?«, fragt sie irritiert.

Nahuel zuckt mit den Schultern und ein Lächeln zupft an seinen Mundwinkeln. »Keine Ahnung, aber es sei ihr in jedem Fall gegönnt. Ich hätte auch eine Strafe verdient statt eines Kusses …« Bei den letzten Worten sieht er abermals beschämt zu Boden.

Sie mustert ihn. Der Zauber des Moments ist verflogen, dennoch lächelt sie. »Du hast recht, aber fürs Erste muss das reichen.«

»Na gut. Dann komm, wir müssen uns umsehen und herausfinden, wo wir überhaupt sind.« Mühsam stemmt er sich in die Höhe und reicht ihr die Hand.

Sie zieht sich daran hoch und klopft sich etwas Dreck von der Hose. »Sicherlich nicht in Nimmerland.« Ihr Blick fällt dabei auf die riesigen Gewächse, die aus dem Boden in die Höhe ranken. Sie tragen Dornen, die so groß wie Kinderhände sind. »Oder hast du eine Ahnung, was das da ist?« Fay zeigt auf eins der seltsam spitzen Gewächse und sieht dann zu Nahuel, der ratlos den Kopf schüttelt.

Dann weiten sich seine Augen. »Fay!«

Sie runzelt die Stirn und lauscht in die Ferne, sieht sich danach um. »Was denn?«

»Sterne!« Er deutet in den roten Himmel. »Das ist das erste Mal, dass ich welche sehe.«

Ein paar Atemzüge lang bleiben sie noch stehen und schauen in den Himmel, dann gehen sie vorsichtig an den Dornen vorbei.

»Vielleicht finden wir ja jemanden, der uns helfen kann?« Fays eigene Worte klingen stumpf in ihren Ohren, sodass sie hinzufügt: »Wobei ich gar nicht weiß, ob ich hier jemanden treffen möchte …«

»Immerhin ist Wendy erst mal weg. Hoffentlich fällt sie versehentlich in eine dieser Dornenranken.« Nahuels Gesichtsausdruck verfinstert sich.

»Der Kelch!« Erschrocken bleibt Fay stehen. »Ich habe ihn verloren – Ich muss zurück und ihn suchen!« Sie wirbelt herum, rennt zurück an die Stelle, an der sie angekommen sind. Panisch schaut

183

sie über die Lichtung, sucht nach dem blauen Leuchten. Schließlich kriecht sie auf allen Vieren über die Wiese. Nahuel eilt ihr zu Hilfe, schaut jedoch immer wieder über seine Schulter.

Es ist zwecklos. Der Kelch ist nicht da.

»Er ist weg!« Mit jeder Sekunde wächst die Verzweiflung, setzt Adrenalinstöße frei, die wie wildgewordene Flöhe ein Tänzchen in ihr aufführen. »Ich habe alles vermasselt«, schluchzt sie und sinkt zu Boden, das Gesicht in den Händen vergraben.

Sie hört, wie Nahuel sich nähert, und spürt, wie er vorsichtig eine Hand auf ihre Schulter legt. Seine Stimme hat etwas Tröstliches, doch es schwingt auch Angst darin mit. »Fay, wir müssen hier weg. Wer weiß, was hier noch so lauert. Der Kelch wird im Nebelreich liegen geblieben sein.«

Fay lässt noch einmal den Blick schweifen, ehe Nahuel sie abermals bittet: »Fay, bitte. Lass uns gehen.«

Seufzend steht sie auf und klopft sich den Dreck von den Knien. »Also gut. Die Prophezeiung sagt: *Lass dich leiten zum bösen Ziel, so wirst du begreifen und erleuchten die Nacht.* Lass uns das böse Ziel finden und die Prophezeiung erfüllen.«

Gemeinsam machen sich die beiden auf den Weg.

Weder Sonne, Mond noch Wolken sind am Himmel zu sehen. Nur ein düsteres Kunstwerk aus Rot mit schwarzen Schlieren und einigen Sternen. Es schaut aus, als hätte jemand all die Farbe wegradiert und somit auch die Wärme des Himmels, das Licht in der Nacht. Was bleibt, ist Hoffnungslosigkeit.

»Als hätte jemand all das Leben dort oben ausgelöscht«, flüstert Fay schaudernd.

Seine Hand sucht die ihre, um sie fest zu umschlingen. Unsicher lässt sie es geschehen.

Nach und nach heben sich Bäume in die Höhe. Einige haben ihre Blätter abgeworfen. Fay hofft, ein Zeichen für Leben zu finden, ein Zeichen dafür, dass hier jemand ist, der ihnen wohlgesonnen sein könnte. Ein Luftzug streift ihre Schläfe. Erschrocken schnellt ihre Hand hoch, um das Insekt zu verscheuchen, doch es funktioniert nicht. Sie fuchtelt wild mit den Armen.

»Hilf mir mal, da ist irgendetwas!«

In diesem Moment breitet sich ein brennender Schmerz in ihrem Kopf aus, frisst sich durch ihren Schädel und bahnt sich den Weg ins Hirn. Dieses Etwas scheint ein spezielles Ziel zu verfolgen, etwas Bestimmtes zu suchen.

»Das ist nur ein Blatt, keine Angst«, meint Nahuel.

Fay stöhnt schmerzerfüllt auf. »So fühlt es sich aber nicht an!«

Er flucht. »Bei den Stammesmüttern, du hast recht. Da ist ein Stängel in deiner Schläfe! Warte, ich helfe dir!«

Sie spürt, wie er an dem Ding zieht, das in ihrem Kopf steckt, und schreit auf, während der Schmerz immer schlimmer wird. »Hör auf, es tut zu weh!«, schluchzt sie und sinkt zu Boden.

Kleine Verräterin! Du wirst es nie schaffen. Gehe lieber zurück in die Menschenwelt, dahin, wo kein Leben zählt. Dein Begleiter hat dich schon einmal betrogen und wird es wieder tun.

Eine Stimme, alt und rauchig, dringt tief in ihren Kopf. Sie pflanzt Gefühle in ihr. Zweifel, Wut und Hass. Sie schlagen Wurzeln, beginnen zu keimen. Irgendwo von weit her vernimmt sie eine Stimme, die ihr bekannt vorkommt, aber doch so anders ist. Erneut durchzuckt ein Stich ihren Kopf, dann verschwinden all die schlechten Gefühle unerwartet.

Eine Wärme legt sich über sie, geflutet von Zuversicht. Jetzt, da sie wieder klarer wird, erkennt sie Nahuel, der neben ihr kniet. Sein Gesicht ist leichenblass und Schweißperlen haben sich auf seiner Stirn gebildet.

Allerdings spürt Fay auch die Anwesenheit von jemand anderem.

»Das war knapp«, keucht Nahuel und lässt seinen Kopf auf ihre Brust sinken.

»Ihr müsst euch vorsehen.«

Erschrocken fahren Fay und Nahuel hoch.

War das nicht eben die Stimme von … Nein, das kann nicht sein!

»Pan!«, flüstert sie. Doch das, was sie sieht, ist nicht das, was sie erwartet hat. Vor ihr kniet ein beinahe durchsichtiger Schatten. Ein Ebenbild von Pan, doch dieser hier sieht müde aus, in seinen Augen liegt Verzweiflung. Aber das Schlimmste ist die Reue. Sein ganzes Dasein scheint sie auszustrahlen, sodass Fay beinahe Tränen in die Augen steigen.

Nahuel, der sich seinen Kopf reibt, sagt als Erster etwas. »Er hat dich gerettet.«

»Ganz genau«, bekräftigt der Schatten. »Und wenn wir hier nicht verschwinden, werde ich es noch einmal tun müssen.« Er zeigt auf die Bäume, die vereinzelt wieder Blätter tragen. »Das sind Gedankensaug-bäume. Sie fressen sich tief hinein in deine Abgründe, ernähren sich von deinen Selbstzweifeln und deiner Wut. Hätten sie bei dir Wurzeln geschlagen, dann wärst du zu einem von ihnen geworden. Vergiftet von den Schmerzen, die dir zugefügt wurden. Getrieben aus Hass und begierig nach Vergeltung.«

Fays will etwas sagen, kann den Schatten jedoch nur mit offenem Mund anstarren.

»Ihr müsst mir zuhören. Denkt an ein schönes Erlebnis, stellt es euch ganz genau vor. Materialisiert es vor eurem inneren Auge. Das wird eure Barriere sein. Damit haben die Bäume keine Möglichkeit, zu eurem Inneren zu gelangen. Haltet dieses Erlebnis so lange aufrecht, bis ich euch Entwarnung gebe.« Die Blicke des Schattens heften sich auf die beiden, seine Stimme ist klar und ernst.

Fay mustert den Schatten. »Mag ja sein, dass du mich gerettet hast, aber ... Seien wir mal ehrlich: Du siehst aus wie Peter Pan. Warum sollte ich dir vertrauen? Vielleicht verfolgst du ja ganz andere Ziele.«

Nahuel kaut auf seiner Lippe, denkt offenbar Ähnliches wie sie.

Der Schatten hingegen nickt. »Es hätte mich auch gewundert, wenn du nicht skeptisch gewesen wärst. Aber würde ich euch etwas Böses wollen, wärt ihr beide längst tot.«

»Wären wir nicht, ich zumindest nicht, weil –«

»Hört zu, ich erkläre euch alles später. Aber wir müssen jetzt hier weg!« Sein Blick wandert nach oben zu den Blättern.

Zögernd nickt Nahuel und auch Fay ringt sich zu einem Nicken durch. »Okay«, sagt sie und greift nach seiner Hand. »Aber danach bist du uns eine Erklärung schuldig.«

»Gut. Folgt mir.« Pans Schatten läuft vor ihnen, lotst sie vorbei an den blätterspuckenden Bäumen. Immer wieder trifft ein Blatt fast sein Ziel, prallt aber doch wie ein Vogel von einer Fensterscheibe ab. Fest umschlungen gehen sie durch den Blätterhagel. Fay besinnt sich auf ihre Erinnerungen, hält sie fest und macht sie sich bewusst. Der Urlaub am Meer, als sie sieben war. Das Rauschen der Wellen, der Sand zwischen ihren Zehen. Die Mauer aus schönen Erinnerungen lässt nichts und niemanden durch.

Blätter schießen auch auf ihren Anführer. Sie durchbohren ihn, verzerren lediglich für einige Sekunden seine Gestalt.

Bald lichtet sich der Weg. Die Bäume werden weniger, bis sie schließlich alle hinter sich gelassen haben.

»Ihr könnt wieder aufhören.« Der Schatten bleibt stehen. »Das habt ihr gut gemacht.« Mit seiner Hand zeigt er auf den vor ihnen liegenden Weg, um ihnen zu bedeuten, weiterzulaufen.

Erleichtert atmet Fay aus. Auch Nahuels Erleichterung ist fast körperlich zu spüren. »Das war wirklich seltsam. Trotz der Gefahr hatte ich keine Angst mehr«, berichtet sie aufgeregt.

»Das liegt an der Macht des Glücks. Sie wirkt hier wie eine Waffe«, erwidert der Fremde.

Fay wird augenblicklich wieder ernst. »Du schuldest uns noch eine Erklärung. Wer bist du? Du siehst aus wie Peter Pan, scheinst es aber nicht zu sein.«

Der Schatten lotst sie zu drei großen Steinen, die an einer Wegkreuzung stehen. »Setzt euch, dann erzähle ich euch meine Geschichte.«

Sie lassen sich auf den Steinen nieder und lauschen gebannt, dankbar, sich nach den Strapazen kurz ausruhen zu können.

Die körperlose Stimme seufzt einmal tief und beginnt dann zu reden. »Mein Name ist Peter, wie ihr schon ganz richtig festgestellt habt. Und doch bin ich nicht der, für den ihr mich haltet. Deshalb ja nur Peter und nicht Pan.«

Obwohl Fay mit etwas in der Art gerechnet hat, spürt sie, wie sich ein Schweißtropfen auf ihrer Stirn bildet.

Das Schattenwesen streckt beschwichtigend seine Hand nach ihnen aus. »Wartet und hört euch meine Geschichte an, ich kann euch helfen.«

Fay und Nahuel schauen sich verunsichert an, versuchen, mit den Augen zu kommunizieren. Schließlich nicken sie und lauschen.

Als Peter Pan sich selbst verlor

»Ich lebte mit meiner Mutter und meinen Schwestern in einem Dorf nahe London. Das war 1830. Wir wohnten in einer kleinen Strohhütte und hatten das Glück, zwei Felder zu besitzen. Allerdings mussten wir dem König achtzig Prozent unserer Ernte abgeben. So blieb nicht viel für uns übrig. Das Leben in unserem Dorf war hart und erbarmungslos. Eines Winters starb mein Vater an einer Lungenentzündung. Um die Familie zu ernähren, musste ich in seine Fußstapfen treten und die Felder zusammen mit meiner Mutter und meinen Schwestern bestellen.

Einmal im Jahr wurden Steuern erhoben. Dann kam der König höchstpersönlich in unser Dorf – mit seinen Wachen und dem Schatzmeister. Er verlangte von jedem Bewohner einige Pfund Steuern, aber diesmal kam alles anders.« Trauer steht in Peters Gesicht geschrieben. »Diesmal hat er mehr verlangt. Ohne Vorankündigung. Es hatte natürlich keiner mehr einen weiteren Pfund übrig, denn es reichte so schon kaum zum Leben.

Erbost darüber, dass niemand zahlen konnte, hetzte er seine Wachen auf uns. Jede Familie musste nach und nach mit den Wachen in das eigene Haus zurückkehren. Die Schreie, die aus den Häusern drangen, ließen uns das Blut in den Adern gefrieren. Irgendwann war nur noch ein vereinzeltes leises Wimmern zu hören. Immer wieder traten sie aus den Häusern heraus und die nächste Familie war dran. Unweigerlich auch meine. Ich nahm meine Schwestern bei der Hand und Mutter ging vor. Die Wachen ließen uns keinen Moment aus den Augen.

Nun war der Zeitpunkt gekommen, an dem sich mein Leben für immer ändern sollte. Mutter und meine Schwestern mussten sich auf den Boden knien. Ich jedoch nicht. Nein, ich musste mich vor

189

sie stellen und durfte die Augen nicht schließen. Vor meinen Augen töteten sie meine ganze Familie. Ich schrie, weinte, doch sie lachten nur, während sie einer nach dem anderen die Kehle aufschlitzten. Ich wollte mich wehren und meiner Familie helfen, doch zwei von ihnen hielten mich eisern fest. Alles war über und über mit Blut bedeckt. Es klebte an meiner Kleidung, in meinem Gesicht und meinen Haaren.

Sie lachten nur, als sie mich am Leben ließen und sagten, ich solle das nächste Jahr dafür sorgen, dass alle Steuern bezahlt werden. Sonst würden auch die restlichen Schmarotzer sterben. In diesem Moment ist etwas auch in mir gestorben. Ich zerbrach in zwei Stücke und konnte mich nur mit Mühe zusammenhalten. Nachdem die Wachen das Haus verlassen hatten, vernahm ich die Stimme einer meiner Schwestern, zart und schon fast leblos.

»Peter, hilf mir …«, flüsterte sie. Ich eilte zu ihr, wiegte sie in meinen Armen. Sagte ihr, dass alles gut wird, doch dann erlosch das Licht in ihren Augen.«

Fay drückt Nahuels Hand, sprachlos vor Entsetzen. Voller Mitgefühl hört sie der Geschichte des Schattens weiter zu.

»Dies war der Moment, in dem sich meine Seele endgültig entzwei teilte. Es war die Geburtsstunde von Pan, dem Dämon, und mir, Peter, seinem Schatten. Zuerst versuchte Pan, die Körper unserer Schwestern mit anderen Kinderseelen zu füllen, dies blieb aber ergebnislos. Er nahm immer mehr Kinder an sich, tötete immer mehr von ihnen, um an ihre Seelen zu kommen. Er wurde gieriger, süchtig nach der Energie, die er von den Kindern bekam. Bald schon hatte er sein ursprüngliches Ziel aus den Augen verloren und wurde grausamer, unberechenbarer. Mich, den Schatten und das Zeichen seiner Schwäche, verbannte er hierher. Seit jeher bin ich an diesem Ort aus Schmerz und Leid gefangen. Als unser Körper starb, kam auch Pan in die Dämonenwelt, doch vor vielen Jahren verschwand er.«

»Das ist fürchterlich! Es tut mir so leid …« Mit erstickter Stimme versucht Fay, Peter die Hand auf die Schulter zu legen, doch sie gleitet

190

nur durch den Schatten. Aber sie meint, ein müdes Lächeln in seinem Gesicht zu erkennen.

Nahuel, der die ganze Zeit geschwiegen hat, findet seine Worte wieder. »Niemand ist von Beginn an böse, nicht einmal das Böse selbst.« Fay sieht ihn verwirrt an und er fügt hinzu: »Das hat Tallulah immer gesagt. Und sie hatte recht.«

Minuten vergehen, bis Peter erneut zu sprechen beginnt. »Und was ist eure Geschichte? Was führt euch an diesen dunklen Ort?«

»Wir kommen aus Nimmerland. Das heißt, nein, eigentlich komme ich aus der Menschenwelt. Nach Nimmerland kam ich wegen diesem hier.« Sie holt ihren Kompass aus der Tasche und öffnet ihn.

»Er leuchtet ja!« Fasziniert starrt Peter zwischen Fay und dem Kompass hin und her.

»Du siehst es auch?« Fay steht auf, stellt sich neben Peter und gemeinsam schauen sie auf das kleine Licht des Sternschnuppenzeigers.

»Ja, es geht viel Kraft von ihm aus. Das war es also, was mich zu euch geführt hat.« Diesmal ist sein Lächeln nicht müde, es wirkt echt.

Nahuel kommt näher und an seinem Blick erkennt sie, dass er noch immer nichts sieht.

»Nahuel kann es nicht sehen!«, sagt sie deshalb.

Peter überlegt eine Weile. »Es ist ein magischer Kompass. Ich fühle eine Verbindung zwischen ihm und mir, so wie auch Fay eine spüren wird. Vielleicht gibt es diese Verbindung bei dir eben nicht.« Dabei zeigt er auf Nahuel.

Enttäuscht und schulterzuckend kehrt Nahuel zurück zu dem Stein. Auch wenn er es verbergen will, seine Haltung verrät, dass er schmollt. Er stützt sein Kinn auf die Hände und seufzt leise. Wahrscheinlich wünscht er sich, es auch zu sehen und zu spüren, wie Magie seinen Körper durchflutet.

»Erzähl mir mehr von dir«, bittet Peter und sieht Fay neugierig an.

»Ich bin durch den Kompass nach Nimmerland gekommen und habe erfahren, dass meine Eltern ebenfalls hier sind. Sie heißen James und Gloria. Gloria war mal eine Fee, wurde aber verbannt, weil sie sich in meinen Vater verliebte. Na ja, jedenfalls: Vor langer Zeit hat Wendy, die Tochter des Königs und der Königin, Peter … nein, Pan befreit, den Teil von dir, der böse geworden ist. Zusammen herrschen sie über Nimmerland. Pan verspeist immer noch Kinderseelen. Noch vor meiner Geburt stand fest, dass ich die Auserwählte bin. Die, die den Dämon Pan besiegt und Nimmerland vom Bösen befreit. Pan hätte mich fast getötet, doch aus irgendeinem Grund konnte er es nicht. Etwas scheint mich zu beschützen. Nachdem ich die ersten Zeilen der rätselhaften Prophezeiung dann gelöst hatte, habe ich mich mit Nahuel auf die Reise gemacht, um zu erfahren, wie ich Pan besiegen kann. Letztendlich führte dieser Weg hierher.« Fay holt tief Luft, um dann fortzufahren. »Jetzt sind wir hier und ich habe keine Ahnung, wie mir das weiterhelfen soll.«

Gedankenverloren streicht sie über ihren Arm und betrachtet das sternförmige Muttermal. Peter, der sich alles geduldig angehört hat, blickt zwischen Nahuel und Fay hin und her. »Ich glaube, ich habe da eine Idee. Allerdings werden die Kriecher bald aktiv, deshalb sollten wir uns fürs Erste schleunigst aus dem Staub machen.« Peter steht auf und bedeutet den Kindern, es ihm gleich zu tun. »Nicht weit von hier ist mein Unterschlupf, ihr seid herzlich eingeladen, meine Gäste zu sein.«

Fay kratzt sich nachdenklich am Kopf. Es sieht so aus, als will er ihnen nichts Böses. Vielleicht ist es das Beste, wenn sie ihm wirklich folgen. Also nickt sie und Nahuel folgt ihrem Beispiel.

»Was sind die Kriecher?«, fragt Fay.

»Das sind Wesen, die einmal Menschen waren. Sie haben in ihrer Welt dunkle Magie angewandt, um anderen zu schaden. Nach ihrem Tod wurden sie in die Dämonenwelt verbannt und fristen ihr Dasein als Kriecher. Wie der Name schon verrät, kriechen sie über den Boden. Also Vorsicht, wenn ihr schneckenartige Kreaturen entdeckt. Sie sind auf der Suche nach Lebewesen, an die sie sich heften können, um eine Zeitlang von deren Energie zu leben. Lästige kleine Biester, wenn ihr mich fragt. Wenn sie dich erwischen, saugen sie so lange an dir, bis du in tiefe Dunkelheit fällst und für drei Monate schläfst. In dieser Zeit geht fast deine gesamte Energie an die Biester. Irgendwann wachst du auf, voller neuer Energie, und kannst dein Leben weiterleben. Aber von nun an wirst du jedes Jahr zur selben Zeit in einen dreimonatigen Schlaf verfallen, in dessen Zeit die Kriecher sich an deiner Energie bedienen.«

»Gruselig …« Nahuel schüttelt sich und auch Fay spürt einen kalten Schauer. Ihr Blick wandert achtsam über den Boden, doch zum Glück entdeckt sie keines dieser Wesen.

»Gleich sind wir da, dann könnt ihr euch ausruhen.« Peter zeigt auf einen großen Stein vor ihnen.

Kurz fragt sich Fay, ob es doch ein Trick gewesen ist. *Wo soll hier bitte eine Behausung sein?*

Aber dann tritt Peter dreimal gegen den Stein, dessen obere Hälfte aufspringt und eine Wendeltreppe hinunter in die Erde freigibt. »Willkommen!« Er klettert nach unten, Fay und Nahuel tun es ihm gleich.

Ein warmes Licht scheint den dreien entgegen und der Geruch von gerösteten Nüssen weht ihnen um die Nasen.

Die Treppen sind aus den Wurzeln der Bäume gezimmert und die Leuchter, die an den Wänden hängen, waren wohl einmal so etwas wie Geweihe, an denen nun Gläser mit Glühwürmchen darin hängen. Fay weiß nicht, ob sie beeindruckt oder angeekelt sein soll.

Mit jedem Schritt steigt ihre Aufregung. *Wie es wohl unten ausschaut? Und warum riecht es hier so gut?*

Angst hat sie jedoch keine mehr, Neugier und Müdigkeit herrschen vor. Eine Mischung aus Grunzen und Bellen findet seinen Weg hinauf.

»Hallo, Jack!«, ruft Peter, als sie die letzten Stufen überwinden. »Wir haben Besuch, sei schön artig.« Peter winkt Nahuel und Fay zu sich. Vor ihnen steht ein mit einem kleinen Ringelschwanz wedelndes Tier und brummt. Es hat seidig wirkendes, dunkel gestromtes Fell und eine Schweinsnase.

Überrascht bleiben sie stehen und starren das seltsame Wesen an.

»Kinder, das ist Jack«, sagt Peter. »Er ist ein Schwuhhu und mein Haustier.«

Als Fay bewusst wird, an was das Tier sie erinnert, brechen die Dämme der Vernunft. Lachend prustet sie los und keucht immer

193

wieder: »Schwuhhu?« Vor Lachen bricht sie schließlich zusammen und kugelt über den erdigen Grund.

Jack legt sich flach auf den Boden und robbt sich vorsichtig zu ihr vor. Bei Fay angekommen, schnuppert er an ihrem Ohr, knurrt noch ein paarmal und zischt dann wieder rückwärts. Nur langsam beruhigt sie sich. Noch immer glucksend setzt sie sich auf. »Entschuldigt bitte, aber Jack sieht aus wie der gemalte innere Schweinehund aus meiner Welt.«

»Das *ist* ein Schweinehund. Wir nennen sie hier aber Schwuhhu. Sie haben ihren Ursprung in der Dämonenwelt, sind bei uns aber harmlos und treue Gesellen. Sie suchen sich ihre Besitzer selbst und bleiben dann ein Leben lang bei ihnen.« Mit diesen Worten streichelt er über Jack, der es sich mittlerweile auf Nahuels Füßen gemütlich gemacht hat und zufrieden schnarcht. »Er mag dich«, bestätigt Peter lächelnd den fragenden Blick Nahuels. »Sonst würde er nicht von jetzt auf gleich bei dir einschlafen.« Als wäre es Jack peinlich, hört er auf zu schnarchen, guckt sich verwirrt um und flitzt abermals davon. Peter lacht. »Es ist nicht viel Platz hier, aber für heute Nacht wird es reichen. Setzt euch, wollt ihr was trinken?« Er deutet auf eine Sitzecke aus großen, flauschigen Kissen. Es raschelt, als sich die beiden dankbar niederlassen. »Und wenn ja, was Kaltes oder was Warmes?«

Wie aus einen Mund antworten beide gleichzeitig: »Etwas Warmes!«

»Alles klar, bin gleich zurück, macht es euch solange gemütlich.« Er verschwindet hinter einem Vorhang aus Blättern. Ein Klirren und Klackern ist zu hören und erneut steigt den beiden ein lieblicher Geruch in die Nase.

»So, das hätten wir.« Der Schatten schiebt den Blättervorhang abermals zur Seite, diesmal mit seinem Bein, stellt ein Tablett mit zwei dampfenden Bechern vor ihnen ab und setzt sich zu ihnen. »Bedient euch, ich brauche nichts.«

Vorsichtig schnappen sich beide ihren Becher. Fay schwenkt ihn hin und her, hofft dabei, das Rätsel des Inhalts zu lösen. Die Flüssigkeit darin ist goldgelb und zähflüssig.

»Das ist Kuruh-Syruptee«, antwortet Peter ungefragt. »Er wird aus der Rinde eines Baumes gewonnen und man kann alles Mögliche damit machen, aber am besten schmeckt sie als Tee. Versucht es mal.«

Nur zögerlich nippt Fay. Eine süße Geschmacksexplosion breitet sich in ihrem Mund aus. Sie überschwemmt ihre Geschmacksknospen und findet wohlig-warm den Weg hinab in den Magen. »Das schmeckt phantastisch! Nahuel, das musst du probieren!«

Langsam nippt auch er. »Wow, das schmeckt großartig!« Begeistert nimmt er noch einen Schluck und wischt den Mund mit dem Ärmel ab.

»Das geht allen so. Kaum einer kann genug davon bekommen«, stimmt Peter zu. »Leider kann ich es nicht selbst probieren.« »Wieso? Weil du keinen richtigen Körper hast?«, fragt Fay. »Apropos … Meine Hand. Sie ist vorhin durch dich hindurchgeglitten, aber gerade hast du ein Tablett gehalten und den Vorhang beiseitegeschoben. Das verstehe ich nicht.«

Nachsichtig lächelt er, während die beiden ihren Kuruh-Syruptee hinunterschütten. »Wenn ich mich stark konzentriere, kann ich für kurze Zeit etwas greifen, mich sozusagen kurzzeitig materialisieren. Das klappt meistens ganz gut. Aber vorhin habe ich nicht damit gerechnet, berührt zu werden.«

»Ach so. Verstehe.« Langsam spürt sie Müdigkeit in ihren Knochen. Durch die wohlige Wärme des Tees merkt sie, wie erschöpft sie eigentlich ist.

Nahuel gähnt laut, auch ihm fallen schon die Augen zu.

»Ich bringe euch gleich Decken, dann könnt ihr es euch hier gemütlich machen. Wenn ihr Hunger oder Durst bekommt, bedient euch nur und fühlt euch wie zu Hause.«

Peter verschwindet kurz und kommt mit einem Stapel Decken zurück. Jack hüpft dabei aufgeregt um seine Füße, gibt einen seiner seltsamen Brummlaute von sich und springt auf die Kissen, die den beiden als Bett dienen sollen.

»Nix da, Jack, diesmal musst du auf dem Boden schlafen.«

»Also, wenn er möchte, kann er gern auch hierbleiben«, sagt Nahuel. Wahrscheinlich hat er den Schwuhhu bereits ins Herz geschlossen, denn seine Frage gleicht eher einer Bitte.

»Meinetwegen. Schlaft gut, ihr drei.« Peter zwinkert, dann geht er hinter den Vorhang, hinter dem wohl ein weiteres Zimmer mit Kochnische sein muss.

Die Kissen zu einem großen Bett zusammengeschoben, kuscheln sich Fay und Nahuel dicht aneinander, Jack schmiegt sich dennoch in die Mitte. Zwischendurch hört man ein leises Grunzen, das sich mit der Zeit in einem Schnarchen verliert.

»Du, Nahuel?«, setzt Fay zu einem Gespräch an.

»Mhh?«

»Es ist schon erstaunlich, dass dieser Teil von Peter Pan hier ein guter Mensch – oder sollte ich sagen Schatten – ist, findest du nicht auch?«

Nahuel überlegt eine Weile und krault dabei Jacks Bauch. »Ich weiß nicht. So komisch finde ich das gar nicht. Keiner hat von der Wiege an das Bedürfnis, zu töten. Erlebnisse machen einen Menschen zu dem, was er ist. Bei so grausamen Dinge wie die, die Peter Pan als Kind erlebt hat … da wundert es mich eigentlich nicht, dass sich ein Teil von seiner Persönlichkeit gelöst hat.«

Stille dehnt sich zwischen den beiden aus, legt sich wie eine weitere Decke über sie.

»Du hast recht. Man könnte schon fast Mitleid mit ihm bekommen. Auch wenn das nicht all das Furchtbare rechtfertigt, was er getan hat.« Ein seltsames Gefühl breitet sich in Fay aus. Es formt ihr Herz neu und der Hass auf Pan macht ein winziges bisschen Platz für Mitgefühl. »Was meinst du, was mit Peter passiert, wenn ich Pan vernichte?«

Die Antwort besteht aus einem gleichmäßigen Atmen. Nahuel ist in einen tiefen Schlaf gesunken.

Vorsichtig drückt sie ihm einen Kuss auf die Wange.

»Schlaf gut, mein Schwuhhu-Freund.« Damit dreht sich Fay um und gesellt sich zu ihm ins Land der Träume.

Die Reise zur Baumhexe

»Guten Morgen!« Ein gut gelaunter Singsang weckt sie.

Jack, der es offensichtlich kaum erwarten kann, dass sein neuer Freund Nahuel endlich aufsteht, schlabbert ihm freudig übers Gesicht und erntet ein Kichern. Für Fay hingegen hat das Tier immer noch nicht viel übrig, zumindest scheint es ihr so.

»Morgen.« Sie reibt sich über die Augen. Peter sieht sehnsüchtig zu Jack hinüber. Ist er eifersüchtig? Oder geht etwas anderes in ihm vor?

Nahuel kichert noch immer unter den Liebkosungen des Schwuhhus. Angeekelt steht Fay auf, um ein Tablett von Peter entgegenzunehmen. »Danke, das ist wirklich sehr lieb von dir.«

»Gerne. Wir haben heute viel zu bereden. Ich habe eine Lösung gefunden, wie ich dir vielleicht helfen kann.« Peter schaut ihr tief in die Augen und sie glaubt, ihr Spiegelbild in Tränen schimmern zu sehen. Er blinzelt schnell. Hat er es auch bemerkt? »Aber jetzt esst erst einmal und danach treffen wir uns, um gemeinsam alles zu besprechen. Ich hole euch etwas Wasser, damit ihr euch frisch machen könnt.« Als hätte er es plötzlich eilig, dreht er sich um und pfeift Jack zu sich.

Die beiden gehen die Treppe hinauf und verschwinden im Freien.

Fay wartet, bis sie sich sicher ist, dass ihr Gastgeber sich nicht mehr in Hörweite befindet, dann fragt sie: »Hast du auch das Gefühl, dass Peter irgendwie anders ist als gestern?«

»Nö, warum?« Fragend schaut er Fay an und schmatzt dabei.

Sie zuckt die Schultern. »Ich weiß es nicht, es war nur so ein Gefühl. Schon gut, vergiss es. Was ist das für ein Zeug?«

197

»Keine Ahnung, wie das heißt, aber es ist lecker.« Er hält ihr etwas entgegen, das wie eine riesige Nussschale aussieht, die mit Blüten belegt ist.

Skeptisch schaut sie das Ding an. Sie nimmt es, schnuppert und beißt schließlich hinein. »Oha, das ist gut.«

Gerade als die letzten Bissen verspeist sind, hören sie auch schon die Tür von oben und das Tapsen von Jack.

Peter kommt um die Ecke, eine große Schüssel mit Wasser in der Hand. »Ich stelle die Schüssel hinter den Vorhang, dann könnt ihr euch abwechselnd frisch machen. Nahuel, kannst du mir kurz helfen, während Fay sich wäscht?«

Er nickt und folgt Peter in ein weiteres kleines Zimmer. Dankbar für die Möglichkeit verschwindet Fay hinter dem Vorhang.

Nervös wartet Nahuel darauf, wobei Peter seine Hilfe möchte.

»Wir haben eine lange Reise vor uns«, sagt dieser. »Wir müssen zur Baumhexe, sie wird uns helfen.«

Verständnislos schaut er Peter an, seine Gedanken reisen augenblicklich zu den Erzählungen über die Krokodilhexe und ihm wird schlecht. »Helfen? Wobei? Wie?« Nahuel denkt bereits darüber nach, welchen Preis diese Hexe verlangen wird und wer dafür sterben muss. Er erschaudert.

»Sie wird veranlassen, dass ich mit euch nach Nimmerland zurückkehren kann. Denn ich werde Fay helfen, Pan zu vernichten!«

Nahuel starrt ihn an. »Aber ... wenn wir Pan töten und du ein Teil von ihm bist, dann stirbst du doch auch, oder nicht?«

Peter steigen Tränen in die Augen. »Davon gehe ich aus. Deswegen habe ich auch eine Bitte an dich.« Er schluckt schwer. »Jack mag dich und ich glaube, du ihn auch. Würdest du dich um ihn kümmern, wenn ... Du weißt schon?«

Gemischte Gefühle überwältigen Nahuel. Freude, seinen neuen Freund, den Schwuhhu, behalten zu dürfen, und Trauer über den Grund dafür. »Ja, das werde ich«, verspricht er.

»Gut.« Peter presst die Lippen zusammen, beobachtet den Schwuhhu, der gerade fröhlich ein Stöckchen jagt und von alldem nichts ahnt. »Mehr wollte ich gar nicht. Gehen wir zurück zu Fay.«

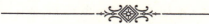

»Nahuel, beeile dich, ich werde derweil Proviant einpacken«, sagt Peter.

Verwirrt sieht Fay zu Peter auf, während Nahuel sie ablöst und hinter dem Vorhang verschwindet. »Proviant? Wofür brauchen wir den?«

»Wir werden zur Baumhexe reisen«, erklärt er. »Ich habe eine Idee, wie wir alles schaffen können, doch dazu brauchen wir die Hilfe der Hexe.«

Fay spürt regelrecht, wie ihr das Blut aus dem Gesicht weicht. »Sie verlangt doch kein Leben als Bezahlung, oder?«

Peter schüttelt den Kopf. »Nein, kein Leben. Aber die Sterne müssen günstig stehen.«

Etwas erleichtert darüber, dass niemand sein Leben lassen muss, fragt sie: »Was meinst du damit? Ist sie böse?«

»Ich merke, du lässt nicht so schnell locker, was?«, fragt er grinsend, wird jedoch rasch wieder ernst. »Ob gut oder böse, das hängt von den Sternen bei ihr im Reich ab. Sie beeinflussen ihre Persönlichkeit. Genauer gesagt, die Sternenbilder tun es. Sie wechseln, aber warum oder unter welchen Bedingungen, das weiß niemand. Wenn das Bild des Kräsus am Himmel erscheint, solltest du deine Füße in die Hand nehmen und weglaufen. Kräsus ist der Stern, der für das Negative verantwortlich ist. Doch seit vielen Jahren gibt es auch noch ein anderes Sternenbild, den Varus. Wenn dieser leuchtet, ist die Hexe ganz anders. Sanftmütig und hilfsbereit. Hoffen wir einfach, dass Varus uns gnädig ist.«

Fay hat alle Mühe damit, das Gesagte sortiert zu bekommen. *Kräsus und Varus …* Für sie klingen die Namen wie zwei Kakteen, an denen man sich regelmäßig stechen kann. Diese Dämonenwelt ist ihr noch fremder als Nimmerland. Unergründlich, gruselig und voller Gefahren.

»Und wie lange wird diese Reise dauern?«, fragt sie ungeduldig.

»Es ist eine Zweitagesreise und wir brechen gleich auf. Ihr könntet schon einmal eure Decken einrollen und festschnallen.« Mit diesen Worten macht er sich an die Arbeit, um für sie vier alles einzupacken.

»Ja, machen wir.« Fay ist immer noch nicht ganz zufrieden mit seiner Antwort, macht sich aber dennoch ans Werk.

Nahuel ist bereits fertig mit seiner Waschprozedur und eifrig dabei, Sachen für Jack einzupacken.

Hinter jeder Ecke scheint ein Geheimnis zu lauern, das darauf wartet, seine spitzen Krallen tief in das Fleisch der ahnungslosen Opfer zu schlagen.

Peter geht voran, gefolgt von Fay und Nahuel, dem Jack nicht von der Seite weicht.

Nahuel ist tief in seinen Gedanken versunken. Irgendetwas stimmt mit ihm nicht. Jack spürt es auch, er hüpft ein bisschen hoch und schleckt über Nahuels Hand. Damit entlockt er ihm zumindest ein Lächeln.

»Seht ihr den lilafarbenen Dampf da vorne?«, durchbricht Peter die Stille. »Das ist der Nachtschattensee, den müssen wir überqueren.«

»Sieht aus wie eine riesige Lavendelwolke«, bemerkt Fay.

»Schön wäre es ... Das wird eine Tagesreise, die uns höchste Konzentration kosten wird.«

»Wie schaffen wir es hinüber?«

»Am Rande der Bucht liegt ein Boot, das werden wir nehmen.«

Links und rechts neben der Reisegruppe liegen grotesk verkrümmte Tierkadaver. Unförmige schwarze Knochen bilden das nicht ganz so dekorative Gegenstück zu den fleischigen Hüllen.

Peter muss ihren Blick bemerkt haben, denn er sagt: »Das war der Gammllom, der wütet nachts und verschlingt all die Tiere, die es wagen, in sein Revier vorzudringen. Er hält sich für das einzig wahre Lebewesen und vernichtet all die, die ihm nicht ebenbürtig sind. Allerdings traut er sich niemals aus seinem Revier heraus. Alles Fremde und Neue macht ihm Angst. Ihr braucht also nicht zu fürchten, dass er uns verfolgt. Außerdem bleiben wir nicht bis zur Nacht hier.«

Die Antwort beruhigt Fay kein bisschen und sie legt noch einen Zahn zu.

Jack hingegen scheint die Knochen interessant zu finden, ja, sogar appetitlich, denn er ist gerade dabei, einen aus einem der Skelette herauszulösen.

»Jack, nein!« Peter dreht sich um, doch der Schwuhhu trägt den schwarzen Knochen bereits stolz vor sich her. Peter seufzt. »Dieses Tier ist verrückt. Dann nimm ihn eben mit. Oh. Wir sind auch schon da!« Abrupt bleibt Peter stehen und zeigt auf die lilafarbene Wolkendecke, die sich über dem Wasser ausgebreitet hat.

Erst da ist die Größe des Sees zu erkennen. Er ist riesengroß und ein flaues Gefühl breitet sich in Fays Magen aus.

»Von jetzt an habt ihr Folgendes zu beachten: Haltet niemals euren Finger oder sonst irgendetwas ins Wasser, wenn euch euer Leben lieb ist. Alles klar?«

Nahuel schluckt, nickt aber und Fay ebenso.

Pan geht zur Bucht, zieht dort an ein paar Ästen und enthüllt somit das kleine Fischerboot. Vorne am Rumpf baumelt eine Gaslaterne, deren Scheiben in der Mitte zerbrochen sind.

»Helft mir mal.« Peter zieht und zerrt am Boot. Nahuel kommt zur Hilfe, dabei berührt er Peters Hand, doch anstatt auf ihr liegen zu bleiben, gleitet sie hindurch und schlägt auf dem rauen Holz auf.

»Ich verstehe es immer noch nicht. Wie kann das sein, dass ich durch dich hindurchfassen kann, aber du alles andere hier berühren kannst, samt Jack?«

»Ich bin nur ein Schatten meiner selbst, wenn du so willst. Wenn ich mich fest konzentriere, kann ich Dinge berühren. Das geht für mich aber viel einfacher mit Dingen aus dieser Welt. Du gehörst hier nicht her, du kommst aus Nimmerland und bist noch nicht lang genug hier.«

»Was soll das heißen, nicht lang genug?« Panisch reißt Nahuel die Augen auf.

»Ihr müsstet hier längere Zeit verbringen, etwa einen knappen Monat, dann würden eure Zellen anfangen, sich zu verändern und ihr würdet ein Teil der Dämonenwelt werden. Oder ihr sterbt und landet aus bestimmten Gründen hier, das geht natürlich auch.«

Nahuels Mund klappt immer wieder auf und zu. »Aber … wir schaffen es doch rechtzeitig hier weg, oder?«

Peter, der anscheinend langsam die Geduld verliert, stemmt seine Hände in die Hüften. »Hör zu, wenn wir hier noch länger Wurzeln schlagen, kommt ihr sehr nah an die Grenze.« Er zwinkert, um seinen Worten die Schärfe zu nehmen.

Die beiden ziehen am Boot, bis sie es endlich zu fassen bekommen und es sachte ins Wasser gleiten lassen. Vorsichtig steigt Fay hinein, gefolgt von Nahuel, der Jack in Empfang nimmt und zwischen seine Beine setzt. Peter springt zu ihnen und stößt sie mit einem Paddel vom Ufer ab, sodass die Reise beginnen kann.

Nebel umringt die Reisenden und das Wasser platscht in regelmäßigen Abständen gegen das Boot. Von weit her ist ein Brodeln zu hören.

»Peter?«, setzt Fay an.

»Mmh?«

»Erzählst du mir noch etwas von deinem Leben in der Menschenwelt? Nur, wenn es für dich in Ordnung ist.«

Er zieht die Paddel ins Boot. »Was möchtest du wissen?«

»Wie war deine Familie so?«

»Ich war der Älteste und musste viel mithelfen. Aber immer, wenn ich nachts nach Hause kam, wartete Mutter schon mit etwas Suppe auf mich. Wir erzählten uns dann, wie der Tag war, und gingen schlafen. Ich konnte immer auf sie zählen. Lieber litt sie Hunger, als dass meine Schwestern und ich nichts zu essen bekommen hätten.« Peter schaut nachdenklich auf das Wasser und lächelt.

Jetzt muss auch Fay an ihre Pflegeeltern denken. Wie es John wohl geht? Vor ihrem geistigen Auge sieht sie die Schaukel vor ihrem

Haus, auf der sie die heißen Sommertage verbracht haben. Wie sie sich mit jedem Schwung, den John ihr gab, vorstellte, sie könnte fliegen. Viel zu oft haben Olaf oder Mona sie dann unsanft in die Realität gerissen.

»Peter?«, fragt Fay abermals in die Stille. Eine Antwort bekommt sie nicht. Mit einem Lächeln auf den Lippen ist er eingeschlafen, genau wie Nahuel und Jack.

Sie seufzt. Zu gern würde auch sie schlafen, doch ihr Gedankenkarussell lässt sie.

Wie so oft in den letzten Tagen holt sie ihren Kompass hervor und genießt diesen seltsamen Trost, den er ihr spendet.

Jedes Mal ist es, als würde ein Radiergummi all ihre Sorgen fortradieren, um eine weiße, unbeschwerte Fläche zurückzulassen. Eine Fläche, auf der sie Mut und Zuversicht neu aufbauen kann. Den Kompass in die Hosentasche gesteckt und mit der Hand fest umschlossen, findet schließlich auch sie in den Schlaf.

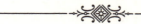

Während die vier schlafend über den See gleiten, bemerken sie die Gefahr nicht, die sich anbahnt. Tief unten, in dem von Schlingpflanzen durchzogenen Gewässer, herrscht Aufregung. Denn das Gute, das dem geöffneten Kompass entspringt, sorgt dort, wo es kein Licht gibt, für Aufmerksamkeit.

Die Bewohner des Nachtschattensees haben sich versammelt, beratschlagen sich, wie sie dieses Ding vernichten wollen. Sie ertragen es nicht, wenn ihre Seelen aufleuchten. Sind sie doch früher einmal an Selbstmitleid ertrunken, leben sie heute in der Dämonenwelt in ihrer eigenen, lichtundurchlässigen Verdammnis. Blind vor Wut verfolgen sie das Licht, sollte es sich doch einmal hierher verirrt haben.

Ein besonders gequälter Bewohner erhebt seine Stimme, seine meterlangen Haare schwimmen mit der Strömung mit.

»Licht böse, Licht vernichten!«, jammert er.

Seine Anhänger wiederholen im Chor: »Licht böse, Licht böse!«

»Töten!«, grollt es von überall her. Sie schwimmen aufgeregt hin und her, bereit für die Schlacht.

»Peter, Fay, etwas stimmt nicht!« Nahuels Rufe reißen die anderen aus dem Schlaf. Der Schwuhhu grunzt und quiekt wie verrückt.

Fay reibt sich die Augen und da sieht sie es: Das Wasser brodelt vor sich hin, das Boot schaukelt bedenklich in den Wellen. Vor ihnen tauchen vier unheimliche Gestalten auf. Dunkle Augenringe haben Löcher bis zu den Wangenknochen gefressen. Die Augen sind so tief eingefallen, als seien sie Salzkörner in einer Suppe.

»Ach du liebe Güte, Wassermänner!« Peter springt auf, versucht, mit dem Paddel nach ihnen zu schlagen, doch der Schmerz, der ihnen zugefügt wird, scheint sie nur noch mehr anzuheizen.

Augenblicklich stopft Fay ihren Kompass wieder in die Tasche, sie will ihn auf keinen Fall verlieren.

Glitschige Hände greifen in das Boot, versuchen, einen der Passagiere zu fassen zu bekommen. Sie schreit auf und taumelt rückwärts, doch auch da lauert eine kalte Hand und schließt sich unerbittlich um ihr Fußgelenk. Nun wird auch ihr anderer Fuß umklammert und zusammen reißen die Wesen sie von den Füßen, ziehen sie ins Wasser. Mit aller Kraft hält sie sich am Bootsrand fest.

»Helft mir!«

»Fay, nein!« Peter greift nach ihrem Arm. Auch Nahuel packt zu, aber es ist zwecklos. Dunkelheit bricht über Fay herein, als sie vollständig unter Wasser gezogen wird.

Bei den Wassermännern

Wie durch eine dicke Wand hört sie noch Peters und Nahuels Schreie sowie ein markerschütterndes Jaulen.

Ein Sog durchzuckt Fays Körper, legt sich wie eine Bleiweste auf ihre Schulten und reißt sie in einer rasanten Geschwindigkeit hinab in die Tiefe. Als ihre Lunge zu bersten droht, setzt ein Reflex ein: Fay versucht, zu atmen – und zu ihrem Erstaunen klappt es auch hier in der Dämonenwelt. *Danke, Miranda,* denkt sie.

Die Augen geschlossen, da die Strömung ihr sonst die Sicht nimmt, hat sie alle Mühe damit, ihre Panik in Zaum zu halten. Sie spürt die knochigen Hände um ihre Fußgelenke, die so fest wie Schraubzwingen zudrücken. Jetzt ist es der Schmerz, der ihr die Luft aus der Lunge treibt.

Plötzlich stoppt die Abwärtsbewegung. Fays Fußgelenke werden mit Seilen am Boden festgemacht, vermutlich, um den Auftrieb zu vermeiden, und auch ihre Hände werden gefesselt.

Vorsichtig öffnet sie ihre Lider, bereitet sich innerlich auf einen furchteinflößenden Anblick vor und starrt unvermittelt in die Salzkorn-Augen eines Wassermannes.

»Lösch Licht!«, befiehlt er und richtet sein Zepter auf ihre Brust. Danach lässt er es über ihren Bauch wandern, vorbei an der Hüfte, um dann bei ihrer Hosentasche zum Stehen zu kommen.

»Lösch Licht!«, ertönt es erneut aus seinem Mund.

Fay, der es so langsam dämmert, überlegt, ob ihr Kompass nicht sowieso in den Tiefen des Wassers seinen Geist aufgegeben hat. Sie nickt und schaut in Richtung der Hosentasche. »Ihr wollt meinen Kompass töten? Dann müsst ihr ihn aus der Hosentasche nehmen.«

Der Mann grunzt erbost, fasst aber vorsichtig in ihre Tasche. Als er den Kompass berührt, zuckt er erst zurück, dann gibt er sich einen Ruck und holt ihn hervor.

Schließlich lässt er ihn auf den Boden sinken und betrachtet ihn skeptisch. Dann brüllt er: »Licht töten!«, richtet das Zepter auf den Kompass und ein Strahl schwarzer Energie schießt auf den Deckel. Doch statt zerstört zu werden, springt er auf und eine Schneise hellen Lichts erstrahlt im Wasser. Die Wesen fauchen aufgeregt, schwimmen in den Schatten. Nur der erste Meermann war nicht schnell genug. Er verbrennt sich den Finger und jault auf.

»Ich Opfer«, wimmert er. »Ich wehgetan!« Dabei hält er bedeutungsvoll seinen verbrannten Finger hoch, an dem eigentlich fast gar nichts zu sehen ist. Verwundert beobachtet Fay das Geschehen.

Immer mehr Meermänner melden sich zu Wort.

»Ich größeres Opfer!«

»Mein Schicksal schlimmer!«

»Ich Schmerzen!«

»Nein, ich schlimmer Schmerzen!«

Es hört gar nicht mehr auf. Die Meermänner führen einen erbitterten Kampf darum, wer am stärksten leidet – und genau diese Situation nutzt Fay für sich aus. Mit spitzen Fingern macht sie sich an den Knoten zu schaffen.

»Ich leiden, ich furchtbar leiden!«, ist gerade am lautesten aus dem Durcheinandergejammer der Männer zu hören, als Fay es schließlich schafft, erst die Fesseln an ihren Händen zu lösen und dann die an ihren Füßen. Mit aller Kraft hält sie sich an dem Seil fest und greift nach dem Kompass. Ruckartig dreht sie ihn herum und richtet das Licht auf die Klagenden. Die Meermänner starren sie den Bruchteil einer Sekunde verwundert an, ehe sie begreifen. Doch es ist zu spät. So ähnlich, wie Fay es aus Vampirfilmen kennt, zerfallen die Meermänner zu Staubkörnern und wabern durch das Wasser.

Plötzlich weicht das Gefühl der Erleichterung einem Schrecken: Das Licht des Kompasses flackert und geht aus. Ganz allein ist Fay am dunklen Grund des Nachtschattensees. Sie umklammert den Kompass fest, stößt sich ab und schwimmt nach oben.

Mit schwungvollen Bewegungen kommt sie ihrem Ziel näher. Es platscht, als ihr Kopf endlich wieder aus den Wellen auftaucht. Von Weitem sieht sie Peter und Nahuel und kann ihr Glück kaum fassen.

»Ich bin hier!« Sie fuchtelt im Wasser herum und schwimmt, so schnell sie kann.

»Fay!« Nahuel springt auf, will schon in den See springen, um ihr zu Hilfe zu eilen, doch Peter bedeutet ihm, stattdessen schneller zu paddeln.

Die Wellen des Bootes schwappen auf das Mädchen zu, drängen sie weiter nach hinten, dennoch schafft sie es, Nahuels ihr entgegengestreckte Hand zu ergreifen. Seine Hände umschlingen fest die ihre, lassen sie nicht los und ziehen sie sicher zurück ins Boot.

Fay bleibt kurz auf dem Boden liegen, ringt nach Luft. Dann kommt sie hoch und Nahuel drückt sie fest an sich. »Ich dachte, ich hätte dich verloren!«

Überwältigt von den Gefühlen, drückt auch sie ihn an sich. Dann löst sie sich wieder und schaut ihm tief in die braunen Augen. Langsam kommen sich ihre Gesichter näher, bereit für einen Kuss.

Aber ein Räuspern unterbricht sie und sie fahren auseinander. »Wie konntest du … Wie hast du …?«, stottert Peter.

»Mein Kompass.«

»Aber wie konntest du ohne Luft so lange …«

»Der Kuss der Meerfrauen. Er gab mir die Fähigkeit, unter Wasser zu atmen.«

Peter steht noch immer sichtlich verwirrt da, lässt sich langsam auf eines der Bretter sinken, die als Sitzbank dienen.

Fay zittert vor Kälte und Nahuel umarmt sie abermals fest, um sie ein wenig zu wärmen.

»Nimm die Decken. Deine Kleider müssen wir später trocknen.« Peter reicht ihr die Decken, die sie schon fast vergessen hat, und dreht sich um.

Als Fay sich räuspert, zieht Nahuel die Augenbrauen hoch. »Was?«

Fay macht eine rotierende Handbewegung in Richtung Peter und er versteht. »Ach so«, sagt er grinsend und dreht sich ebenfalls um.

Sie streift die Kleidung von sich und hängt den Kompass um den Hals. Danach hüllt sie sich in den trockenen Stoff ein. Dick eingemummelt setzt sie sich auf den Boden und lehnt sich an den Rand. »Alles in Ordnung, könnt euch umdrehen«, sagt sie.

Jack, der bis jetzt alles aus gebürtigem Abstand beobachtet hat, nähert sich ihr langsam.

»Oh, ich glaube, Jack will dich wärmen.« Peter lächelt.

Fay steckt ihre Hand zu dem Tier aus und zum ersten Mal genießt es ihre Berührung. So sitzen sie für eine Weile da, kuscheln und ruhen sich aus.

»Wir sind gleich da«, durchbricht Peters Stimme irgendwann das sanfte Rauschen der Wellen. »Wir werden diese Nacht im Wald verbringen.«

»Ist es denn sicher dort?« Fay hört das Zittern in ihrer Stimme. Für heute hat sie keine Kraft mehr, um sich zur Wehr zu setzen.

»Ja, es ist sicher, zumindest für diese Nacht.«

»Großartig.« Nahuel schafft es nicht, den sarkastischen Unterton beiseitezuschieben.

Es ruckelt, weil das Boot am Ufer aufläuft. Es muss bereits Abend sein, denn der Himmel ist immer noch rot, aber dunkler als einige Stunden zuvor. Er spendet gerade genug Licht, um alles erkennen zu können.

Liebevoll reicht Nahuel Fay seine Hand und hilft ihr an Land.

Jack kann es augenscheinlich kaum erwarten, endlich seine kleinen Stummelbeinchen bewegen zu können. Er flitzt sofort los und rennt im Kreis, sobald seine Pfoten den Strand berühren.

»Noch das Boot vertäuen, dann kann es losgehen«, sagt Peter. Nachdem er das erledigt hat, führt er sie zu einer geschützten Stelle, an der sie ihr Lager aufschlagen. Kurze Zeit später haben sie bereits ein Feuer entfacht und eine Leine zwischen zwei Ästen gespannt, damit ihre Kleidung trocknen kann.

Das Knistern der Flammen und ihre Wärme haben eine beruhigende Wirkung, die durch die Knochen und den gesamten Körper wandert.

»Jetzt erzähle mal, was ist der Kuss der Meerfrauen?«, fragt Peter, als hätte er die ganze Zeit darauf gewartet, endlich diese Frage zu stellen.

»Pan, also deine andere Hälfte, hat versucht, mich zu töten. Als das nicht klappte, hat er mich über die Klippen ins Meer werfen lassen. Ich war ohnmächtig und Miranda, eine der Meerfrauen, hat mir das Leben gerettet. Sie gab mir einen Kuss, also keinen richtigen, sondern eher so etwas wie einen Luftkuss. Er ist magisch gewesen, und seitdem kann ich unter Wasser atmen.« Sie zuckt mit den Schultern, Peter hingegen starrt sie mit offenem Mund an.

»Und wie hast du es geschafft, den Wassermännern zu entkommen?« Wieder dieser fragende Blick aus Peters großen Augen – neugierig und bereit, alles Wissen in sich aufzusaugen.

Fay erzählt ihnen alles und schließt mit den Worten: »Allerdings leuchtet der Zeiger nicht mehr.« Dabei holt sie den Kompass hervor und klappt ihn auf.

Besorgt schauen Peter und Nahuel darauf.

»Du hast recht.« Peter beugt sich weiter vor, doch so sehr er sich bemüht, kein Leuchten ist zu erkennen.

»Also ich habe ja von Anfang an kein Leuchten gesehen«, mischt sich Nahuel ein.

»Vielleicht ist er ja ausgebrannt oder so etwas?« Fragend wendet sich Fay Peter zu.

»Vielleicht.«

Alle schweigen und die Stimmung ist einmal angespannt.

»Wo sind wir eigentlich?«, versucht sie, das Thema zu wechseln, und steckt den Kompass wieder weg.

»Wir befinden uns kurz vor der Grenze zum Hexenreich. Morgen werden wir sie erreichen und überqueren.«

Ihr wäre es fast lieber, Peter würde so etwas sagen wie: *Links um die Ecke leben Monster, die es lieben, deine Füße zu essen.* Dann wüsste sie zumindest, worauf sie sich gefasst machen muss. Aber so spielt ihre Fantasie ein fieses Spiel mit ihr.

»Wer will etwas essen?« Peter hält ein Bündel in seinen Händen. »Ich habe Kolonuss-Brot für uns mitgenommen.«

»Kolo-Was?« Nahuel schaut skeptisch zu seinem Reiseführer.

»Kolonuss-Brot«, sagt Peter erneut. »Es ist eine Nuss, von der man sagt, dass sie ein bisschen so schmeckt wie Ameisen, geröstete natürlich.«

So gar nicht erfreut über diese Antwort, rümpfen die beiden ihre Nasen. Doch der Hunger zehrt an ihren Körpern.

»Versucht es mal, es soll nicht übel sein.« Peter reicht jedem eine Scheibe.

Skeptisch führt Fay es zur Nase und riecht daran. »Riecht ein bisschen wie Erdnüsse.« Nun wagt sie den Versuch. Sie beißt hinein, kaut behutsam und macht dabei vermutlich ein Gesicht wie eine Kuh, die gerade Gras frisst. »Geht wirklich.« Ihre Gesichtszüge entspannen sich.

Nahuel lässt natürlich nicht auf sich sitzen, dass Fay mutiger ist als er. So beißt er ebenfalls hinein und ist gleichermaßen überrascht.

»Sag ich doch«, meint Peter zufrieden. »Wenn ihr fertig seid, könnt ihr euch ein wenig ausruhen. Ich halte Wache.«

Das lassen sie sich nicht zweimal sagen. Nach dem Essen kuscheln sie sich aneinander und schlafen schon bald ein.

Hoffnung und Sterne

Der nächste Morgen beginnt für die Truppe früh. Von Regen geweckt, machen sie sich auf den Weg. Jeder Schritt, den sie gehen, bringt sie näher an die Grenze zum Hexenreich. Der gesamte Weg ist mit Efeu überzogen, diese Pflanze zieht sich wie ein Teppich über das gesamte Reich. Kleine blauschimmernde Punkte zucken durch das Dickicht aus Blättern und Wurzeln.

»Was sind das für funkelnde Dinger da?«, will Fay wissen.

»Das sind Glühkäfer, sie sollen uns an das Leid erinnern, das den Menschen täglich zugefügt wird. Immer, wenn ein Teil der Seele bricht, bahnt sich ein Stück davon den Weg hierher und wird zum Käfer. Hier leben sie dann zusammen und leuchten als Mahnmal, als schmerzliche Erinnerung.«

»Aber sie sind nicht ganz tot, sondern nur ein Teil der Seele ist zerbrochen und dieser Teil ist hier?«

»Genau, die anderen Teile leben noch in den anderen Welten. Aber sie werden niemals mehr zusammenfinden.«

Fay, die nun ganz ruhig geworden ist, fragt sich, ob einer dieser Käfer ein Teil ihrer Seele ist. Anlass dafür gab es schließlich genug. Wie gebannt hält sie Ausschau nach den kleinen, funkelnden Kreaturen.

Es sind unzählige und zusammen strahlen sie als helles Licht, verbannen damit die Dunkelheit, die sich zwischen die Pflanzen legt.

Genau bis zur Grenze begleiten die Lichtlein die Truppe, dann schwirren sie davon.

Peter hält die beiden mit seiner Hand zurück. »Ab jetzt bleibt uns nur zu hoffen, dass die Sterne günstig stehen.«

Tief Luft holend, setzt Peter den ersten Schritt in das Reich der Baumhexe. Der Efeu hinter der unsichtbaren Grenze ist schwarz, sieht verbrannt aus und knistert bei jedem Schritt.

Hier lebt sie. Tief verwurzelt, verbunden mit allem regiert sie ihr Hoheitsgebiet. Da sie abhängig von den Sternen ist, bleibt sie unberechenbar, erinnert sich Fay.

Peter winkt die Kinder hinter sich her. Jack läuft eng an Nahuels Bein gedrückt, zwischendurch gibt er ein Paar Knurr- und Grunzgeräusche von sich. Die Bäume um sie herum sind mit Moos bewachsen. Tiefe Furchen sind in den Rinden, so als hätten die Stämme Wunden davongetragen. Die Blätter rascheln leise im Wind, fast schon rhythmisch bewegen sie sich hin und her. Der Weg wird zur Zerreißprobe für alle. Fay rechnet fest damit, dass aus der nächsten Ecke in jeder Sekunde eine neue Gefahr springt, doch noch ist nichts auszumachen.

Peter bleibt einen Moment stehen, lauscht in die Ferne hinaus, doch auch zu hören ist nichts.

»Kannst du schon erkennen, welches Sternenbild von den beiden am Himmel steht?«, flüstert Nahuel.

»Nein, das können wir erst erkennen, wenn wir vor der Hexe stehen. Bis dahin bleibt nur hoffen.«

Fays Hände zittern. Wie sehr wünscht sie sich das tröstende Licht ihres Kompasses, doch als sie ihn hervorholt und aufklappt, bleibt er dunkel.

Wirst du mir jemals den Weg zurück zeigen können? Obwohl es seltsam ist, trauert sie um diesen Gegenstand. Er ist mittlerweile ein Freund geworden. Ein Helfer in der Not, stets bereit gewesen, ihr Trost zu spenden – und nun ist alles vorbei. Sie fühlt sich genauso leer und dunkel, wie er ihr momentan erscheint.

Das Knacken eines Astes reißt sie aus dem See des Trübsals, pumpt frisches Adrenalin durch ihren Körper. Es war jedoch nur Jack, der unterwegs ein Stöckchen aufgesammelt hat und versucht, während des Laufens darauf herumzukauen. Glücklich sieht er dabei nicht aus, eher nervös. Von Weitem erkennt sie etwas, das aussieht wie eine Krone, allerdings aus Baumwurzeln und überhaupt nicht königlich. Je näher sie dem Gebilde kommen, desto schneller schlägt ihr Herz. Sie presst die Daumen fest in die Hände.

»Bitte Varus, bitte Varus …« Wie ein Mantra flüstert sie es vor sich hin, in der Hoffnung, ihn so herbeirufen zu können, sollte er nicht am Himmel stehen.

Schritt für Schritt, ganz langsam, schreiten sie voran. Peter wirft einen Blick in den Himmel und atmet auf. »Es ist Varus!« Die Erleichterung in seiner Stimme ist greifbar und auch Nahuel und Fay entspannen sich. »Keine Gefahr. Ihr dürft sie nun mit Raffana ansprechen. Verbeugt euch dennoch vor ihr.«

Vor ihnen erhebt sich der Baum, dessen Krone Fay schon von Weitem gesehen hat. Die Äste sind knöcherig und die Rinde beinahe schwarz. An einigen Stellen sind Löcher, aus denen dicke, blauschimmernde Käfer krabbeln.

Das Knacksen des Holzes ist dem eines Knochens gleich, als sich Raffana zu den Reisenden dreht. Ihr Gesicht sieht aus wie in das Holz geschnitzt und ihre Stimme ist tief, aber gütig. »Seid gegrüßt. Ich wusste bereits, dass ihr kommt.« Raffana, die Fays überraschtes Gesicht bemerkt, fügt hinzu: »Alle reden von dir und deiner Flucht vor den Wassermännern. Arme Geschöpfe, diese Kerle. Ja, sie wären bemitleidenswert, wenn sie sich nicht selbst schon so bemitleiden würden … Also, warum seid ihr den beschwerlichen Weg trotz der Ungewissheit der Sterne angetreten?« Die Augen der Hexe, die wie eingemeißelt tief im Stamm liegen, starren geradeaus, blinzeln hin und wieder.

»Wir sind gekommen, weil ich mir Hilfe von dir erhoffe. Du bist die Weisheit, der Segen und ein Fluch zugleich. Du weißt, was gestern war und wie ich dem Morgen begegnen kann.« Peter verbeugt sich tief, küsst seine Hand und drückt sie dann auf den Boden.

»Erhebe dich, Peter; Mensch, dem eine Hälfte verloren ging. Sage mir, was gedenkst du zu tun und wobei brauchst du meine Hilfe?«

Peter erhebt sich, zeigt auf Fay. »Das sind Fay und ihr Freund Nahuel, sie kommen aus Nimmerland. Pan, der böse Dämon, ist vor vielen Jahren dort eingedrungen und verbreitet Angst und Schrecken durch Tod und Gewalt. Es gibt eine Prophezeiung, die von Fay spricht, weil sie Pan besiegen wird.« Wieder zeigt er auf Fay, doch diesmal tut er etwas, mit dem sie niemals gerechnet hätte. Er verbeugt sich auch vor ihr. »Diese beiden haben eine lange Reise hinter sich gebracht und sind hier gelandet. Sie müssen herausbekommen, wie genau Pan zu besiegen ist. Da er ein Teil von mir war, habe ich gedacht, ich kann vielleicht helfen.« Demütig schaut Peter zu Boden.

»Da sprichst du recht. Du wirst dem Mädchen helfen. Ihr müsst euch verbinden, damit Peter aus dieser Welt flüchten kann. Nur mit ihm zusammen wirst du erkennen, was nötig ist, um die tödliche Macht zu besiegen. Ihr werdet für diese Reise eins werden.« Raffana hört auf zu sprechen, hält bedeutungsvoll inne, bis es schließlich aus Fay herausplatzt.

»Wir müssen was? Peter und ich? Aber wie?« Verzweifelt sieht sie zwischen allen hin und her.

»Kind, ihr werdet euch für die weitere Reise deinen Körper teilen. Nur mit dir kommt er nach Nimmerland. Es wird sich alles fügen, mehr musst du im Moment nicht wissen. In Nimmerland werdet ihr euch dann dem Feind stellen.«

Nahuel mischt sich ein und klingt kurz wie ein trotziges Kind, als er meint: »Aber Peter kann auch zu mir in den Körper kommen.«

»Nein, Indianerjunge«, sagt die Baumhexe und knarrt bedrohlich dabei. »Das Mädchen ist die Auserwählte, nicht du. Sie und Peter brauchen sich, um Pan zu besiegen. Zügle deine Eifersucht und vertraue.«

Nahuel läuft rot an und nickt beschämt.

»Keine Angst«, tröstet Fay. »Es hat nichts zu bedeuten und es ist nur vorübergehend.«

Zur Antwort schnauft er nur leise.

»Was müssen wir tun?« Peter, der Raffana tief in die Augen blickt, scheint fest entschlossen.

»Sobald ich es sage, soll das Mädchen den Kompass zwischen euch auf den Boden legen.«

Bevor die Hexe fortfahren kann, mischt Fay sich ein: »Aber er leuchtet nicht mehr!«

»Das, mein Kind, lass meine Sorge sein«, antwortet die Baumhexe streng. »Halte ihn vor meinen Mund.«

Fay zögert, schaut in den Himmel. Varus ist noch da. Er leuchtet schwach, aber beständig. So entschließt sich Fay, das Risiko einzugehen, und hält ihren größten Schatz vor den Mund der Hexe.

Ein Summen dringt tief aus der hölzernen Kehle der Hexe und geht in ein Vibrieren über. Augenblicklich beginnt der Kompass, sich zu erhitzen. Eine Energie, die sich wie tausend Ameisen anfühlt, durchströmt Fays Körper, bis ihr Wegweiser wieder zu leuchten beginnt.

Elektrisiert von dieser Erfahrung zittern ihre Hände. Sie kann ihren Blick von dem so beruhigenden und schmerzlich vermissten Leuchten nicht mehr abwenden.

»Das hätten wir.« Raffanas Stimme klingt müde und hohl. Ihr Blick huscht für den Bruchteil einer Sekunde zu Varus. »Beeilt euch, ich habe nicht mehr viel Zeit. Lege jetzt den Kompass zwischen euch auf den Boden. Dann geht ihr beide aufeinander zu. Öffnet euren Geist und du, Fay, sei bereit, deinen Gast bei dir aufzunehmen.«

Unsicher steht sie vor Peter und legt den Kompass zwischen ihnen ab, während ihre Gedanken rasen. *Wird es wehtun? Können wir uns wirklich wieder voneinander lösen? Wird er meine Gedanken lesen können oder ich seine?*

Sie versucht, all das von sich zu schieben, denn jetzt muss sie stark sein, um das Böse zu vernichten. Um ihre Eltern zu retten, sogar ganz Nimmerland.

Peter nickt Fay freundlich zu. Sicher ist auch er nervös, zumindest fühlt er sich augenscheinlich nicht wohl in seiner Haut. Er schluckt und wischt sich die Hände an der Hose ab, obwohl er als Geist nicht schwitzen dürfte. Vielleicht ein Reflex aus Menschenzeiten. Ob er dieselben Bedenken hat wie sie?

»Also gut.«

215

Schritt für Schritt gehen sie aufeinander zu. Der Kompass leuchtet stärker und plötzlich weiß sie, was zu tun ist, und spürt, dass auch er es weiß. Sie breiten ihre Arme aus und überwinden den letzten Schritt. Peters Schattengestalt scheint in sie hineinzufallen und dann werden sie eins.

»Fühlt sich seltsam an«, bemerkt Fay und dreht sich um ihre eigene Achse. Peter ist tatsächlich nicht mehr zu sehen.

»Ich habe ganz vergessen, wie es sich anfühlt, in einem Körper zu stecken! *Wow, einfach wow!*«

Fay zuckt zusammen, als sie Peters Stimme in ihrem Kopf hört.

Nauel nähert sich ihr, betrachtet sie aufmerksam. »Ist er jetzt da?«

Fay nickt.

»Du wirkst irgendwie … größer und deine Stimme ist tiefer. Glaube ich«, merkt er unzufrieden an.

Fay zuckt die Schultern und wendet sich an Raffana, während ihr eine Erkenntnis ins Bewusstsein sickert. Wird Peter für immer ein Teil von ihr sein? Oder wird er in ihrem Körper sterben, falls sie Pan besiegt? Sie hebt den Kompass auf und steckt ihn wieder ein. »Wie machen wir das später rückgängig?«

Die Hexe setzt gerade zu einer Antwort an, als sich die Situation am Himmel ändert. Ein Wirrwarr aus Lichtern kämpft um die Plätze am Firmament. Lichtblitze zucken über den Horizont und ein fernes Grollen ist zu hören.

»Kräsus, geht!«, sagt Raffana. Ihre Gestalt kracht und knirscht, sie scheint sich unter Schmerzen zu verformen.

»*Lauft!*« Peters Stimme ist so durchdringend, dass Fay sofort reagiert. Sie schnappt sich die Hand von Nahuel und reißt ihn mit sich, Jack hechtet ihnen hinterher.

»Kräsus«, wiederholt die Baumhexe. »Rennt um euer Leben!«

Während sie sich zwischen den Bäumen entlang durch den schwarzen Efeu kämpfen, hören sie die Hexe hinter sich vor Schmerzen schreien, bis ihre Laute schließlich in einem hämischen Lachen ersticken.

Atemlos stolpern sie über Wurzeln, rappeln sich wieder auf. Hinter ihnen raschelt es und der Boden vibriert, er donnert regelrecht.

»Schneller! Wenn Kräsus da ist, kann sie die Wurzeln aus dem Boden reißen! Sie wird uns verfolgen!«

»Sie kommt!«, brüllt Fay, um Nahuel und Jack weiter vorwärtszutreiben. Es funktioniert, sie rennen schneller. Das Donnern kommt näher und die Wurzeln auf dem Boden beginnen, sich wellenartig zu bewegen. Etwas schlingt sich um Fays Fußgelenk und reißt sie zu Boden. Mit den Händen fängt sie den Sturz ab und sieht zu ihrem Fuß, den sie trotz kräftigen Ziehens nicht befreien kann. Eine Wurzel hat sich um das Gelenk geschlungen und hält sie eisern fest. »Nahuel!«, ruft sie verzweifelt. »Ich hänge fest!«

Er ist bereits aus ihrem Blickfeld verschwunden und nur ein Rascheln zeigt ihr, dass er noch da sein muss. Wird er zurückkommen? Oder verrät er sie abermals?

»Ich kriege euch!«, brüllt die Baumhexe. Sie ist schon nah, zu nah. Ihre Stimme hat sich verändert. Sie klingt nun leer, als gäbe es kein Leben in ihr.

Peter macht Fays Panik nicht besser, weil er in ihrem Kopf immer wiederholt: »Wir werden sterben, wir werden sterben, wir werden sterben ...«

Verzweifelt zerrt sie an der Wurzel, aber sie lässt sich weder lösen noch abreißen.

»Fay!«

Ihr Kopf ruckt herum. »Nahuel! Ich dachte schon, du würdest –«

Geistesgegenwärtig unterbricht er sie und richtet sich an Jack. »Jack, fass!«, befiehlt er und deutet auf die Wurzel. Der Schwuhhu versteht sofort. Todesmutig ignoriert er die näherkommenden Schritte der Baumhexe und knabbert Fays Fuß frei. Nahuel zieht bereits an ihrer Hand und in dem Moment, in dem sie befreit ist, rennen sie alle wieder los.

Äste peitschen ihnen ins Gesicht, doch sie sind fest entschlossen und schließlich, mit einem Hechtsprung, überwinden sie die Grenze.

»Geschafft«, seufzt Peter. »*Hier sind wir sicher.*«

Das Brüllen der Hexe wird verbitterter und gleicht dem frustrierten Jaulen eines Hundes, wenn man ihm sein Spielzeug wegnimmt.

Die Strecke zurück zum Boot kommt ihr viel länger vor als bei ihrer Hinreise. Ihr erschöpftes Ringen nach Atem mischt sich mit dem in der Ferne rauschenden Wasser. Jack hat irgendwann Mühe, den beiden zu folgen, sodass Nahuel ihn trägt. Jacks Ohren wackeln dabei rauf und runter.

Endlich erreichen sie das Boot, mit dem sie den Nachtschattensee ein weiteres Mal überqueren werden.

»Jetzt wissen wir gar nicht, wie wir uns wieder trennen können«, sagt Fay und kaut nachdenklich auf ihrer Unterlippe.

»*Alles zu seiner Zeit, wir finden schon einen Weg*«, versucht Peter, sie zu beruhigen.

Nahuel sagt fast das Gleiche, während er die Knoten löst, um das Boot startklar zu machen. »Wir werden schon eine Lösung finden. Aber erst müssen wir ins Boot steigen und losfahren.«

Sie steigen ein und mit einem Ruck stößt er das Gefährt vom Ufer, sodass die Reise losgehen kann. Diesmal weiß Fay es besser und lässt den Kompass lieber in der Tasche.

Zurück nach Nimmerland

»Denk dran, baue dir mit deinen Gedanken eine Mauer, halte das schöne Erlebnis fest, gehe erst los, wenn du dir sicher bist.«

Nickend stimmt Fay zu und warnt auch Nahuel noch einmal, der Jack gerade in Decken hüllt, um ihn vor den herabfallenden, fiesen Blättern zu schützen.

»Sag ihm, dass diese Dinger Jack nichts antun können. Schwuhhus haben keine steuerbaren Gedanken, sie leben nur ihren Instinkt aus.«

»Ich soll dir sagen, dass du Jack nicht schützen musst, ihm können diese Pflanzen nicht anhaben.«

Erleichtert über diese Information atmet Nahuel tief durch und wickelt den Schwuhhu wieder aus, der sich daraufhin empört schüttelt.

»Los« ruft Fay und geht voran. Sie ruft sich wieder ihre schönsten Erinnerungen hervor und stört sich nicht daran, dass Peter diese sieht. Vor ihrem inneren Auge sieht sie das Meer, fühlt die Freiheit mit jedem Wellenrauschen näherkommen. Mit einem warmen Gefühl erinnert sie sich daran, wie sie mit John eine Sandburg gebaut hat und sie sich vorgestellt haben, dass sie ihre Festung wäre.

Äste und Blätter schießen an ihnen vorbei. Einige prallen ab, fallen hinunter wie faules Obst. Keines von ihnen findet heute den Weg in ihre Gedanken.

Endlich erreichen sie die Lichtung, von der aus sie die Dämonenwelt bereist haben. Fay schaut sich um, hofft abermals, den Kelch wiederzufinden. Statt einem blauen Leuchten erkennt sie nur eine blaue Feder und ihre Gedanken wandern zu Wendy.

»Ob sie noch hier ist?«

Nahuel schaut verständnislos. »Wer soll hier noch sein?«

»Wendy.«

»Oh. Ja, ich hoffe sehr. Sie kann gerne hier versauern. Vermissen würde sie mit Sicherheit keiner. *Apropos hier versauern* ... Wie kommen wir denn jetzt nach Nimmerland?«

Fay kratzt sich am Kopf, aber da spricht Peter bereits. Nahuel will etwas fragen, doch Fay bedeutet ihm mit einer Handbewegung, zu schweigen.

»*Das ist nicht schwer. Nimm deinen Kompass, öffne ihn und schaue, an welcher Stelle die Nadel am stärksten ausschlägt – da müsste dann das Portal sein. Haltet euch an den Händen und geht einfach drauf los.*«

Fay erklärt Nahuel, was Peter gesagt hat, und nimmt ihn dann an die Hand. Mit der freien Hand trägt er Jack.

Als sie den Kompass hervorholt, strahlt er sogar schon im geschlossenen Zustand. Sie wirft noch einen Blick zurück in die Dämonenwelt, dann öffnet sie ihn und lässt sich leiten.

Ein Kribbeln durchfährt sie, während sie durch das Portal treten. Es fühlt sich an, als würde sie einen Kopfstand machen und dazu noch einen Liter Wasser trinken. Ihr Magen rebelliert, doch so schnell alles gekommen ist, verschwindet es auch wieder und sie sind zurück.

Dunkelheit und Nebel begrüßen die beiden, als sie wieder in Nimmerland stehen. Dicke Tropfen fallen von den Bäumen. Vor nicht allzu langer Zeit muss es geregnet haben. Schnell hängt sich Fay den Kompass um den Hals, damit sie notfalls die Hände frei hat.

»*Ich kann ihn spüren*«, flüstert Peter. »*So, wie ich ihn früher in der Dämonenwelt gespürt habe.*«

»Ist er in der Nähe?«, fragt Fay, die sich langsam an die Gespräche in ihrem Kopf gewöhnt.

Ganz im Gegensatz zu Nahuel, der sie verwirrt anblinzelt. »Wer ist in der Nähe?«

»Pan. Peter meinte, er kann ihn spüren.« Nervös huscht ihr Blick hin und her.

»Nein, nicht so, wie du es meinst. Aber ich spüre, dass er in dieser Welt ist. Und ich frage mich, ob er mich auch spüren kann.«

»Dann sollten wir uns schleunigst aus dem Staub machen!« Nahuel setzt zum Rennen an, doch sie hält ihn auf.

»*Nein, nicht direkt in der Nähe, aber eben viel näher als in der Dämonenwelt.*«

Sichtlich erleichtert entspannen sich Nahuels Muskeln wieder.

»Trotzdem sollten wir hier keine Wurzeln schlagen.« Fay will sich zum Gehen umdrehen, da entdeckt sie ihn: den Kelch. Er liegt auf dem Boden, ist schwarz geworden. Stinkende Flüssigkeit klebt an ihm.

»Der Kelch! Nahuel, ich habe ihn gefunden!« Kaum berühren ihre Finger ihn, beginnen ihre Augen zu flackern, die Ohren zu dröhnen und ihr wird schwindelig. Die Welt dreht sich schneller und schneller, bis sie der Dunkelheit entgegenrast.

Ohne Orientierung schwebt sie im Nichts. Von irgendwoher kann sie Peters Stimme hören, er ruft nach ihr. Es klingt, als säße er in einem tiefen Brunnen.

Schmerz zieht sich durch den Körper, macht an jeder Zelle halt, um sich tief hineinzufressen.

Dann sieht sie ihn, den Moment, in dem Peter Pan befreit wurde. So unschuldig sieht er aus, fast wie ein Kind, dabei ist er das pure Böse. Wendy ist auch da. Ihre Kleidung ist blutbeschmiert, in ihrem Gesicht zeichnet sich der Wahnsinn ab. Dann wird es wieder dunkel. Fay gleitet wie auf Flügeln weiter in die Dunkelheit. Ein Funken, zaghaft, aber beständig, leuchtet ihr den Weg.

Fay kann es kaum erwarten, zu diesem wundersamen Licht zu gelangen. Jetzt, da sie ihm immer näher kommt, spürt sie neue Energie in sich aufflammen. Der Schmerz vergeht und plötzlich findet sie sich an einem Strand wieder.

Die Sonne wärmt das Gesicht, lauer Wind fliegt durch ihre Haare und die Wellen rauschen beständig.

»Fay, Tochter der Wellen.« Eine Stimme, so liebevoll und klar, dringt an ihre Ohren und eine Hand drückt sanft ihre Schulter.

Obwohl das überraschend kommt, erschrickt Fay nicht.

Langsam dreht sie sich um und blickt in die gütigen Augen einer Frau. Das Lächeln der Fremden hat etwas von einer Einladung, es sich auf ihrem Arm gemütlich zu machen, und in diesem Moment würde Fay genau das am liebsten tun. Sich in den Armen dieser Frau verstecken und warten, bis alles vorbei ist.

»Sei willkommen. Ich bin Ellinore. Einst war ich Königin von Nimmerland, bis sich mein eigenes Fleisch und Blut auf die Seite des Bösen gestellt hat.« Sie ist schlank und trägt ein pompöses, weißes Kleid, auf dem lauter helle Steinchen funkeln. Die Familienangehörigkeit zwischen ihr und Aurora ist klar zu erkennen. Die grauen, langen Haare fallen in Wellen an ihr hinab. »Ich sehe, du kommst nicht allein. Sei auch du willkommen, Peter, dessen Seelensplitter dem Bösen verfallen ist. So viel Leid musstest du ertragen, wurdest verbannt in die Welt der Dämonen. Komm, lass dich herausziehen aus der Tiefe deiner Verzweiflung.«

Nun führt Ellinore ihre Hand in Richtung Fays Brust, legt sie liebevoll auf. Obwohl Fay den Impuls spürt, zu rebellieren, lässt sie es geschehen. Sie merkt, wie Peter aus der undurchdringlichen Tiefe gezogen wird, wieder hinauf in ihr Bewusstsein. Er bleibt in ihrem Körper, hat erneut spürbare Präsenz.

»*Danke*«, flüstert er in ihrem Kopf. Fay hingegen antwortet mit einem Lächeln.

»Bitte setzt euch.« Ellinore rafft ihr Kleid und setzt sich in den Sand. Mit einer Hand klopft sie neben sich.

Fay lässt sich neben ihr nieder, streckt die Beine aus.

»Wunderschön hier, nicht wahr?« Ellinores Blick schweift kurz in die Ferne, kommt schließlich auf Fay zum Stehen. »So viel hast du schon geschafft, mein Mädchen, doch das Schlimmste steht dir noch bevor. Du musst Pan entgegentreten. Aber sei dir gewiss, dass du es nicht allein schaffen musst.«

Die Finger der Frau zeichnen etwas in den Sand. Auf wundersame Weise sind die Umrisse viel feiner und deutlicher, als sie es sein dürften. Fay erkennt einen Kompass, den Kelch und einen Jungen, der Peter ähnelt.

»Das sind die Dinge, die wichtig sind. Dein Kompass, der Kelch und Peter.« Plötzlich zieht sie den schwarzen Kelch hervor, der eben noch auf der Lichtung lag. Fay sieht gebannt zu, wie sie ihn zwischen ihren Händen formt und ein helles Strahlen von ihnen ausgeht. Als das Leuchten abnimmt, streckt ihr Ellinore einen blauschimmernden Dolch entgegen. »Nimm ihn, er wird dir helfen. Zusammen mit deiner Stärke, deinem Mut und der Liebe, die du trotz allem im Herzen hast, kannst du Pan besiegen. Aber es wird nicht leicht werden. Der Dämon wird tief in deinen Geist dringen, versuchen, alles auszulöschen, was dich ausmacht. Bis nur noch Dunkelheit und Hass zurückbleiben und du beinahe an deiner Verbitterung ertrinkst. Dann ist der Moment gekommen, in dem du Pan besiegen kannst. Denn der letzte Funke Hoffnung ist eine starke Waffe. Entfache ihn in dir! Vergiss das nicht. Bist du bereit? Dann breche ich das Siegel, das dich schützt, damit du kämpfen kannst.«

Fay starrt auf den Sand und dreht den Dolch hin und her, denkt über Ellinores Worte nach.

»Wann wird es beginnen?«, fragt sie die Königin.

»Es hat bereits begonnen. Um den Indianerjungen steht es schlecht. Er kämpft auf Leben und Tod, wobei er dem einen näher ist als dem anderen.«

Panisch springt Fay auf, vergisst alle Höflichkeiten und zerrt Ellinore am Arm. »Bring mich sofort zurück! Ich muss ihm helfen!«

»Nicht so schnell«, sagt die Königin und steht ebenfalls auf. Sie ergreift Fays Arm und legt ihre Hand auf das sternförmige Muttermal. Wieder leuchtet es dort auf, wo Ellinores Hände sie berühren. Schmerz pocht an der Stelle und ein seltsames Gefühl von Haltlosigkeit überschwemmt sie.

Die Königin zieht ihre Hand weg und lächelt traurig. »Das Siegel, das dich geschützt hat, ist nun gebrochen. Geh und rette Nimmerland. Viel Glück, mein Kind.«

Das Muttermal! Es war kein Muttermal, sondern ein Siegel … Deshalb hatte Pan ihr nichts anhaben können.

Noch bevor Fay etwas entgegnen kann, taumelt sie wieder in die bekannte Dunkelheit. Sie wirbelt hin und her, verliert die Orientierung. Schmerzhaft knallt sie auf den Boden und spürt, wie ihr die Luft aus der Lunge gedrückt wird.

»*Steh auf! Wir sind zurück in Nimmerland*!«

»Du schmeckst besser, als ich dachte, kleiner Indianer.«

Ein Schaudern durchläuft sie, weil sie Pans Stimme erkennt. Hektisch reißt sie die Augen auf und sieht ihn in einigen Metern Entfernung. Er beugt sich gerade über Nahuel, schlägt seine Zungen tief in seine Brust hinein. Schmatzgeräusche erklingen. Peter schreit etwas, doch sie beachtet ihn nicht. Sie muss Nahuel retten!

Rasch springt sie auf und brüllt: »Peter Pan! Lass von ihm ab. Ich bin die, die du willst, und ich bin hier!«

Alles um Fay herum verschwindet. Es gibt nur noch sie und Pan.

Mit einem reißenden Geräusch finden die Zungen den Weg zurück in Pans Mund. Blut läuft an seinem Kinn hinab. Er grinst und sein Kopf dreht sich langsam zu ihr.

Nahuel liegt keuchend am Boden, seine Brust hebt und senkt sich schwach. »Fay«, bringt er leise hervor. Er blutet so stark, dass das Blut nicht mehr richtig in den Boden einsickert, sondern eine matschige Lache neben ihm bildet.

»Nahuel, halt durch!«, fleht Fay und umklammert den Dolch fest. Von Verzweiflung getrieben, geht sie auf Pan zu, der sich in diesem Moment erneut seinem Opfer zuwendet und grinst.

Anschließend dreht er sich wieder zu ihr. »Och, habe ich deinem Schoßhündchen etwa wehgetan?« Pan schlägt seine Hand vor den

Mund und tut entsetzt. Er fliegt einen Salto in der Luft und lacht. »Aber keine Angst, ich werde ihn von seinen Qualen erlösen!« Mit einem Ausdruck der Freude tritt er immer wieder auf den Indianerjungen ein. Das Knacken von Knochen lässt Fay würgen und sie rennt los. Nahuel hustet Blut, selbst aus seinen Ohren fließt der rote Lebenssaft. Ehe sie Pan erreicht, tritt er noch einmal zu und Nahuel bleibt reglos liegen.

»Nein!« Ihr Schrei ist so laut, dass er durch das ganze Nebelreich dröhnen muss. Schmerz, Wut und Trauer schwingen mit. Für den Dämon ein Genuss.

»Ja, weine nur!«

In diesem Moment erreicht sie ihn, springt mit dem erhobenen Dolch auf ihn zu. Doch Pan spreizt seine Hände und stößt sie mit Leichtigkeit zu Boden. Die Waffe fällt ihr aus der Hand, landet ein paar Meter weiter auf einer von Moos bewachsenen Wurzel.

Hämisch grinsend setzt er sich auf sie. Der Wahnsinn glitzert in seinen Augen. Er drückt seine Hände auf ihre Schultern und lacht lauthals los.

Alles Winden und Schreien nutzt nichts. Wieder entblößt er seine Zungen. Diesmal rammt er sie tief in Fays Nase. Sie suchen sich den Weg in ihren Kopf und dann in ihre Seele, nisten sich dort ein und rühren in furchtbaren Erinnerungen, die lang verschüttet waren.

Ein kalter Morgen. Das Mädchen ist ungefähr vier Jahre alt, sitzt still vor sich hin weinend in ihrem Zimmer auf dem Boden. Der Tag war ein Albtraum, sie hat versehentlich Olafs Lieblingstasse zerbrochen. Zur Strafe musste sie acht Stunden auf Erbsensäckchen knien, die Hände hinter dem Rücken verschränkt. Damit sie Zeit hat, darüber nachzudenken, wie dumm und tollpatschig sie ist. Olaf hat ihr befohlen, immer wieder den einen Satz laut vorzusagen: »Ich bin dumm und zu nichts zu gebrauchen. Ich bin dumm und zu nichts zu gebrauchen. Ich bin dumm und zu nichts zu gebrauchen ...«

Plötzlich wächst die Überzeugung in ihr, dass Olaf recht hatte. *Ich bin dumm und zu nichts zu gebrauchen.* Tiefe Wurzeln des Selbsthasses gruben sich damals in ihre Seele. Pan streut Dünger und sie keimen, wachsen unaufhörlich und schnell in ihrem Herzen.

Mit aller Kraft versucht sie, gegen seine Macht zu kämpfen, die Erinnerungen abzuschütteln, doch er ist stärker. Unaufhaltsam arbeitet er sich weiter vor.

Sie kommt gerade von der Schule nach Hause, heute haben sie die Klassenarbeit zurückbekommen. Mathe, wie sehr sie dieses Fach verabscheut. Eine Sechs, das bedeutet sechs Stunden im Keller, voller Isolation und Kälte. Als Strafe für ihre Dummheit. Immer wieder muss sie den einen Satz laut sagen: »Ich bin dumm und zu nichts zu gebrauchen ...«

Der Sog, der Fay immer tiefer mit sich zieht, wird stärker, sie hingegen fühlt sich mit jedem Atemzug schwächer. In ihr brodeln Selbsthass und Wut, verbinden sich mit dem Bösen und rauben ihr jeglichen Mut und jede Hoffnung.

Ich werde verlieren. Aber Nahuel ...

Vor ihrem inneren Auge erblickt sie eine dunkle Gestalt, der Zipfel seiner Kapuze reicht ihr bis zu den Knien. Als das fremde Wesen zu lächeln beginnt, schießen drei kleine Köpfe aus dessen Mund, einer hässlicher als der andere. Fay schreit auf. Der Anblick der Köpfe löst körperliche Schmerzen in ihr aus.

Dem einen sind die Augen zugenäht und er flüstert: »Alle haben es gesehen!«

Sie windet sich, will wegsehen, kann aber ihren Blick nicht von dem Wesen lösen.

Der andere hat keine Ohren und flüstert: »Keiner wollte es hören!«

»Bitte, hör auf!«

Doch auch der dritte Kopf, dessen Lippen vernäht sind, schafft es tonlose Worte in ihrem Kopf zu sprechen: »Keiner hat sich für dich stark gemacht!«

Der Fremde tritt näher auf sie zu. Den Mund immer noch geöffnet, wippen die drei Köpfe hin und her. Im Chor rufen sie:

»Nicht interessiert, für immer ungehört, auf ewig zum Schweigen gebracht!«

In Fay zerbricht etwas, stürzt über ihr zusammen wie die Scherben eines Spiegels. Glassplitter regnen auf den Boden, zeigen genau, wie ihr Inneres aussieht. Sie ist eine Hülle, eine leblose Hülle mit nichts als Trümmern in ihrem Inneren. Ihre Glieder fühlen sich schwer und mutlos an. Sie sackt zusammen, fällt in die Scherben.

Mit einem Mal lässt der Schmerz nach.

Von weit her hört sie eine Stimme flüstern. »… Kompass …«

Sie kann sie nicht einordnen. Wessen Stimme ist das? Peters?

Wieder ertönt sie, leise und kläglich. »… Kelch …«

Nur mit größter Anstrengung gewinnen die Worte an Bedeutung, rutschen Schritt für Schritt in ihr Bewusstsein.

Ihre Hand schnellt zu ihrem Hals, umschließt den kalten Gegenstand fest. Wie von selbst wandern ihre Finger zum Verschluss.

Mit einem leisen Klacken öffnet sich das Scharnier und ganz langsam kehrt die Kraft zurück. Alles wirkt klarer. Sie spürt, wie ihre Lebensgeister wieder erwachen und Mut seinen Weg zurück findet. Hoffnung. Der letzte Funke, er glimmt.

Pans Zungen lassen los, schnellen zurück, als hätte er sich an ihr verbrannt. Er taumelt rückwärts, seine Augen geweitet vor Schreck.

Fay sammelt all ihre letzte Energie. »Ich bin wertvoll!«, schreit sie ihrem Feind entgegen. Gleichzeitig nimmt sie den Kompass und richtet den hellen Lichtstrahl auf Pan. Der Dämon schreit auf, brüllt wie ein verletztes Tier. Während sie weiter den Strahl auf ihn gerichtet lässt, greift sie nach dem Dolch, der auf einer bemoosten Wurzel liegt. Sie nähert sich Pan damit und je näher sie kommt, desto stärker schimmert die Klinge. Als sie blau aufleuchtet, stößt sie sie in den Hals des Dämons. Zeitgleich spürt sie, wie Peter aus ihrem Körper entweicht. »Lebe wohl, Fay. Und danke.«

Peter tritt nun sichtbar aus ihr hinaus und breitet die Arme aus. Pan keucht auf, als Peter, sein eigener verlorener Teil, ihn fest umarmt, bis sie verschmelzen.

Etwas stößt sie ruckartig nach hinten. Aus Peter Pans Hals strömt eine Flüssigkeit, schwarz wie Teer. Sein Körper dematerialisiert sich, zerfällt in Millionen Einzelteile, die wie ein Glockenspiel klingen, während sie auf den Boden fallen.

Dann ist es vorbei. Ein Wind weht durch das Nebelreich, gibt ein tiefes Seufzen von sich. Erschöpft sinkt Fay zu Boden und etwas Seltsames und zugleich Wunderschönes passiert direkt vor ihren Augen.

Überall erscheinen die Kinderseelen, die Pan in den vielen Jahrhunderten geschändet hat. Sie steigen nach oben in den Himmel. Der Nebel löst sich nach und nach auf. Licht bricht durch die Dunkelheit und fällt auf die emporsteigenden Kinderseelen, sodass sich ein Regenbogen bildet, der bis weit hinter den Horizont reicht. Kinder lachen wie kleine Elfen, mehrmals dringt ein erleichtertes »Danke« zu ihr vor – und dann ist alles vorbei. Sie blickt dem Regenbogen hinterher und entdeckt dabei etwas Neues. Etwas, das sie zuvor noch nicht in Nimmerland gesehen hat. Ein Stern erleuchtet hell und klar den Himmel.

Mit letzter Kraft schleppt sich das Mädchen zu Nahuel, der noch immer in seinem eigenen Blut liegt. Sie rüttelt an seinem kalten Körper, doch es ist zu spät. Er rührt sich nicht mehr – und dann verschluckt die gnädige Dunkelheit auch Fay.

Der Tag beginnt

Hook und Gloria bringen den Göttern Opfergaben, um für den Schutz ihrer Tochter zu bitten. Viele Tage ist es her, dass sich Fay auf den Weg gemacht hat, viele Tage, seit Nahuel aus dem Reservat verschwunden ist. Ein Adler fliegt über sie hinweg und gibt ein lautes Kreischen von sich. Hook schaut hinauf und erkennt drei Dinge: Nahuels Totem – den Adler Inyan –, einen Regenbogen und … den Nordstern.

»Schaut!«, ruft er in die bedrückende Stille hinein und Gloria sowie die Indianer heben ihre Köpfe.

Gloria springt auf. »Fay!« Sie will losrennen, doch Hook hält sie zurück.

»Glo, warte. Ich hoffe es auch, aber lass uns zusammen gehen und Hilfe mitnehmen. Liwanu, begleitest du uns?«

Liwanu, der Medizinmann, nickt ihnen zu. »Komm mit uns«, sagt er zu einem jungen, kampferfahrenen Indianer und geht voran.

Zitternd greift Gloria nach Hooks Hand, die er sofort fest umschließt. Sie eilen Liwanu und dem Krieger hinterher durch den Stechpalmenwald. »Sieh nur, der Nebel, er hat sich gelichtet!«, flüstert sie ehrfürchtig. Hook nickt und drückt ihre Hand noch fester.

Liwanu zeigt Richtung Grenze. »Lass uns dort nachsehen.«

Der Medizinmann geht voran, dicht gefolgt von James und Gloria. Der Krieger läuft aufmerksam an seiner Seite und geht zwischendurch immer wieder einige Schritte vor, um eventuelle Gefahren zu überprüfen.

»James«, flüstert Gloria und lässt staunend ihren Blick schweifen. »Siehst du das? Die Pflanzen beginnen zu wachsen und sogar zu blühen!«

»Du hast recht ...« Fasziniert beobachtet auch er, was vor sich geht. Zaghaft strecken erste Knospen ihre Blüten in die Luft. Das verdorrte Gras sprießt und wechselt seine Farbe. Leben breitet sich aus und es scheint ansteckend zu sein.

»Das Nebelreich ist fort!«, ruft Liwanu und setzt den ersten Fuß über die ehemalige Grenze.

»Fay!« James und Gloria erblicken ihre Tochter, stürzen zu ihr und wiegen sie in den Armen.

»Wach auf, Kleines«, bittet Gloria, »du hast es geschafft!«

Der Krieger staunt ebenfalls, bleibt aber kampfbereit, während Liwanu zu Nahuel eilt. »Was haben sie dir angetan?«, murmelt er und geht auf die Knie. Sachte rüttelt er an dem Jungen, doch eine Reaktion bleibt aus. Liwanu führt sein Ohr an Nahuels Mund. »Er lebt, aber es sieht nicht gut aus.« Danach eilt er zu Fay und überprüft auch sie. Mit ernstem Blick dreht sich Liwanu zu James und Gloria. »Sie ist bewusstlos, aber im Gegensatz zu Nahuel nicht schwer verletzt. Dennoch, irgendetwas stimmt mit ihr nicht. Ich bringe ihn nach Hause und schicke euch Hilfe!«

»Nein, wir kommen mit, wir schaffen das schon!« Vorsichtig hebt Hook seine Tochter auf die Arme und gemeinsam eilen sie zurück ins Reservat.

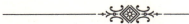

Liwanu legt das Mädchen auf eine Liege, sucht noch einmal nach Verletzungen. Das Problem scheint tiefer zu liegen. Langsam lässt er seine Hände über ihren Körper gleiten, auf der Suche nach der Dunkelheit. Tiefe Abgründe klaffen in ihrer Seele. Sie werden größer und hinterlassen eine bleierne Schwere. Liwanu weiß, was zu tun ist, und beginnt, zu singen.

»*Seele des Mädchens, erhebe dich. Steige hinauf zu neuen Größen. Entfalte deine Kraft und spende neuen Mut. Ich rufe die Geister des Totems, kommt über das Mädchen und schenkt ihr die Kraft der Seelenverwandtschaft.*«

Ein kleiner Wirbelsturm aus Rauch bildet sich über ihr, Lichter schießen aus ihm heraus. Mit jeder Umdrehung erkennt man ein anderes Tier, alle schauen jeweils kurz auf sie hinab, um dann wieder zu verschwinden. Nur ein Fuchs wagt sich näher heran. Er beschließt, nicht wieder in den Sturm zurückzutreten, stattdessen legt er sich auf den Bauch des Mädchens und schläft ein.

»Ich danke euch, ihr Geister, ihr habt vereinigt, was zusammengehört.« Liwanu lässt die Hände sinken. »Das Totem wird deine Seele stärken. Ruhe dich gut aus und kehre bald zu uns zurück.« Er lächelt und tritt hinaus zu den wartenden Eltern.

»Eure Tochter wird es schaffen! Sie hat nun ein Totem, um ihre Seele zu stärken.«

Gefangen zwischen Licht und Dunkelheit spürt sie, dass eine heilsame Kraft von ihrer Körpermitte ausgeht.

»Tochter der Wellen, du mutiges Mädchen, tapfere Kriegerin. Du hast es geschafft. Du hast den Dämon besiegt und Nimmerland ein neues Leben geschenkt. Geopfert hast du dich, um alle anderen zu retten.«

Ellinore.

Fay kann sie nicht sehen, doch ihre Stimme würde sie überall wiedererkennen.

»Nahuel, was ist mit ihm?«, fragt sie kraftlos.

Die Dunkelheit lichtet sich ein wenig und sie erkennt Ellinores weißes Kleid. Ihre Gesichtszüge, die ein trauriges Lächeln offenbaren. »Er kämpft noch und wird Kraft brauchen, um diesen Kampf zu überstehen.«

Tränen schießen in Fays Augen und verschleiern ihr die Sicht. »Was ist mit Peter? Ich kann ihn nicht mehr wahrnehmen, ist er wirklich …« Die letzten Worte auszusprechen wagt sie nicht.

»Peter hat sich geopfert, um dich zu retten. Er stellte sich vor deinen Geist, als du es am nötigsten hattest. Er vereinte sich mit Pan und starb mit ihm zusammen.«

»Nein, das wollte ich alles nicht! Peter hatte das nicht verdient, er …«

»Ich weiß, mein Kind, aber so hat es das Schicksal vorherbestimmt. Dafür wird Peter Pan, weil seine gute und böse Seite wieder vereint ist, sicher Reue empfinden und weniger hart bestraft werden.«

Fay schnieft laut. Es ist ein schwacher Trost, aber immerhin überhaupt einer.

»Du musst dich jetzt entscheiden, wo du hinwillst. Möchtest du zurück nach Nimmerland oder kommst du mit mir in die Anderwelt, in das Totenreich? Du hast alles, was du brauchst, um in dein Leben zurückzukehren. Spürst du die wohltuende Wärme? Der Medizinmann hat ein Totem für dich erschaffen, einen kleinen Fuchs.« Die Königin lächelt und augenblicklich wird es Fay ein wenig wärmer ums Herz. »Von nun an wird er an deiner Seite bleiben, dich stärken und trösten, eine Weisheit sein und dir helfen, wenn du hilflos bist. Wenn du dich für das Leben entscheidest, wirst du an meiner Stelle regieren und die zweite Königin Nimmerlands sein. Du wirst zum ersten Mal eine richtige Familie haben. Oder du kommst mit mir. Dann wirst du niemals mehr Schmerz erleben, wirst frei sein und vergessen, was Leid bedeutet, ewigen Frieden erlangen.«

Stille breitet sich wie ein eiserner Vorhang zwischen den beiden aus. In Fay tobt ein Sturm, unerbittlich zerreißt er ihr Inneres.

All der erlittene Schmerz – ich könnte ihn hinter mir lassen, frei sein. Aber was ist mit Hook und Gloria? Mit Nahuel?

Er hat sein Leben für mich gegeben. Hat an meiner Stelle mit Pan gekämpft. Jetzt werde ich für ihn kämpfen, für ihn da sein. Ich will sehen, was aus Nimmerland wird, nun, wo Pan ein für alle Mal besiegt ist.

»Ich will leben!«, antwortet sie entschlossen.

Ellinore nickt und ihr Lächeln ist ein gutmütiges. Vielleicht schwingt sogar ein bisschen Stolz darin mit. »Weise Entscheidung, mein Kind. Sei dir gewiss, dass du von diesem Zeitpunkt an nie mehr allein sein wirst.« Mit diesen Worten verschwindet die Königin und Fay taucht ein letztes Mal in die Dunkelheit, nur um danach endlich das Licht zu sehen.

Als sie ihre Augen öffnet, blickt ihr ein kleines, rotbraun-weißes Fellknäul entgegen. Ein Fuchs, erst wenige Wochen alt, schaut sie aus großen, braunen Augen an.

Fays Kehle ist wie ausgedörrt, dennoch bringt sie ein paar Worte hervor: »Hey, na, Kleiner?«

Langsam robbt sich das Tier in Richtung ihres Gesichts, dann schleckt es sie inbrünstig ab und sie kichert.

»Fay, du bist wach!« Hooks Stimme überschlägt sich beinahe. Er schlägt die Zeltplane beiseite und eilt zu ihr.

»James!« Vorsichtig setzt sie sich auf, hält dabei den Fuchs gut fest.

»Mein liebes Kind!« James Hook setzt sich auf die Bettkante und umarmt Fay und somit auch den Fuchs. »Ich bin so dankbar und so, so stolz auf dich!«

»Ich bin froh, wieder bei euch zu sein«, sagt Fay dicht an sein Ohr gepresst. Sie löst sich aus der Umarmung, steht auf, noch leicht wackelig auf den Füßen, und setzt den Fuchs auf dem Boden ab.

»Lass mich dir helfen.« Diesmal lässt sie es zu.

Hook geleitet sie nach draußen. Die Sonne steht schon tief am Himmel und eine Traube aus Menschen hat sich vor dem Zelt versammelt. »Schaut mal, wer bei Bewusstsein ist.«

Augenblicklich drehen sich alle Köpfe Richtung James.

Ein Stimmgewirr aus »Fay; Hallo, Fay« und »Dem Nordstern sei Dank« dringt an ihr Ohr.

Aus der Mitte der Traube löst sich Gloria und kommt mit offenen Armen auf Fay zu. »Du lebst!« Sie umarmt sie und küsst ihren Kopf. Der Fuchs schlingt sich um Fays Füße. »Ah, da ist auch dein neuer Freund. Er ist dir ist keine Sekunde von der Seite gewichen.«

Lächelnd lösen sie sich voneinander, ehe Fay auf das Zelt gegenüber deutet und fragt: »Ist Nahuel da drin?«

»Ja.« Hilfesuchend huscht Glorias Blick zu Hook.

»Darf ich ihn sehen?«

Gloria nickt. »Natürlich. Aber warte!« Bevor Fay losstürmen kann, hält Gloria sie zurück und sieht ihr fest in die Augen. »Vorher musst du wissen, dass er nicht bei Bewusstsein ist und nicht gut aussieht. Es hat ihn schwer getroffen. Möchtest du ihn trotzdem sehen?«

Fay nickt energisch.

»In Ordnung. Es wird ihm guttun, deine Stimme zu hören.«

Zusammen gehen sie hinein. Nahuel ist auf einer der Liegen gebettet, das Gesicht blass. Jack hat sich am Kopfende zusammengerollt und wedelt mit dem Ringelschwänzchen, als er Fay bemerkt.

Langsam kniet sie sich neben ihren Freund. Eine Träne rinnt ihre Wange hinab, bevor sie seine Hand nimmt und sanft küsst. »Nahuel, ich bin da. Hörst du mich?«

Keine Reaktion.

»Mir geht es gut. Pan ist besiegt und Nimmerland befreit. Jack ist auch hier. Und stell dir vor, ich habe jetzt ein Totem!«

Bei dem Wort *Totem* erklingt ein Kreischen über ihnen, wie es Fay schon einmal gehört hat. Inyan sitzt auf einem Ast, der an der Zeltdecke befestigt ist.

»Inyan ist auch hier, Nahuel. Du musst es schaffen. Wir haben es so weit gebracht. Außerdem bin ich extra wegen dir nicht mit Ellinore mitgegangen!«

James sieht sie verwundert an und berührt dann vorsichtig ihre Schulter. »Komm. Lass uns gehen. Nahuel soll sich ein bisschen ausruhen und du kannst mir von Ellinore erzählen.«

»Wir besuchen deinen Freund später wieder«, bekräftigt Gloria seine Worte.

Zurück in dem Zelt, in dem Fay zuvor zu sich gekommen ist, sitzen die drei beisammen. Der Fuchs hat sich auf ihren Füßen zusammengerollt und schlummert.

»Ellinore ist mir in Traum erschienen, um mir zu helfen. Sie sagte, dass ich es geschafft habe und Pan besiegt ist, und ich konnte mir aussuchen, ob ich in die Anderwelt oder zurück zu euch ins Leben komme. Und dass ich anstelle von Ellinore Königin von Nimmerland werden soll, aber ...«

Glorias Gesichtszüge hellen sich auf. »Du hast dich für uns und das Leben entschieden!«

James, der bisher geschwiegen hat und sich mit einer Hand über den Bart fährt, murmelt: »Willst du denn überhaupt hierbleiben? Bei uns in Nimmerland? Oder sollen wir einen Weg suchen, wie du zurück in die Menschenwelt kommst?«

Fays Herz klopft schneller. Vor genau dieser Frage hat sie sich gefürchtet.

Schlag auf Schlag folgt ein Gedanke dem anderen, als wäre das Umkippen einer Reihe Dominosteine in Gang gesetzt worden.

Olaf und Mona waren nie gut zu mir, aber John ... Er kann für all das nichts! Ich kann ihn nicht allein lassen. Schon gar nicht kann ich ihn bei diesen Monstern lassen! Und Hugo ... Seine ganze Familie hat er verloren, aber er ist nie so verbittert geworden wie Pan. Im Gegenteil, er hat mir geholfen, wo er nur konnte. Er liebt Geschichten und wenn er wüsste, dass es Nimmerland wirklich gibt ...

Nein, ich möchte nicht zurück. Aber ich möchte die Menschen, die es verdient haben, trotzdem bei mir haben – wenn sie es wollen.

»Ich werde bleiben« gibt Fay bekannt. »Und ich werde einen Weg finden, meinen Pflegebruder und meinen Freund Hugo zu uns zu holen.«

Epilog

Die Nacht hat den Tag verdrängt. Oben am Himmel leuchtet der Nordstern. Hell und klar legt er seinen Segen, der noch vor kurzer Zeit so schmerzlich vermisst wurde, über die Bewohner Nimmerlands.

Die Jolly Roger schaukelt sanft auf den Wellen des Meeres und Fay sitzt an Deck. Neben ihr liegt der Fuchs Soraya. Seit dem Tag, an dem sie sich für das Leben entschieden hat, ist Soraya eine treue Begleiterin.

Miranda und Gloria haben Fay für die morgige Krönung vorbereitet. Ganz Nimmerland wird anwesend sein. Nur wird sie Nahuel, der noch immer nicht bei Bewusstsein ist, furchtbar vermissen.

Fay denkt an die Zeit zurück, als sie mit ihm auf der Reise war, um Pan zu besiegen. Für sie ist dieser Junge etwas ganz Besonderes. In ihrer Fantasie hat sie schon tausende Male durchgespielt, wie es sein wird, wenn er wieder aufwacht. Ob er sich noch an sie erinnert? Und wenn ja, fühlt er noch dasselbe wie zuvor? Wie sehr wünscht sie sich, dass ihr Freund bald zurück in die Welt der Lebenden kommt. Morgen vor der Krönung wird sie ihn noch einmal besuchen.

Mit ihm sprechen, ihn zum wiederholten Male bitten, zu ihr zurückzukommen. Sie wird ihm von ihren Plänen erzählen, die sie für die Zukunft von Nimmerland hat, und ihn zum Abschluss liebevoll auf die Stirn küssen.

Ihre Gedanken schweifen weiter zur Baumhexe, die so abhängig von den Sternen ist wie ein Fisch vom Wasser. Sie denkt an den Kelch, der einst die Flügel ihrer Mutter war und ihr zum Schluss als Dolch im Kampf gegen den Dämon geholfen hat. Und natürlich denkt sie an ihren Kompass, der im Kampf gegen Pan zerstört wurde. Er war ihr nicht nur ein guter Wegweiser und in der Dunkelheit ein Lichtspender – er war vermutlich auch der einzige Weg in die Menschenwelt. Nun, da es ihn nicht mehr gibt, wird sie sich einen anderen Weg suchen müssen, um John und Hugo nach Nimmerland zu holen.

Mit all diesen Gedanken verlässt Fay gemeinsam mit Soraya das Deck der Jolly Roger.

Ende

Danksagung.

Liebes vergangene Ich.

Danke, dass du niemals aufgegeben hast.

Schon in der Schule hast du spüren müssen, was es heißt, nicht mitzukommen.

Als die anderen Schreibschrift gelernt haben, musstest du nach hinten, um deine Mitschüler nicht von ihrem Lernerfolg abzuhalten.

Jeden Buchstaben der Druckschrift musstest du nachziehen, bis du in der Lage warst, sie eigenständig zu schreiben.

So oft wurdest du von deinen Mitschülern ausgelacht, wenn das Lesen nicht geklappt hat.

Buchstaben waren Monster, die dich nachts besuchen kamen. Und für Angst vor dem nächsten Schultag sorgten.

Früh hast du zu spüren bekommen, dass du die Schulversagerin bist. Wusstest, was es heißt, wenn Lehrer dich aufgaben.

Aus lauter Verzweiflung, weil du dachtest, du seist dumm, bist du in dich zusammengesunken, sprachst kaum mehr und verfolgtest den Unterricht nur noch passiv.

Alles war ein einziges Durcheinander aus Wörtern und Buchstaben.

Das Gelächter deiner Mitschüler und die Mobbingattacken begleiteten dich noch eine lange Zeit.

In der Ausbildung hast du dich kreativ durchgeschlagen, inhaltlich war nichts ein Problem für dich.

Doch sobald du es schriftlich verfassen musstest, hast du Blut und Wasser geschwitzt.

Manchmal musstest du deinen Namen oder den Straßennamen vom Personalausweis abschreiben, weil du keinen Plan hattest, wie alles geschrieben wird.

Und jetzt sieh dich mal an, du hast lesen und schreiben gelernt. Bücher sind so fest in deiner Lebenswelt verankert, dass du dir ein Leben ohne Buchstaben nicht mehr vorstellen kannst.

Du bist Autorin, das ist ein bisschen so wie vom Tellerwäscher zum Millionär. Aber es ist real.

Danke für deinen Mut und dafür, dass du deine Phantasie niemals aufgegeben hast.

Liebste Mitbewohnerin, ohne dich wäre mein Leben langweilig.

Als wir uns trafen, war sofort alles stimmig.

Du lotstest mich durch den Dschungel der Grammatik, dank dir ist der »Tut-Express« in Rente gegangen.

Viele neue Dinge in Sachen Grammatik und Rechtschreibung habe ich durch dich gelernt. Du hattest als einziger Mensch in meinem gesamten Umfeld den Schneid, mich auf meine Defizite anzusprechen. Damit hast du mir Türen geöffnet. Danke!

Du machtest mir Mut, als ich meine ersten Babyschritte als Autorin versuchte.

Du glaubtest als Erste an mich. Dafür danke ich dir von Herzen.

Du hast dir eine extra Portion Rosenkohl verdient! =)

Tim-Tihlo-Fellmer

Danke, dass du mein Potenzial siehst und mich in die Alfa-Selbsthilfe gelotst hast. Hier finde ich immer mehr meinen Platz.

Pia von Wort.Gewand13

Dich konnte Nimmerland verzaubern, du liebst meine »Wortmagie«, wie du sie immer liebevoll nennst.

Durch dich ist Nimmerland nun auch fehlerfrei.

Auch du hast mir Mut zugesprochen und an das Potenzial von Fay geglaubt.

Schön, dich kennengelernt zu haben. Ich hoffe, dass wir uns bald mal im real life sehen.

Die Helfe-Elfe

Danke, dass ich in dir eine zauberhafte Lektorin gefunden habe. Viele Male mussten wir zusammen lachen, aber manchmal hast du mich auch zur Verzweiflung gebracht. Wenn Fragen kamen, auf die ich keine Antworten wusste.

Ich bin mir sicher, auch du hast nun ein paar graue Haare mehr.

Dir, Peter Pan

Ich wünsche dir von Herzen Frieden. Das Erlebte, was dir widerfahren ist, ist unglaublich schmerzhaft. Du hast mich noch mehr gelehrt, dass niemand von Beginn an böse ist, nicht einmal das Böse selbst.

Dank dir werde ich die Geschichten um deine Person niemals mehr so sehen wie früher. Du bist der neue Stoff für meine Albträume.

Und nun zu dir, lieber Leser, liebe Leserin.

Danke, dass du mein Buch gelesen hast. Ich hoffe, es hat dir gefallen. Und du hast Fay genauso ins Herz geschlossen wie ich.

Wusstest du, dass es 7,5 Millionen Menschen in Deutschland gibt, die hier geboren und zur Schule gegangen sind, die nicht ausreichend lesen und schreiben können?

Nein?

7,5 Millionen Menschen in Deutschland sind funktionale Analphabeten.

Für Berlin ist das eine Zahl von 300.000 Menschen.

Jeder Siebte ist statistisch gesehen betroffen.

Ich war eine von ihnen.

Bitte denk nicht, dass es was mit Dummheit zu tun hat. Jeder dieser 7,5 Millionen Menschen verwendet täglich jegliches Können darauf, es zu verheimlichen, aus Angst davor, bloßgestellt zu werden. Denn Lesen und Schreiben gehört in Deutschland so sehr in die Gesellschaft wie deine Unterwäsche zu dir.

Du brauchst Lesenachschub und hast Entscheidungsschwierigkeiten, möchtest dich überraschen lassen oder wünschst Empfehlungen? Da können wir helfen!
Wir stellen für dich ganz individuell gepackte Buchpakete zusammen – unsere

Drachenpost

Du wählst, wie groß dein Paket sein soll, wir sorgen für den Rest.

Du sagst uns, welche Bücher du schon hast oder kennst und zu welchem Anlass es sein soll.
Bekommst du es zum Geburtstag #birthday
oder schenkst du es jemandem? #withlove
Belohnst du dich selber damit #mytime
oder hast du dir eine Aufmunterung verdient? #savemyday
Je mehr wir wissen, umso passender können wir dein Drachenmond-Care-Paket schnüren.
Du wirst nicht nur Bücher und Drachenmondstaubglitzer vorfinden, sondern auch Beigaben, die deine Seele streicheln. Was genau das sein wird, bleibt unser Geheimnis …

Die Wahrscheinlichkeit ist groß,
dass sich das ein oder andere signierte Exemplar in deiner Box befinden wird. :)

Wir liefern die Box in einer Umverpackung, damit der schöne Karton heil bei dir ankommt und als Geschenk nicht schon verrät, worum es sich handelt.

Lisan bringt das kleinste Drachenpaket zu dir, wobei *klein* bei Drachen ja relativ ist. € 49,90
Djiwar schleppt dir in ihren Klauen einen seitenstarken Gruß aus der Drachenhöhle bis vor die Tür. € 74,90
Xorjum hütet dein Paket wie seinen persönlichen Schatz und sorgt dafür, dass es heil bei dir ankommt – und wenn er sich den Weg freibrennt! € 99,90

Der Versand ist innerhalb Deutschlands kostenfrei. :)

Zu bestellen unter www.drachenmond.de